btb

Aus Freude am Lesen

btb

Buch

Juli 1766: König Friedrich II. steckt in finanzieller Not, da der Bau seines neuen Palais' viel teurer wird als geplant. Um die Lücken in der Staatskasse wieder aufzufüllen, erhebt er eine neue Luxussteuer und macht sich beim Volke denkbar unbeliebt. Schnell machen sich Unmut, Schmuggel und Korruption breit, und schließlich wird in Berlin einer der Steuereintreiber am Dach der neu eingerichteten Steuerbehörde aufgehängt und schön drapiert vorgefunden. Zu allem Unglück wurde auch noch der Baumeister des neuen Schlosses ermordet. Daraufhin wendet sich der König verzweifelt an einen bewährten Helfer – den Zweiten Hofküchenmeister Honoré Langustier, der eine ebenso unstillbare Neigung zum Essen hegt wie zum Aufklären von Verbrechen.

Autor

Geboren 1964 in der kaiserlichen Sommerresidenz Bad Homburg vor der Höhe, residierte Tom Wolf – nach Studien der Germanistik, Philosophie und Kunst in Mainz, Bamberg, Marburg und Tübingen – von 1991 bis 1999 im Sterbeort des letzten deutschen Kronprinzen (Hechingen/Hohenzollern). Bevor er sich im Jahr 2001 in Berlin kriminell verselbständigte, war er Lektor und Autor von zahlreichen belletristischen Beiträgen in Anthologien, Zeitschriften und Zeitungen sowie wissenschaftlicher Bücher u. a. zu Arno Schmidt, Johann Wolfgang von Goethe und Johann Friedrich Wilhelm Pustkuchen.

Tom Wolf bei btb

Tödliche Passion. Ein Preußen-Krimi (73085)
Mord nach jeder Fasson. Ein Preußen-Krimi (73503)

Tom Wolf

Zepter und Mordio

Ein Preußen-Krimi

btb

Die Originalausgabe erschien unter dem Titel
»Rabenschwarz. Zepter und Mordio« im berlin.krimi.verlag.

FSC
Mixed Sources
Product group from well-managed
forests and other controlled sources

Cert no. GFA-COC-1223
www.fsc.org
© 1996 Forest Stewardship Council

Verlagsgruppe Random House FSC-DEU-0100
Das FSC-zertifizierte Papier *Munken Print* für Taschenbücher aus
dem btb Verlag liefert Arctic Paper Munkedals AB, Schweden.

1. Auflage
Genehmigte Taschenbuchausgabe Mai 2006,
btb Verlag in der Verlagsgruppe Random House GmbH, München

Umschlaggestaltung: Design Team München
Umschlagbilder: Artothek
Druck und Einband: Clausen & Bosse, Leck
SR · Herstellung: AW
Made in Germany
ISBN-10: 3-442-73478-9
ISBN-13: 978-3-442-73478-8

www.btb-verlag.de

Dubium initium sapientiae

Dem Andenken meines Vaters, des Kriminalisten

Verzeichnis der historischen Personen und *fiktiven Hauptakteure*

Bellini, Carlotta – Opernsängerin
Bötzow, Franz – Bierbrauer
Chambois, Jean-Baptiste de – Generalregisseur der Steuerbehörde für Berlin
Saint-Claude, Davide de – Generalregisseur der Steuerbehörde für Magdeburg
Conrad (eig. Consag), Johann – Unterkoch und Gehilfe Honoré Langustiers
Friedrich II. – »der Große«: König »in« (später, ab 1772, »von«) Preußen
Gontard, Carl von – Baumeister Friedrichs II.
Heyden, Julia van der – Schwester des Nachfolgenden
Heyden, Julian Baron van der – Baumeister Friedrichs II.
Joyard, Emile – Erster Hofküchenmeister Friedrichs II.
Krebel, Karl Adam – Brauereibesitzer und Wirt des »Zepter«
Langustier, Honoré – Zweiter Hofküchenmeister Friedrichs II.
Legrange, Fernand – Berliner Steuerrevisor
Lully, Antonine de – Generalregisseur der Steuerbehörde für Pommern
Pernauld, Michèle – ehemaliger Generalregisseur in spe der Steuerbehörde für Berlin
Philippi, Karl Johann von – Polizeidirektor von Berlin
Quandt, Alexander von – Schwiegersohn Honoré Langustiers
Quandt, Marie von – Tochter Honoré Langustiers
Rahn, Major Ewald von – Polizeipräfekt von Potsdam

Rivière, Julien de la – Generalregisseur der Steuerbehörde für Schlesien und Westpreußen
Siedemann, Karl Ludwig – Packhofbeamter
Sprengel, Heinrich – Weinimporteur
Springnitz, Oberst Christian von – Fontänenmeister Friedrichs II.
Textor, Martin – Bäckerssohn
Textor, Martin d. Ä. – Bäcker und Heilkundiger
Theden, Johann Anton von – Königlicher Generalchirurgicus und Charité-Direktor

In Frankreich, sagt' ich, verstehn sie das Ding besser.
Laurence Sterne: Tristram Shandy

I

Jean-Baptiste de Chambois, Generalregisseur der Berliner Steuerbehörde, trug einen schwarzen Seidenrock mit silbernen Tressen. Weiße, goldbestickte Hemdrüschen quollen aus dem von schwefelgelber Halsbinde und giftgrünem Kragen gebildeten Dreieck. Der korpulente Herr sah alles andere als ruhig und zufrieden aus. Geflissentlich übersah die Gastgeberin des Abends, die Opernsängerin Carlotta Bellini, seine keineswegs freundlichen Blicke. Die fahrigen Gesten, mit denen er seine Worte begleitete, die er an einen seiner Amtskollegen richtete, gemahnten jeden aufmerksamen Beobachter zur Vorsicht: Mit diesem Herrn war schwerlich zu scherzen. Der Baron von Stille neben ihm, welcher wortreich die gerade errungene Aufmerksamkeit der Bellini zu verteidigen suchte, schien dagegen die Harmlosigkeit selbst zu sein.

»Madame, ich will Ihnen ehrlich sagen, dass ein gesunder Geist in einem gesunden Körper das größte Geschenk ist, das le bon dieu einem Menschen machen kann, und wenn man die Narrheiten mit ansehen muss, die manche Zeitgenossen ersinnen, sich unverschuldet, ohne von Krieg oder Selbsterhaltung getrieben zu sein, um selbige Gottesgabe zu bringen, dann möchte es einem scheinen, als sei den Menschen der Sinn um die wahren Werte des Lebens abhanden gekommen«, dozierte er gerade, aber Carlotta entschuldigte sich mit bedauernder Geste bei dem Schwerhörigen, der die Unart besaß, sein eigenes Übel auch bei den anderen zu vermuten und mit einer seinem zierlichen Äußeren ganz und gar nicht anstehenden Stentorstimme jede zwanglose Konversation in einen Exerzierplatzappell verwandelte. Rasch war die Schönheit der lautstarken Taubheit entronnen. Doch so sehr sich de Chambois auch reckte

und in die rabenschwarze Brust warf, konnte er nicht verhindern, dass sich die von ihm seit längerem angebetete Dame rasch in die andere Richtung entfernte.
»Er dauert mich, aber es währt nie lange, bis mein Wunsch, ihm zu entfliehen, unstillbar wird, soi-disant!«, meinte sie sotto-voce zur Gattin des Gerichtspräsidenten, die herzlich und irre darob zu kichern begann, wobei sie ihr Spitzentüchlein als Deckmäntelchen vors Gesicht hielt, was der Baron mit verständnislosem Blick aus einiger Ferne verfolgte.
Die schöne Carlotta war von schlechtweg reizender Gestalt. Alle Vorzüge des Südens trug sie zur Schau: die junge Anmut im dunklen Auge, den geschmeidigen Mienenwechsel, dies lockende Lächeln. Ihr glockenheller Sopran war nur die Krönung eines barock ausstaffierten Schauspiels, eine Laune der Gottheit, ein akustisches Souvenir, das sich den Zuhörern angesichts des Augenschmauses nur desto unvergesslicher einprägte.
In ihrem Potsdamer Palais, zwischen Reitstall und Lustgarten gelegen, fanden regelmäßig kleine Feste und Soupers statt – so auch am Abend dieses 29. Juni 1766, eines Sonntags, nach der Aufführung des Graunschen »Phaetons« im Theater des Stadtschlosses. Carlotta Bellini hatte in diesem sonst blutleeren Stück mit berückender Grazie die jugendlich-muntere Liebhaberin des Titelhelden verkörpert, der seine Braut aus Machtstreben um einer Königstochter willen verließ, nach immer höheren Zielen strebte und sich gar rüstete, mit dem Sonnenwagen die Welt zu umrunden. Erst Jupiters Blitz und Donner beendeten seinen Hochmut. Auserlesene Musik, Geschicklichkeit der Akteure, wohl ausgedachte Ballette und vortreffliche Dekorationen hatten die mangelnde Handlung im Stück kaschiert, und nur um die schwarzen Locken der Carlotta oder ihr hinreißend soutachiertes Decolleté zu sehen, hätte man weitaus geringere Bühnenwerke zur Aufführung bringen und allen Schauspielern vollends stumme Rollen zuweisen können.

Selbst Carlottas Launen mehrten die Lebhaftigkeit der Gesellschaft. Bald schweiften sie in gefälligen Spielen jugendlicher Munterkeit aus, bald verwickelte und verwirrte sie mit einem Witze alle Anwesenden untereinander, bald stimmte sie jeden zu Ernst und Schwärmerei und schien doch immer gleichviel zu geben oder zu nehmen, um endlich dem Erwählten der jeweiligen Epoche ihres triumphalen, unbeirrbaren Lebens desto freier anzuhängen.
Wie bei allen Abendgesellschaften in ihrem Haus nahte der Punkt, an dem die schöne Carlotta eine ihrer Lieblingsarien zu Gehör zu bringen gedachte, wofür im großen Saal ein vom König geliehenes Kammerorchester Aufstellung bezogen hatte. Zwanglos plaudernd füllten die etwa fünfzig Gäste den exorbitant dekorierten Raum und freuten sich, vom allerletzten Spargel des Jahres und einer Bernaiser Sauce nach Art des Zweiten Hofküchenmeisters Sr. Königlichen Majestät bereits rundum beglückt, auf die süße Gesangsnachspeise, die ihnen so gut wie sicher war.
Unter den versammelten Potsdamer Sommitäten hatte die Riege der Generalregisseure der neuen königlichen Steueradministration Platz genommen. Neben Chambois waren dies Julien de la Rivière, der als engster Vertrauter des Königs in Finanzfragen galt und für die Provinzen Schlesien und Westpreußen zuständig war, der Pommernsche Statthalter Antonine de Lully und Davide de Saint-Claude, dem Magdeburg anvertraut war. Am Morgen hatte ihnen der König ihr neues Berliner Hauptquartier übergeben, und sie waren dem Monarchen auf dem eiligen Rückweg in seine Residenz Potsdam gefolgt, um im Schlösschen Sans Souci den königlichen Segen für ihre Aufgaben zu erhalten. Auch verband sie mit der Hausherrin ein noch nicht weit zurückliegendes trauriges Kapitel ihrer beruflichen Karriere: Carlottas bei einem unglücklichen Treppensturz getöteter letzter Liebhaber, Michèle Pernauld, hätte eigentlich der Fünfte in ihrem Bund sein sollen.
Die schöne Bellini besaß allerdings die beneidenswerte Gabe aller echten Mimen und großen Künstler, sich über persönliche Verluste

mit Arbeit und selbstschützender Ignoranz hinwegzusetzen. Daher hatte sie, obwohl Pernauld kaum zwei Monate unter der Erde war, bereits einen neuen Bewunderer und Bewerber um ihre Gunst erhört, von dem man es am allerwenigsten erwartet hätte – den königlichen Landbaumeister Julian van der Heyden. Übel meinende Stimmen unterstellten ihr deswegen Gefühlskälte und schimpften sie eine verworfene Buhlerin oder Hetäre, aber die Schnelllebigkeit war ein so tiefer und gewöhnlicher Bestandteil ihres Wesens und für sie selbst in keiner Weise anrüchig, dass solche Anwürfe nichts anderes als Achselzucken bei ihr auslösten. Der Landbaumeister dagegen schwebte, von ihrer Gunst getragen, in zu hohen Regionen, um von diesen Bezichtigungen oder von den ihr angehefteten Spottnamen Notiz zu nehmen.
Carlotta kam in den Saal und begab sich zum rechteckigen Tafelklavier, an dem der Kapellmeister Bach, drei Violinisten und ein Flötenspieler bereits Platz genommen hatten und auf ihr Zeichen warteten. Ihre Augen suchten van der Heyden, doch sie fanden ihn nirgends. Sie wurde nervös, denn die Gäste schienen im Anschluss an das opulente Mahl das Bedürfnis nach Bewegung zu verspüren. Lebhaft bewegten sich die Sprechwerkzeuge. Der ihr nicht eben sympathische, korpulente Jean-Baptiste de Chambois, der sich seit Pernaulds Unfall vergebens um sie bemühte, unterhielt sich auf eine besonders auffällige und rücksichtslose Weise mit seinem Kollegen de Lully, weshalb sie nun, die Gedanken an den geliebten und schmerzhaft vermissten Julian unter Groll zurückdrängend, die Arie der Euridike aus Grauns »L'Orfeo« anstimmte, und sei es auch nur, damit die Unverschämten an ihre Anwesenheit erinnert und endlich stillschweigen würden.

Julian van der Heyden hatte keine Zeit mehr gefunden, sich von ihr und der Gesellschaft ordentlich zu verabschieden, denn die schriftliche Nachricht, die ihm ein Leihbedienter der Carlotta überbracht hatte, war zu ungeheuerlich, als dass er es sich hätte erlauben dür-

fen, einen Augenblick zu zögern. »Es brennt auf der Baustelle! Kommt, so rasch Ihr könnt!«
Der Diener hatte ihm nicht sagen können, wer der Bote gewesen war, denn er hatte den Mann nie zuvor gesehen. Er habe eine alte, verstaubte Uniform getragen, sei also wahrscheinlich einer der Invaliden vom Bau gewesen. Van der Heyden blieb keine andere Wahl, als sich selbst von der Wahrhaftigkeit und Dringlichkeit der Botschaft zu überzeugen.
Von dunklen Befürchtungen angespornt, das langjährige Werk könnte in der Tat Schaden nehmen oder gar völlig zerstört werden, ritt der Baumeister am Park von Sans Souci entlang, vorbei an seinem Wohnaus, den Ökonomieweg auf das Neue königliche Palais zu. Das Chinesische Teehaus und die aufgelassene Kunstmühle der Fontainen zog vorüber. Er trieb sein Pferd zum Äußersten an, still betend, dass es ihm noch gelänge, Schlimmes zu verhindern.
Der Mond irrlichterte hinter Wolkenfetzen und die schneeweißen Marmorfiguren der runden Kolonnade schienen gespenstisch durch die dicht belaubten Bäume und Gebüsche aus dem Rehgarten herüber. Ängstlich äugte er nach vorn, um vielleicht den Widerschein des Feuers schon ausmachen und auf die zu erwartenden Schäden schließen zu können. Doch nichts zeigte sich.
Als er vor den Torso des neuen Palastes kam, fühlte er sich ordentlich genasführt: Kein Flammenschein war zu sehen, alles wirkte im Gegenteil so, wie er es am Nachmittag verlassen. Keine Bewachung weit und breit. Er zog seinen Generalschlüssel und wollte das Hauptportal aufschließen, doch die Tür war bereits offen. Vorsichtig tastete er sich über die breiten Treppen in den Marmorsaal hinauf, stieß mehrfach gegen mitten im Weg aufgestapelte Mörtelsäcke und stürzte beim Vortappen in nahezu völliger Dunkelheit über einen quer liegenden Bretterstapel. Der Lärm hallte in den hohen, leeren Gewölben. Keine Menschenseele ließ sich blicken, selbst auf sein lautes Rufen hin rührte sich nichts in dem nun zu fast zwei Dritteln fertigen Gebäude. Der Mondschein quoll trüb

durch die hohen Fenster, eine Fledermaus schien sich in endloser Reprise um den halb bestückten Kronleuchter des größten der 200 Schlossräume zu bewegen, da sie keinen Ausweg mehr fand.
Van der Heyden sah in der schummerigen Beleuchtung nur wenig vom Paradesaal. Die Deckenbemalung bekam bei diesem Licht ein gespenstisches Eigenleben. Versonnen schaute er auf die weißen Wolken, die wie Geisterschiffe wirkten, auf denen sich eine nächtliche Besatzung zur Ausfahrt eingefunden hatte.
Eine Bewegung an der linken Seitenwand ließ ihn abrupt verharren. Deutlich war das Knirschen von Schritten auf dem noch überall verstreut liegenden Bausand zu vernehmen. Das Geräusch erstarb erst, als er selbst bereits einen Moment lang stehen geblieben war. Van der Heydens Augen suchten die Finsternis zu durchdringen. In der Richtung, aus der das Scharren gekommen war, konnte er Holzbohlen erkennen, die an der Wand lehnten. Mochte sich jemand hinter ihnen verbergen, so war es nun an der Zeit, dieses unzeitige Versteckspiel zu beenden.
»Meister, seid Ihr das? Ich bitte herzlich, zeigt Euch! Es soll hier irgendwo brennen, aber ich sehe nichts davon? Ist es anderswo? So sprecht!«
Er war den Bohlen auf wenige Schritte nahe gekommen, als sich ein Schatten von der Wand löste. Wie zum schlagenden Beweis, dass doch etwas brannte, flammte der Blitz einer Schusswaffe auf und ein höllischer Knall dröhnte im Gewölbe des Saales: Kalk rieselte von der hohen Decke, feiner Gipsstaub wehte herunter. Vom Donner gerührt stand der Baumeister.
»Seid Ihr irre, was wollt Ihr damit bezwecken? Ihr könnt mir nicht drohen, das verfängt nicht bei mir. Euer Schicksal ist bedauerlich, doch Euer einflussreicher Freund wird es schon erträglicher zu gestalten wissen. Bestellt ihm, dass ich, wenn er nicht ein weiteres Mal …«
Die Gestalt vor ihm hob die andere Hand, in der sich eine weitere geladene Pistole befand. Es knallte wieder. Kurz waren die beiden

ungleichen Akteure in Pulverdampf und Blitzlicht schemenhaft zu erkennen. Dann sank, von Dunkelheit erneut umfangen, der Baumeister vor seinem Gegenüber in die Knie.

Johann Conrad näherte sich dem Tor in der Berliner Akzisemauer mit gemischten Gefühlen. Die große Stadt lag nun greifbar vor ihm. Eine Woche hatte er sich, aus Cottbus kommend, mit seinem kleinen Köfferchen weitergequält, meistens zu Fuß, es sei denn, er fand hie und da einen mitleidigen Bauern, der ihn ein Stück Wegs auf dem Fuhrwerk aufsitzen ließ. Eigentlich hätte er vor Freude jubeln müssen, es geschafft zu haben: endlich da!

Doch er hatte über Berlin auf seiner Reise so viel Widersprüchliches gehört, dass er nicht mehr wusste, ob er überhaupt froh sein sollte. Die Metropole war längst nicht mehr, wie in den ersten Jahren der Regierung des großen Königs, das musenverwöhnte Spree-Athen, in dem alles Volk trunken in einem Sinnentaumel schwebte, den die schönen Künste und die sprießenden Wissenschaften anfachten. Nach drei harten Kriegen mit Österreich wehte hier ein kalter Wind. Der König war alt und hart geworden. Einige nannten ihn schlimmer als seinen Vater, den Soldatenkönig. Er hatte seinen Staat in festem Griff. In Berlin war er ungern, seine Frau auf Schönhausen sah er nur selten, nie empfing er sie in Sans Souci. Als er aus dem Siebenjährigen Krieg heimgekehrt war, hatten die Einwohner Berlins am falschen Tor auf ihn gewartet. Er verabscheute den Rummel und war klammheimlich an anderer Stelle in die Stadt eingezogen.

Die Soldaten, die Conrad neben Schlagbaum und Wachhäuschen erwarteten, machten auf ihn keinen sehr einladenden Eindruck. Weiße Hosen, türkise Jacke, gleichfarbiges Tschako, x-förmige breite, weiße Hosenträger, rot-weißer Kragen, rote Ärmelmanschetten, das Gewehr mit Bajonett locker geschultert, einen Schnauzer im schmalen Gesicht, sechs Paar goldene Knöpfe vor Bauch und Brust. Einer der Soldaten, ein Unteroffizier des Infanterieregiments von

Möllendorff, das auf der Friedrichsstadt lag, trat auf ihn zu und fragte höflich:
»Wie ist Ihr Name, Monsieur?«
»Ich heiße Johann Conrad, mein Herr.«
»Sie sind welchen Standes und Berufes und kommen woher?«
»Aus Cottbus komme ich, bin einfacher Bürger und Koch.«
»Zu welchem Behufe kommen Sie nach Berlin, Monsieur Conrad?«
»Ich möchte dahier meinen Beruf weiter ausüben.«
»Gedenken also, nicht nur durchzureisen, sondern ansässig zu werden?«
»Ja, mein Herr.«
Der Soldat bat ihn an der schwarz-weiß bemalten Schranke vorbei zum Torhaus, wo der Torschreiber seiner harrte. Der Mann im dunkelbraunen Rock stand vor einem Holzpult, tunkte seinen Gänsekiel in ein Tintenfass, zog ein Formular aus der Lade, legte es auf die Schreibplatte und notierte die bisherigen Angaben sauber und ohne mit der Feder zu kratzen nach dem Diktat des Offiziers. Dieser erkundigte sich weiter:
»Wissen Sie bereits, wo Sie Wohnung nehmen, Monsieur Conrad?«
»Nein. Ich hoffe, für den Übergang eine günstige Unterkunft in einem Gasthofe zu finden, bis ich mein Gewerbe ordentlich betreiben kann.«
Der Offizier sagte:
»Se. Königliche Majestät haben die hiesigen Logements in drei Kategorien geteilt, so dass ich Euch bitte, mir anzugeben, in welcher Kategorie Ihr unterzukommen hofft.«
Conrad erkundigte sich bänglich nach den Annehmlichkiten der untersten dieser Kategorien und erhielt den Bescheid:
»Übernachtung in einem Schlafsaale zu mehreren nach hinten raus, des Morgens Kaffee und eine Schrippe – sechs Groschen. Mittagessen für drei Groschen.«
Conrad schickte sich für den Moment in die Aussicht, es derart bescheiden angehen zu lassen. Der Torschreiber malte eine *3* in das

vorgesehene Feld auf dem Zettel. Dann bat er Conrad mittels eines Knurrens und eines Fingerzeigs um eine Unterschrift, wozu er ihm widerwillig seine geheiligte Feder überließ. Schließlich setzte er unter den schön gedruckten und hübsch ausgefüllten Zettel einen gewaltigen blauen Stempel mit Schwingen rührendem Adler und legte ihn zu einer Reihe anderer, die später zur Schlosswache geschickt werden würden, die ihren Inhalt in ein Buch übertrug und die Zettel zum Gouverneur und dann zum Kommandanten brachte. Dieser erhielt am Morgen und am Abend je einen Hauptrapport über die Zettel, den er unterschrieben und versiegelt dem Kapitän der Schlosswache übergab, welcher ihn an den König weiterleitete, sofern dieser in der Stadt war. War er indessen, wie meistens im Sommer, in Potsdam, wurde der Rapport jeden Abend an Se. Königliche Majestät dorthin abgesandt. So würde der König denn auch über diesen Ankömmling baldmöglichst, nämlich am folgenden Morgen, Bescheid erfahren.

Der Offizier setzte zu einer moderaten Erklärung an:

»Monsieur Conrad – ich muss Sie nun, da Sie beabsichtigen, in der Stadt zu verbleiben, mit Ihrer Bagage, die ich dieserhalben pro forma veraplombiere, an den königlichen Packhof hinter dem Lustgarten beim Schloss adressieren. Ich bitte Sie, diesen Weg gleich zu tun, weil die Torlisten abends mit den Packhoflisten abgeglichen werden. Sie laufen beim Zuwiderhandeln Gefahr, von den aufmerksamen Wachen in der Stadt aufgespürt und arretiert zu werden, sobald Sie eine Herberge der Ihnen bestimmten Kategorie aufgesucht haben. Es ist nur eine Formalität, Sie können darob beruhigt sein. Es sei denn, Sie schmuggeln Seife oder haben verschlossene Briefe bei sich?«

Conrad war leicht erschrocken über diese seltsamen Anstalten und Umstände, die hier gemacht wurden, atmete dann aber wieder auf. Weder Seife noch verschlossene Briefe befanden sich in seinem Sack. Nur seine Geldrolle und ein paar Kleider waren darin. Eigentlich hatte er sich gleich zu einem Gasthof begeben und dort zur

Ruhe legen wollen, doch vorher würde er auch noch diesen vermaledeiten Packhof aufsuchen.
Der Offizier erklärte ihm den Weg, dann wandte er sich um und besetzte wieder seinen Posten an der Schranke. Der Torschreiber döste weiter in seinem Häuschen. Conrad schritt erlahmenden, lustlosen, Staub aufwirbelnden Schrittes in die Metropole hinein.

II

Hastige Instruktionen ertönten, Kommandos wurden gebrüllt, gröbste Unordnung beseitigt, notdürftige Wege durch den Rohbau des Neuen Palais am äußersten Ende des Parkes von Sans Souci in Potsdam gebahnt. Blitzschnell hatte sich die Meldung bis in den verborgensten Winkel der Baustelle verbreitet: »Der König kommt!«

Schon betrat der Monarch den grottierten unteren Saal des halb fertigen Mittelrisalits. Der Freiherr von Hünitz, der Flügeladjutant von Krockow sowie der Kammerdiener Karl folgten hinterdrein in geziemendem Abstand, stocksteif wie übergroße Seepferdchen. Der König machte sich flugs ein Bild der Lage. Dann ertönte die sonore Stimme des kleinen Mannes im blauen Rock und füllte die riesige künstliche Höhle:

»Arbeiten sie nur munter fort, Messieurs! Lassen Sie Ihnen nicht stören! Bloß immer geschwinde vorwärts, wie bei der Attaque! Jetzt muss hier wieder ein frischer Wind herein kommen – wo das Haupthemmnis beseitigt seindt!«

Jedem, der dies hörte, war klar, dass der Regent damit auf den vor Tagen verschwundenen und jetzt in Abwesenheit entlassenen Baron und Landbaumeister van der Heyden anspielte. Die Bauleute zogen ehrerbietig die Hüte vor Sr. Königlichen Majestät, bereuten es aber sogleich: Mit barschen Tönen und bösem Blick wies der kleine Mann sie zurecht. Sputen sollten sie sich und nicht durch Höflichkeiten seine kostbare Zeit verschwenden!

Gerade wurden die haushohen Wände des Prachtgelasses mit Muschelschalen, Schneckengehäusen und Mineralstufen verziert, was den Männern recht munter von der Hand ging, da ihnen diese Art von Maurerei weit größeres Vergnügen bereitete als das Auftürmen und Verspachteln von armseligen Backsteinen oder Kalktrümmern. Die gewaltigen Quarzkristalle etwa sprachen an Größe und Schönheit selbst den achtbaren Exponaten der königlichen Akademie der Wissenschaften Hohn. Aus allen Provinzen stammten die glitzernden, vielfarbigen Bodenschätze und legten beredtes Zeugnis ab von der puren Schöpfungslust Gottes und der Macht des Preußenkönigs über die Natur. Friedrich Anton Freiherr von Hünitz, Chef des preußischen Berg- und Hüttendepartements, hatte persönlich dafür Sorge getragen, dass nur die besten Stücke aus Sr. Königlichen Majestät Bergwerken und Steinbrüchen nach Potsdam abgingen. Jetzt trat er neben den Monarchen und wies auf eine Kiste mit noch unverbauten Schätzen.

Geduldig ließ sich der Bauherr den Unterschied der rhombischen und triklinischen Kristallbildung bei der Pechblende erklären und dankte schließlich seinem beflissenen mineralogischen Instruktor mit artigen Worten. Sie stiegen im Gebirge dieses Hauses weiter nach oben.

Ein Stockwerk höher war ein Marmorsaal von so gewaltigen Ausmaßen entstanden, dass es jedem Betrachter die Sprache verschlug. Die mit farbig inkrustierten, polierten Steinen ausgelegte Halle nahm die ganze Breite des Mittelrisalits ein und blähte sich zwei Etagen hoch. Nach dem dritten Krieg um das unselige Schlesien war das Gaffen und Staunen jedes Eintretenden genau der Effekt, den der Monarch mit seinem Bauwerk bezweckte. Dieses Schloss war Blendwerk, eine Prahlerei in Stein. Es sollte zum Ausdruck bringen: Seht her – Preußen liegt nicht siegreich am Boden, ganz im Gegenteil! Hielt man sich die rohen und aus reinem Vernichtungswillen geschehenen Verwüstungen im geschlagenen Königreich Sachsen vor Augen, die allein auf des Königs Befehl hin geschehen waren, so bekam diese Fanfaronade einen grotesken, verwerflichen und verzweifelten Beigeschmack. Was mit der Zerstörung der Brühlschen Besitzungen in Pirna begonnen und in barbarischer Brandschatzung und Vandalismus in Parks und Gärten in Dresden gegipfelt hatte, fand hier ein tragigkomisches Ende. Der Bau, dessen Schauseite selbst den Escorial um zwei Lachter an Länge übertraf, war vollendeter Ausdruck der preußischen Misere. So waren die Handwerker, die hier schufteten, samt und sonders Kriegsversehrte, die für einen Hungersold das Denkmal der scheinbaren Größe ihres Königs und ihres Landes errichteten. Preußens Kassen waren leer.

Nicht im Traum aber dachte der Erbauer daran, in diesem kalten Klotz von Palais mehr Zeit als nötig zu verbringen. Im Sommer gab es für ihn nur einen dauernden Aufenthaltsort, und das war und blieb Sans Souci. Der Monarch hatte sich die ersten fertig werdenden Zimmer an der Südspitze des Neuen Palais allein deshalb notdürftig einrichten lassen, um von dort aus die Arbeiten gelegentlich überwachen und seine widerspenstigen Baumeister unter ständiger Kontrolle halten zu können. Die hinterste Ecke in seiner nominellen »Wohnetage«, an einem der hohen Fenster mit Blick auf den Schlossvorplatz, hatte er sich als Sitz- und Schreibplatz gewählt. Es schien im ganzen Riesenhaus der einzige Ort ohne störende Zugluft zu sein, obwohl die Türen auf seine Anordnung hin versetzt angebracht worden waren. Die Ausstattung der Räume war alles andere als puristisch. Ein vollendet eingerichtetes Galerievorzimmer enthielt neben herrlichen Möbeln des genialen Kunstschreiners Kambly sechzig in Meißen erbeutete Schneeballvasen des großen Kaendler. Im sämtlichen Zimmern hingen Kronleuchter aus Porzellan, Bergkristall oder aus Kristallglas preußischer Produktion.

Drei Millionen Taler steckten bereits im Rohbau. Die innere Ausschmückung mit Seidentapeten, Silber- und Goldstuck, Möbeln sowie die äußere Verzierung durch fünfhundert Bildsäulen würden weitere, kaum zu beziffernde Mittel erfordern. Wäre sein ökonomisch denkender einstiger Schatullenverwalter Fredersdorf noch am Leben gewesen, so hätte ihn dieses preußische Versailles garantiert in Gram und Grab getrieben. Nun hatte der König immerhin, um die Löcher in der Kasse zu stopfen, fähige französische Steuerbeamte ins Land geholt.

Der Bauherr wandte sich an Wilhelm Meister, den katzbuckelnden, einäugigen Polier, der sich verloren neben seiner Herrschaft einhergestohlen hatte.

»Meister, weiß er was Neues vom abgängigen Baron? Und wo seindt die jüngsten Anschläge vorgefallen?«

Der Angesprochene zerfieselte fast seinen Filzhut vor Nervosität, während er aus schwer auffindbaren Worten eine Antwort zusammenklaubte:

»Halten zu Gnaden, Eure Königliche Majestät, aber vom Verbleib des Barons und Landbaumeisters van der Heyden ist mir nichts weiter zu Ohren gekommen. Er hat sich nirgends blicken lassen, obwohl wir durchaus Acht gegeben. Wir haben den Bau gut im Auge behalten, wie Eure Königliche Majestät es vorgeschrieben, und doch ist wieder etwas Unerfreuliches passiert. Wie ich heut früh hereingekommen, hab ich durch Zufall die frischen Sägespuren an den Stützen zu denen Gerüsten bemerkt. Zum Glück, denn wer weiß, was sonst ...«

Er bewog den Regenten, ihm durch ein Spalier aus Rundhölzern zu folgen, und deutete auf mehrere angesägte Streben. Es ließ sich leicht voraussehen, was geschehen würde, wenn ein ausgewachsener Mann mit Steinen, Mörtel oder Farbe achtlos das Gerüst beträte. Die Miene des Königs nahm furchterregende Züge an. Er fauchte:

»Hier seindt impertinente Saboteurs gegen mir am Werke! Möchte wetten, dass der Baron hinter diesen Teufeleien stecket! Bring er das schnell in die Reihe und lass er ab sofort die Baustelle auch des Nachts bewachen. Jeden Morgen vor Baubeginn richte er sein Augenmerk auf das Stützgehölz und alle sonst gefährdete Parts, damit wir keine weiteren schlimmen Verzögerungen erleiden. Ich

ziehe ihm sonst für alle mutwillige Retardationen etwas Strafgeld vom Lohne ab. Höre er mir!«
Der gemaßregelte Polier ward in Staub und Schmutz zurückgelassen. Vergeblich hatte er auf ein Wort der Anerkennung gehofft. Über diesem Bau lag ein Fluch, das galt ihm jetzt für sicherer denn zuvor. Unter Stoßgebeten versuchte er seinen demolierten Hut wieder in Form zu bringen.
Hätte er die Geschichte des alten Karle anführen sollen, als der Monarch ihn nach van der Heyden fragte? Karle schwor Stein und Bein, den Baron am frühen ersten Juli, blass wie eine Leiche, in der Eisgrube am Höneberg gesehen zu haben. Es hätte ihn so gegraust, dass er herausgekraucht und davongerannt wäre wie von der Tarantel gestochen. Doch wie sie dann vereint Nachsuche gehalten hatten, waren nur die Bierkannen zu finden gewesen, die sich der Karle in der Eisgrube kühlte. Ausgelacht hatte er deswegen gehört, sonst gar nichts. Was hätte sich wohl ein Mann wie der Baron in diesem frostigen Stollen verbergen sollen? Er war verschwunden, nur soviel war sicher. Nach Tagen des grundlosen Ausbleibens hatte ihn der König vom Dienst suspendiert und wegen des Verdachts auf Veruntreuung von Baugeldern zur Fahndung ausgeschrieben.

Nördlich von Schloss Sans Souci, über der grasbestandenen Flanke des Heine-, Heinken-, Hühner-, Hünen-, Heune- oder Hönebergs flimmerte die Juliluft. Nach etlichen Tagen des Dauerregens und vergleichsweise kühlen Temperaturen schien zum ersten Mal wieder die Sonne. Eine breite Schneise machte den Blick vom Weinberg frei auf einige antik wirkende künstliche Ruinen. Ein Pulk Arbeiter schippte in der sengend gewordenen Hitze. Viehbremsen plagten die Arbeiter, während sie einen schmalen Graben Meter für Meter durch die steinige, aber vom Regen gelockerte Erde nach oben vorantrieben. Der Schatten der großen Bäume am Waldrand war unerreichbar weit entfernt, und nichts auf der Brache spendete

Linderung, außer dem Graben selbst, aus dem es erdig roch und frisch. Sehnsüchtig schauten die Grabenden in die Richtung der nahen Bergkuppe, wo ein gewaltiges Bassin mit 150 Fuß Durchmesser darauf wartete, das in ihm befindliche Wasser in die neue Rohrleitung zu ergießen. 155 500 preußische Kubikfuß fasste es, wenn es, wie jetzt, zur Gänze gefüllt war. Im Abstand von ein paar Fuhrwerkslängen folgte ihnen ein zweiter Bautrupp, der mit großer Sorgfalt ellenlange Bleirohrabschnitte aneinander fügte und die Verbindungen mit gefetteten Hanffasern abdichtete.

Die ganze Anlage war großzügig angelegt. Durch den Höhenunterschied zwischen der Spitze des Hönebergs und der untersten Terrasse des Weinbergs von Sans Souci sollte sich der nötige Druck aufbauen, um die inzwischen zahlreichen Wasserspiele des Parks in quellenden, sprudelnden oder hoch aufschießenden Betrieb zu bringen. Ein Berliner Bühnenbildner hatte in freier Korrektur der Knobelsdorffschen Entwürfe 1748 eine Ruinenstaffage um das im gleichen Jahr gebaute Wasserbecken errichten lassen, damit das rein Garstige der technischen Anlage verdeckt und ästhetisiert würde. Die bewusst schludrig gemauerten Trümmer sollten die Reste eines römischen Amphitheaters abbilden, zu denen das Reservoir gleichsam die Arena für die Vorführung von Naumachien abgab. Zumindest so weit hatte sich die Sache anfangs überaus gedeihlich entwickelt.

Nun aber war zu befürchten, dass aus dem Ruinen vorstellenden Mauerwerk bald wirkliche Ruinen entstanden sein würden. Der Mörtel bröckelte schon aus den vom Frost gesprengten Fugen. Was das für die Fontänenanlage schwer verzichtbare Wasser betraf, war in den zurückliegenden achtzehn Jahren ein Trauerspiel dem anderen gefolgt. Der holländische Kastellan Boumann, ursprünglich mit der Ausführung des Baus betraut, hatte sich einen unfähigen Landsmann namens Heintze als Compagnon hinzugeholt. Nur mit einem dilettantisch abgezeichneten Kupferstich des Engländers Richolls im Gepäck, auf dem zu sehen war, wie man »mittelst Feuer und der durch siedendes Wasser aufgelösten Dünste anderes Wasser ... heben und auf höher gelegene Punkte zu fördern im Stande ist«, kam dieser Mann zum König und gab sich für ein Genie des Fontänenbaues aus. Ein 325 Ruten langer und drei Ruten breiter Kanal – der Schafgraben – wurde ausgestochen und am Südrand des Fasanengartens beim Hofgärtnerhaus eine Windmühle mit Wasserpumpgestänge errichtet. Im Pump- und Saugbetrieb sollte sie Wasser auf den Höneberg ins Reservoir pumpen. Aber die hölzernen Rohre, die hinaufführten, platzten bei der ersten Probe, da der Druck der stehenden Wassersäule viel gewaltiger war als gedacht. Verbesserungen an jenen Holzröhren führten zu keinem Erfolg: Die Wasserleitungen platzten erneut. Daraufhin ließ der König zwei Schilder malen und vor den Wohnungen seiner Fontänenbaumeister Heintze und Boumann aufstellen: Zunächst sah man nur schöne Ansichten des Hönebergs. Kaum hatte es aber einmal heftig gewittert und geregnet, war die äußere Schicht Wasserfarbe und mit ihr die Landschaftsmalerei abgewaschen und es zeigten sich zwei lebensgroße, in Öl gemalte Esel. Darunter stand: »Hollaandse Fonteinen maakers!«

Dem alles andere als genialen Fontainier Heintze schienen diese Schildereien von keiner günstigen Vorbedeutung zu sein. Gerade wollte er beim König um seinen Abschied anhalten, da erhielt er ihn ohne weitere Umstände durch den Tod. Er starb aus Gram über die königliche Rohheit.

Boumann ließ immerhin noch gusseiserne Rohre machen, bevor er die Arbeit an den Brunnenmacher von Osten abgab, der ohne nennenswerte Verdienste, sei's im Guten, sei's im Bösen, bald seinem Nachfolger George Platz machte.

George nun erkannte, dass eine Mühle nicht ausreichte, um das Reservoir dauerhaft vollzupumpen, und ließ eine zweite am Ufer des Bornstedter Sees errichten sowie eine zugehörige zweite Steigleitung verlegen. Dieser George, vom Kammerier Fredersdorf empfohlen, war immerhin »habil« genug, dass sich am 12. April des

Jahres 1754, einem kalten, stürmischen Karfreitag, gegen Mittag über dem Brunnenteller unter der Bildergalerie ein fünfzig Fuß hoher, dünner Wasserstrahl erhob. Trotz der Kälte hatte der Monarch staunend davor ausgeharrt und die flüssige Säule unentwegt angestarrt. Fredersdorf, der seinem Herrn eine wollene Decke umgelegt hatte, war in Seligkeit zerschmolzen, bis die flüchtige Erscheinung, ohnehin vom stürmischen Winde gedrückt und zerfasert, nach einer knappen Stunde bereits vollends wieder in sich zusammenstürzte.

»Wer hat das befohlen?«, hatte der König entgeistert gefragt. Doch die Erklärung war so simpel wie ehrabschneidend für den Fontainier: Das Becken auf dem Höneberg war schlicht leer, ohne dass es Nachschub gegeben hätte. Man hatte winters, auf eine Idee des Zweiten Hofküchenmeisters Langustier hin, munter Schnee in das Reservoir geschaufelt, um es endlich einmal gefüllt und die Rohrleitung ihren Dienst tun zu sehen. Wenn der Regenfall übers Jahr es zuließ und sich im Winter wieder genügend ehrenamtliche Schneeschipper fänden, würde man das Spektakel Jahr für Jahr wiederholen können.

Der König aber hatte abgewunken: »Das seindt unbillige Spielereien.«

Die solide klingende, mit kunstvollen Planzeichnungen und ellenlangen Tabellen versehene Eingabe des Obersten Christian von Springnitz, der als verdienter und unversehrter Kriegsteilnehmer mit einem gewissen Vertrauensvorschuss rechnen durfte, hatte nun alle nagenden Zweifel aufs Neue beiseite geschoben und die alte Zuversicht des Königs in punkto sprudelnde Landschaften wieder belebt. Der quirlige Oberst hatte alle Register seines profunden, an verschiedenen Höfen und im Bergwesen gewonnenen technischen Wissens gezogen, um die Bedenken zu zerstreuen: Seine eigenen Rohre gieße er aus Blei – mit ihm frei angelieferten Materialien und Gerätschaften, verstehe sich – und reformiere den Pumpenbetrieb von Grund auf. Eine brandneue Erfindung aus Britannien würde die nötige Kraft liefern, das Wasser der Havel vom Kunstkanal aus in bislang ungeahnten Mengen auf den Ruinenberg zu transportieren. Den ganzen Park wolle er unter Wasser setzen, tönte er nicht eben bescheiden, was die Berater Sr. Königlichen Majestät zur Vorsicht bewog. Doch der König schlug ihre Bedenken in den Wind. Er hatte wieder Hoffnung geschöpft. Obwohl die Rohre vom Höneberg nach Sans Souci noch intakt gewesen zu sein schienen, willigte er ein, auch diese zu ersetzen, um ganz sicher zu gehen. Die quer durch den Rehgarten verlaufende Pumpleitung von der Kunstmühle zum Bergreservoir war schon seit Wochen fertig. Doch diese Mühle wäre inskünftig nicht länger vonnöten, wenn man den Andeutungen des Herrn Springnitz Glauben schenken durfte. Die mit der Applikation vorgelegten Zeichnungen der Anlage wirkten solide und waren von ihm bereits approbiert.

Auf seinem Lieblingspferd, dem Fleckschimmel Brühl, ritt der kleine, blau uniformierte Monarch nun beherzt hügelan, wobei der ausgefranste Federbesatz seines abgeschabten Dreispitzes lustig flatterte. Kurz verweilte er über dem kleinen Rundtempel und spähte ins randvolle Becken. Die ausgiebigen Regenfälle der ersten Jahreshälfte hatten es bereits gefüllt. Das zwei Meter tiefe Wasser war klar, doch konnte man nicht auf den Grund sehen: Die Oberfläche war gänzlich mit Entengrütze bedeckt.

Aus einer Baubaracke an der waschecht ruinös geratenen Amphitheaterkulisse kam nun der kleine und flinke Wasserbaumeister heraus und eilte – waghalsig über die schmale, glitschige Beckenmauer balancierend – beherzt auf seinen Brotherrn zu, vor dem er schließlich Halt machte, den Hut zog und sich ehrerbietigst verneigte. Der König erwiderte den Gruß und sprach ihn vom Pferd herab an, dabei mit dem Reitstöckchen einen Schwarm gelbgrüner Pferdebremsen unbekannter Art aufscheuchend, der den Hals des königlichen Rosses zur blutigen Quellregion machen wollte.

»Seid mir gegrüßt, Fontenié Springnitz! Ihr seht mir aus, als flössen die Wasser schon. Wie stehend die Wetten?«

»Eure Königliche Majestät können unbesorgt sein – sehr zu Euren Gunsten! Wer's wollte, könnte bei dieser neuartigen Lotterie, so wir sie einführen, einen veritablen Schnitt machen! Aber ganz im Ernst: Es entwickelt sich!«

Dieses Wort schien dem Oberst am ehesten geeignet, das allerhöchste Zutrauen über die wenig ereignisreichen Durststrecken des diffizilen Projekts hinwegzuleiten, und er machte daher Gebrauch davon, wo immer sich eine gefällige Gelegenheit bot.

»Das lässt sich hörend. Nun seindt von mich schon mehr als dreimal hunderttausend Taler aufgewendet worden, um Wasser zu kriegen, doch vergebens. Es hätte sich zuletzt gar ein scandaleuser Italier, der Chevalier Neuhaus, fast daran versucht. Doch seindt er von meinem Vorschlag, ihm zum Kadettenwärter zu machen, worden hinweg gezaubert. Mir deuchte gleich, dass er von Wassergraben und Pumpen keinen feuchten Dunst gehabt. Doch fahrend Sie fort.«

Springnitz schluckte, denn er wurde sich mit einem Mal der zahlreichen Kränze aus Vorschusslorbeeren bewusst, die ihm der Regent beständig wand. Wenn die Unternehmung nur gutging. Es durfte kein Scheitern geben ... er würde andernfalls den Rest seines Lebens ehrlos verbringen!

»Wie Eure Königliche Majestät sich selbst überzeugen können, steigt die Rohrleitung atemberaubend rasch bergan, aber was noch ungleich erfreulicher ist: Die Pumpenapparatur ist von Euer Königlichen Majestät Seehafen Emden via Hamburg nach hier unterwegs. Das Schiff, welches sie transportiert, klettert momentan noch auf der Elbe, macht aber gute Fahrt, wie mir der Kapitän in einer Depesche versichert hat. Weiß Gott, es entwickelt sich!«

»Mein lieber Herr von Springnitz – was mischt er denn Gott da hinein? Hauptsache, wir seindt es doch, die wissen! Ich bin mir keinesfalls sicher, ob es klug war, Ihnen in diesem Punkte nachzugeben. Der gute Boumann hatte mich früher schon einmal in den Ohren gelegen mit einer englischen Feuermaschine. Was haben die Angelsachsen nur mit dem Feuer und ihren Maschinen? Damals, gleich nach Anlage dieser Bergwanne, war es der Schmiedemeister Newcomen, von dem eine solche Apparatur hätte geliefert werden können, aber ich habe der Sache mein Veto entgegengesetzt, da mich meine Spione gemeldet, dass das Gerät nichts taugte, weil es in Zeiten der Holzteuerung zuviel Geld fresse. Auch zeigte der Entwurf des Esels Heintze allerhand unverständliche Künsteleien, die er von billigen Kopperstichs abgepaust. Er ist ob seines eigenen Gewurstels rechtzeitig abgestorben, bevor er mir noch gottloser das Geld verpulvern konnte. Wer steht mir jetzt dafür, dass das Wunderding, von dem Sie mich berichtet, seinen Dienst besser erfüllen wird? Feuer machen, um Wasser zu bekommen? Springnitz, seindt denn Euer Maschiniste aus Albions Bezirken auch ganz bei Trost?«

Er bemühte sich, das Pferd zu beruhigen, das angesichts mehrerer Bremsenstiche zunehmend außer Fasson geriet.

»Niemand anderes als meine eigene Wenigkeit, Sire, garantieren für die Fähigkeiten des Engländers. Mein Korrespondent war, wenn der Ausdruck jetzt noch gestattet ist, Feuer und Flamme, als ich ihm in Aussicht stellte, dass Eure Königliche Majestät auf seiner Empfehlungsliste künftig einen der obersten Plätze einnehmen könnten. Sie können gewisslich glauben, dass er sich keinen Fauxpas leisten will. Auch darf ich daran erinnern, dass Mister Watt alle Unkosten tragen und sich sein Honorar nur erbitten wird, falls alles rundum zur Zufriedenheit Eurer Königlichen Majestät ausgefallen ist.«

»Nun gut, das lässet sich hören, aber ich werde doch noch Mitchell, den englischen Residenten, über Euren britannischen Feuer-Menschen befragen. Sir Andrew geht nie fehl, was seine Landsleute betrifft. Er kann ihnen über alle Bescheid sagen. Wenn Ihr Mensch ein Schurke seindt, so kennen wir ihme und seine auswärtigen Machenschaften binnen Wochenfrist. Wie nannte er doch gleich seine Vorrichtung?«

Von Springnitzens Gestalt straffte sich:
»Es handelt sich um einen direkt wirkenden Niederdruckdampfheber, Eure Königliche Majestät. Der Erfinder heißt Watt, Sire, James Watt, und hat seinen Wohnort nebst Maschinenmanufaktur in Greenock-on-Clyde bei Birmingham. Ich halte aber dafür, dass die Vorrichtung, die er uns sendet, was die Qualität der Wattschen Plümpen-Technik betrifft, schon durchaus für sich selbst sprechen wird.«
»Wollte nur, dass Sie mit allem Recht behalten, Springnitz! Doch was das Reden anbelanget, seindt mich sicher, dass Sie das besser beherrschend als je eine englische Maschine.«
Der König winkte einem seiner schräg hinter ihm wartenden, ebenfalls berittenen Flügeladjutanten, während Brühls Schweif eine sehr ähnliche Bewegung vollführte.
»Schreib er Namen und Grafschaft auf, Krockow, und erkundige er sich beim englischen Attaché über Herkommen und Leumund des omineusen Herren. Fahren Sie mit der Arbeit nur zügig fort, Monsieur Springnitz, und sehend Sie zu, dass hier keiner dazwischenfunkt. Drüben am neuen Bau hatten wir wieder einen übereifrigen Handwerker, dem ein paar gefährliche Sägestreiche neben die Reihe gegangen seindt. Ich lasse Ihm und seinen Leuten eine Erquickung bringen. Sie werdend wohl schon drauf sehen, dass sie das teure Fredersdorfer Bier in die richtigen Röhren gießen! Lassen Sie mir wissen, wenn das Gerät am Kanal anlandet, denn der Vorgang interessieret mir! Guten Tag, mein Herr!«
Der Adjutant tat, wie ihm geheißen, während der König bereits den Hang hinabsetzte und an den grüßenden Arbeitern vorbei, den gelüfteten Dreispitz in der rechten Hand, entlang der Wasserleitung auf Sans Souci zuritt. Er besah die unschuldig in ihrem frischen Bett ruhende Metallschlange, um sich dann wieder anderen, gewichtigeren Problemen zuzuwenden.

III

Honoré Langustier, der Zweite Hofküchenmeister Sr. Königlichen Majestät, lag in einem Berg von Kissen unter einem Baldachin auf dem Balkon der Berliner Stadtwohnung seiner Tochter und las Zeitung. Nach der kleinen Lebensmittelvergiftung, die er sich vor drei Tagen zugezogen hatte, war ihm von seinem Arbeitgeber förmlich die Untätigkeit verschrieben worden. Ja, er hatte es sogar schriftlich:

> Ihre umbstände seindt So schlecht, dass ohne eine stendige Pflege Ihnen ohnmöglich Kann geholffen werdend. Das vornehmste ist, des Morgens den Schweiss abzuwarten und Solchen zu beföhrderen, darnach Keine unverthauliche oder Saltzige speisen zu Essen, nicht zu schreiben noch zu arbeitten, bis die Kräfte datzu volkomen wieder dahrseindt, Keine fremde Medicin noch injections oder Pflaster, sie mögen nahmen haben wie sie wollen, zu gebrauchen. Bleiben Sie in Berlin bei ihre Familie, die gewiss alles Tunliche wird anwenden, Ihnen zu helffen.
>
> Gott bewahre Ihme! Fch.

Ins Bett begeben also sollte er sich und keinen Schritt zurück nach Potsdam tun, bevor er nicht zur Gänze kuriert und wiederhergestellt wäre. Wenn er den Casus unterm Sonnenschirm hoch über der geschäftigen Roßstrasse betrachtete, auf der sich Mietkutschen, Fuhrwerke und Fußgänger nicht eben lautlos aneinander vorbeidrängten, so konnte er ihm eigentlich nur gefallen. Bei aller noch vorherrschenden Mattigkeit ging es ihm inzwischen gut genug, um die kühlende Luftbewegung als angenehm zu empfinden. Überhaupt fühlte er sich mit seinen 61 Lenzen – von gelegentlichem Zwicken im Rücken und Knirschen im Knochengebälk abgesehen – frisch wie ein Fisch im Wasser! Weitaus frischer wenigstens als die Forelle, die er vergangenes Wochenende in einer kleinen Dorfschänke auf der Halbinsel Stralau gegessen hatte, wozu ihn sein neuer Schwiegersohn verleitet hatte, der selbst klugerweise etwas Geräuchertes bevorzugt ...

Der warme Wind gab der hochsommerlichen Glut ringsum eine erträgliche Note und beförderte die Gehirntätigkeit. Da augenblicklich keine großen Fragen der Lösung harrten, blieb dem Müßigen nichts anderes übrig, als über seine Stellung im Leben nachzudenken. Die Frühzeit in Straßburg, die Begegnung mit dem König 1740 und seine ersten 25 Jahre in preußischen Diensten wurden mit vielen schönen Gedanken gestreift.

Nach verschiedenen glücklichen Bemühungen um die Entkriminalisierung der Residenz, insbesondere nach der 1756 zur allgemeinen Heiterkeit aufgelösten »Gespensteraffäre«, hatte ihm der König ein Häuschen in Potsdam, in der Breiten Straße, entworfen und errichten lassen, welches repräsentativ war und sämtlichen Komfort bot, den er sich im Alter wünschen konnte. Versteht sich, dass er den Siebenjährigen Krieg nicht mehr an vorderster Front, sondern in der Etappe zugebracht hatte. Die Fechtübungen der beiden ersten Kriege um Schlesien – nur noch blinkende Erinnerung ... Sein Dienstjubiläum im letzten Jahr war zu einem Freudenfest sondergleichen geworden. Zum Glück verschonten ihn seine Kollegen auch weiterhin mit Neid und Missgunst, wiewohl sie Grund genug dazu gehabt hätten, denn der König gewährte Langustier mancherlei Vergünstigungen.

Die Zwangspause seines Bewegungsapparates wirkte sich stimulierend auf die Vorstellungskraft aus, wenngleich ihn das, was ihm nun vor Augen trat, nicht in Seligkeit schwelgen ließ. Die vielen einstigen Bekannten fielen ihm ein, die er gern in sein neues Domizil eingeladen hätte, wenn sie noch auf der Welt gewesen wären.

Jordan hatte den Reigen der Abgänge eröffnet, gefolgt von Knobelsdorff, Fredersdorf, Pesne und Maupertuis. Vor sechs Jahren hatte dann, zum Beweis, dass der Tod selbst seine erbittertsten Widersacher überwindet, dem guten Eller das letzte Stündlein geschlagen. Langustiers Trauer um seinen ersten Schwiegersohn, den Grafen Adrian von Beeren, war noch weitaus tiefer gewesen.
Nachdrücklich verscheuchte er den Trübsinn, indem er an die jungen Köche dachte, die er inzwischen angelernt, an die alten, mit denen er sich nach wie vor gut verstand, an die wirklichen großen, perfekten Diners, Soupers und Bankette, die in all den Jahren gemeinsam über die Bühne gebracht worden waren. Das erste Hoffest, bei dem er mitgewirkt, fiel ihm wieder ein: 1740 hatte das stattgefunden. Seine Tochter Marie war damals, eingezwängt in eine galante Garderobe, die ihr fast die Luft abschnitt, ihrem ersten Mann über den Weg gelaufen.
Nachdem von Beeren im Siebenjährigen Krieg gefallen war, hatte Marie ihren anfangs unerträglich scheinenden Schmerz nach zwei Jahren überwunden und ein weiteres Mal geheiratet. Karl von Quandt, ihr zweiter Ehemann, hatte vom König vor einem Jahr einen kleinen barocken Landsitz in Caputh vor Potsdam gepachtet und eine Färberei für türkische Garne dort eingerichtet. Marie hatte ihrerseits das von Beerensche Landgut gegen gutes Entgeld dem Lieblingsbruder ihres gefallenen ersten Mannes abgetreten, damit es Familiensitz blieb.
Langustier verstand sich mit seinem neuen, aus der Grafschaft Hohenfließ stammenden Schwiegersohn sehr gut, denn dieser hatte wie er selbst eine besondere Vorliebe für die interessanten Problemstellungen der Naturwissenschaften. Maries Vater war inzwischen bekehrt, was Einmischungen in ihre Herzensangelegenheiten betraf, und hatte beschlossen, dass sie für alt genug gelten durfte, eigene Entscheidungen zu treffen. Väterliche Eifersucht bekäme in seinem Alter leicht etwas Lächerliches. Seine beiden Enkelkinder Honoré und Heloise waren übrigens längst erwachsen, beide glücklich ver-

ehelicht und hatten ihm ihrerseits acht Urenkel geschenkt. Er war zwar schon silbergrau, aber im Kopf steckte noch längst nicht der Schwamm. Er bekam noch alle Vornamen zusammen: Pierre, Madelaine, Evelyn und Jean-Jaques, Bertrand, Simone, Geraldine und Egmont. Honorés vier hießen von Beeren, Heloises vier dagegen von Simon.

Langustier ließ den genießenden Blick vom azurblauen, wolkenlosen Himmel wieder auf die gräuliche Doppelseite der »Berlinischen Neuesten Nachrichten für Staats- und gelehrte Sachen« zurückschwenken. Das Verschwinden des Königlichen Landbaumeisters erschien ihm sehr geheimnisvoll, weil das, was da auf dem Papier stand, nur schwer mit der Wirklichkeit in Deckung zu bringen war.

»Von Gottes Gnaden, Wir, Friedrich, König in Preußen etc. fügen Euch, dem Baron und Landbaumeister van der Heyden, hiermit zu wissen, dass nach Eurer unerlaubten Entweichung von dem Baue des Neuen Palais im Garten der Residenz Sr. Königlichen Majestät in Potsdam, concursus creditorum gegen Euch eröffnet worden. Da wir nun den terminum liquidationis auf den 21. August 1766 morgens um 8 Uhr in Unserem Kammergericht präfigieren lassen; also citiren Wir Euch hiermit und zwar sub präjudicio zu erscheinen, von Eurem böslichen Austritt Rechenschaft zu geben, oder zu gewärtigen, dass Ihr vor einen muthwilligen Banqueroutier gehalten, criminaliter gegen Euch verfahren, und die Strafe, allenfalls an Eurem Bildnisse exiquiret werden solle. Das ist Unser Wille. Urkundlich etc. Gegeben Berlin, Sonnabend, den 5. Julius 1766. Königlich Preußisches Kammergericht.«

Gleich darunter stand in einem schwarzen Rahmen der zugehörige Steckbrief:

»Nachdem der Landbaumeister van der Heyden, über dessen Vermögen concursus creditorum eröffnet worden, von hier entwichen, als werden von Einem Königlich Preußischen Kammergericht auswärtige Judicia, so Hohe als Niedere, hierdurch dienstlich ersuchet,

denen Einheimischen aber wird hierdurch anbefohlen, sobald ermeldeter van der Heyden sich blicken lassen sollte, sich dessen Person zu versichern und dem Kammergericht allhier Nachricht davon zu geben, damit der entwichene Debitor, gegen Erstattung der Kosten und Ertheilung der gewöhnlichen Reversalien verabfolget und abgelanget werden könne.«
Wer den Baron van der Heyden persönlich kannte, der in den zurückliegenden drei Jahren den Bau des Neuen Palais maßgeblich geleitet hatte, konnte weder Unterschlagung, Kontravention noch Misswirtschaft im Entferntesten mit seiner Person in Verbindung bringen. Wenn jemand von des Königs Beamten Ehrlichkeit und Aufrichtigkeit verkörperte, so war er es. Mochte es auch mit seinen privaten Finanzen nicht immer zum Besten bestellt gewesen sein, da ihn mitunter die verhängnisvolle Leidenschaft des Lotteriespiels überkam – er hätte sich niemals auf Kosten seines königlichen Auftraggebers bereichert. Als eigentlicher, heimlicher Grund für seinen Hinauswurf kam nur des Königs Ungeduld mit dem neuen Schloss in Betracht, das weniger für die Ewigkeit, als für das kommende Jahr berechnet war. Van der Heyden war schlicht zu übergenau und zeitraubend sorgfältig in allem, was er am Bauwerk vornahm. Leider hatte er sich erdreistet, selbständig zu denken und die hochherrschaftlichen Baupläne abzuändern! Alle betont leichte Bauweise war, in Sorge um die Stabilität des Schlosskörpers, etwas schwerer ausgeführt worden als angegeben. Dies hatte zur Folge, dass sich der Bau einerseits verteuerte, andererseits bedeutend langsamer vorwärts kam.
Dem auf rasche Fertigstellung pochenden Bauherrn war dies nicht länger tolerabel gewesen. Für Langustier schien die Sache auf der Hand zu liegen. Dann hielt er irritiert inne. Dachte der König auch in Küchenangelegenheiten so? Geschwindigkeit statt Akkuratesse? Das würfe doch ein eigentümliches, wenig schmeichelhaftes Licht auf sein langjähriges, dankenswertes Gelittensein.
Aber wo um alles in der Welt steckte der arme Landbaumeister?

Sich klammheimlich aus dem Staub zu machen wie ein Verbrecher, sah ihm so gar nicht ähnlich. Hatte er sich eingemauert? Hielt er sich aus Scham darüber, dem König nicht zu genügen, irgendwo versteckt? Es fehlte jegliche Spur. Nun sollte ihn die öffentliche Androhung, zum schändlichen Bankrotteur erklärt zu werden, zurückbringen.

Langustier hatte schon manche Hinrichtung miterlebt – doch eine solche Form der Exekution war ihm noch nicht untergekommen. Er versuchte sich vorzustellen, wie man die Strafe in Abwesenheit des Delinquenten an seinem Bilde vollstrecken wollte. Mit dem Degen durchbohren oder vierteilen mochte noch angehen. Was aber geschah, wenn man das Bild einfach aufhängte? Würde das auch seine Wirkung tun? In diesem Fall wäre jede Erinnerung an die Urahnen eine stillschweigende, fortwährende Exekution. Den Kopf herausschneiden – ja, das wäre vielleicht das Wirkungsvollste. Oder verbrennen. Aber hatte das nicht einen vollends barbarischen Beigeschmack? Auf harmlose Ölgemälde oder Pastellzeichnungen einzuschlagen – stand das einem Königlich Preußischen Kammergerichte nicht übel zu Gesicht? Er sah den König eigenhändig eine lodernde Brandfackel unter das ölige Konterfei des ungeliebten Baumeisters halten.

Die Überlegungen des Zweiten Hofküchenmeisters verloren sich im Abstrusen. Eine Weile verfolgte er mit den Augen einen Pulk junger Mauersegler, die in rasantem Spiel über Dächer und Hinterhöfe schossen. Mehrere Greifvögel, Bussarde wohl oder Gabelweihen, kreisten in ziemlicher Entfernung und Höhe am Himmel. Langustiers Augenlider und Unterarme wurden schwerer und schwerer. Es dauerte nicht lange, bis seine Hände auf der dünnen Decke lagen, die über die Beine gebreitet war. Die Augenlider zuckten schwach, bis sie ermatteten. Das graue Papier zwischen den schwächer greifenden Fingern widersetzte sich noch einige Momente dem freien Fall, dann konnte nichts mehr verhindern, dass es zu Boden ging.

Marie von Quandt, verwitwete von Beeren, freute sich am kommenden Morgen, ihren Vater putzmunter zu sehen. Zum ersten Mal seit Tagen hatte Langustier seine gesunde alte Gesichtsfarbe wieder. Nur mit dem Essen wollte er es noch nicht übertreiben. Eine Kante trockenes Brot, in den ungesüßten Kaffee getaucht, genügte ihm vollends zur diesmorgendlichen Seligkeit.
»Bon jour, Marie!«
Da er sich zum Ausgang angekleidet hatte, fragte sie nach seinen Plänen für den Tag.
»Vorhin kam eine Botschaft aus Potsdam. Kommenden Tags sind die Generalregisseure auf der Baustelle zum Essen geladen, und da wäre meine umgehende Resurrektion von Vorteil ...«
»Du willst also wieder nach Potsdam fahren?«
In ihrer Stimme klangen Bedauern und Besorgnis.
»Fühlst du dich denn schon genügend wiederhergestellt?«
»Dank deiner Fürsorge, liebste Marie, ganz und gar! Es tut mir Leid, dass ich Deine Gastfreundschaft als Kranker so rüde ausgenutzt habe, ohne dich nun wenigstens mit zwei Wochen meiner lamentierenden Anwesenheit zu entschädigen.«
Er lächelte schelmisch. Marie fragte nach:
»Er bittet also die Generalregisseure zu Tisch? Wäre das nicht eine gute Gelegenheit, ich meine, könntest du nicht – wo du doch soviel von Giften und dergleichen verstehst ...?«
Langustier bekam große Augen. Auch seine Tochter machte also, was den Hass auf die neu angekommenen Landsleute betraf, keine Ausnahme. Er vergaß in seiner privilegierten Stellung manchmal, dass es so etwas wie Abgaben und Steuern und Zölle überhaupt gab. Als königlicher Beamter war er davon befreit. Und Marie hatte als adelige Händlerin ebenfalls nur indirekten Grund zur Klage. Ihr Delikatessengeschäft litt weit weniger als die Unternehmen der bürgerlichen Konkurrenz, aber ihre Lieferanten gaben die zum Teil empfindlich gestiegenen Akzisesätze auch an sie weiter. Sie zog ein längliches Papier aus einem Stapel auf der Schreibfläche ihres

prunkvollen Sekretärs und reichte es ihrem Vater. Langustier betrachtete es eine Weile schweigend, dann prustete er los:
»Komödianten – ein Taler! Gaukler und Marktschreier – in Berlin zollfrei! In Pommern und der Kurmark kosten sie dagegen täglich einige Groschen.«
Die Tabelle mit den neuen, ab Juli 1766 geltenden Zoll- und Akzise-Tarifen konnte in der Tat, wenn man nicht über ihr verzweifelte, sehr zur Erheiterung beitragen. Seltsame Dinge waren dort verzeichnet, Apfelsinen, Biberhaare, Draht, gewöhnliche und seltene Tauben. Die Rubriken »Komödianten«, »Gaukler« und »Marktschreier« lasen sich wie Scherze, doch in einer amtlichen preußischen Tabelle wurde für gewöhnlich nicht gescherzt. Langustier fragte sich, wer die Komödiantensteuer zu entrichten hätte, wenn zum Beispiel ein Wagen mit fünf Komödianten am Kottbusser Tor ankam. Die Komödianten? Oder würden sie als Leibeigene des Theaters betrachtet, für das sie ins Land geholt wurden? Also hätte der König selbst für sie zu zahlen. Doch als Adeliger wäre er wohl von dieser Pflicht befreit.
Marie erwiderte trocken:
»Die laufen ohnehin bei mir schlecht – ich nähme sie kaum für geschenkt. Sieh dir lieber einmal die Bier- und Weinsteuern an!«
Langustier fuhr mit dem Zeigefinger die linke Spalte abwärts, in der die Waren aufgelistet waren, während rechts die Akzise einmal in »guten«, einmal in in preußischen Talern, Groschen und Pfennigen angegeben stand.
»Für das hiesige Bier nur 69 schlechte Groschen, 9 Pfennig je Tonne, aber für das fremde … vier Taler!«
Er schluckte. Auch fremder Bieressig war mit einer Besteuerung von einem Taler, 70 Groschen die Tonne ganz und gar nicht länger wohlfeil. Beim Anblick der Weinabgaben stockte ihm das Blut: Die einheimische Sauerbrühe vom Weinberg am Rosenthaler Tor wurde mit läppischen 30 Groschen der Eimer angesetzt, das sächsische Gesöff aus Guben gab es unverzollt, aber die eigentlichen Weine

aus Burgund, der Champagne, dem Rheinland, dem Neckartal, aus Franken, Spanien, Italien, Griechenland ... kosteten je Eimer fünf Taler, 75 Groschen Akzise! Selbst der ordinärste französische Landwein sollte noch pro Eimer einen Taler, 78 Groschen, 12 Pfennig abwerfen.

Marie seufzte und er tat ein Gleiches. Was sollte man da noch trinken? Branntwein?

»Siehst du jetzt, warum ich den Herren Generalregisseuren mit Vergnügen den Inhalt des Schierlingsbechers in den Hals wünschte? Apropos –«

(sie nahm die Liste mit gespieltem Eifer und suchte)

»– Schierling, Schierling ...«

Die in der Liste verzeichneten Unterscheidungen zwischen gleichen Waren unterschiedlicher beabsichtigter Nutzung erheiterten Langustier ebenso wie die Umrechnungstabelle für Maße und Gewichte. Bei der Vorstellung, als Kontrolleur an einem der Tore zu stehen und dieses Chaos im Einzelfall entwirren zu müssen, dankte er dem Himmel für die relative Gnade, Koch geworden zu sein. Er deklamierte fröhlich mit sonorem Bass, wie ein Priester, der die Messe las:

»Branntwein, in loco consumtionis gebraut / Branntwein aus Städten derselben Provinz / Branntwein aus Städten anderer Provinzen / Branntwein vom Lande / Branntwein, fremder, zur Konsumption / Branntwein, fremder, zur Handlung / Branntwein, Quedlinburger.«

Vor allem, wenn man die Mengenangaben für Flüssigkeiten in zusätzliche Erwägung zog, konnte man leicht ins Schleudern kommen: Eine Tonne entsprach 100 Quart, 60 Quart indes ergaben einen Eimer bzw. 10 Viertel. Wieso galten aber acht Achtel als eine Tonne? Hatte das seine Richtigkeit? Viereinhalb Eimer waren eine Piepe, drei Eimer ein Oxhoft, zwei Eimer ein Ohm, ein Eimer zwei Anker. Übrigens entsprach die Tonne zweieinhalb Scheffel; ein Scheffel galt soviel wie vier Viertel zu 4 Metzen. Es war schlicht zum Verrücktwerden!

Da Langustier in Potsdam wenig von den Neuerungen mitbekam, fragte er Marie nach ihren Erfahrungen mit den neuen Bestimmungen und Beamten. Sie konnte ihm nicht viel Erfreuliches berichten. Es waren zwar nur wenige Franzosen in den unteren Rängen – das Gros der Einnehmer und Visitatoren war deutsch geblieben – doch es gab einige Ausnahmen, die viel über den Charakter der »Fermiers« aussagten. In den wenigen Monaten seit der Einführung waren schon dreimal auf anonyme Anzeige hin Hausvisitationen bei ihr vorgenommen worden, ohne Ergebnis, versteht sich, da sie nicht mit Schmugglern zusammenarbeitete und über ihre Wareneingänge akribisch Buch führte und eben alles tat, was die guten preußischen Handlungstugenden erforderten. Dennoch hatte ein französischer Visitator mit Namen Legrange partout versucht, ihr Unterschleife in ihrer Buchführung oder gar die Lagerung von Contrebande anzulasten. Unverschämt hatte er ihr eröffnet, dass es indessen noch eine Möglichkeit gäbe, die leider notwendige Anzeige hintanzuhalten. Langustier horchte auf.

»Er hat dir einen schmutzigen Handel angeboten?«

»Allerdings! Russischen Caviar wollte er haben, von Austern ein Schock jede Woche, dazu ein halbes Dutzend Bouteillen Wein aus Bourgogne nebst zwei Stücker fremde grüne und schwarze Seife am Monatsersten, wenn er über meine Akzisevergehen Stillschweigen bewahren sollte.«

»Das ist billig! Ich hoffe, du bist darauf eingegangen?«

Marie sah den Vater entgeistert an. Erbost entfuhr es ihr:

»Von wegen! Ich habe sofort in seinem Beisein begonnen, einen Brief an den Baron von Horst, den Generaldirektor der Regieverwaltung abzufassen. Nach ein paar Sätzen, die ich beim Schreiben laut vorlas, bat mich mein Visitator steif um Verzeihung, betonte, seine Gehilfen hätten sich wohl getäuscht, und ab. Seither war er nicht mehr da, und ich glaube auch, er kömmt nie mehr.«

»Wie schade. Soll ich ihn feuern lassen?«

»Ach, das könntest du?«

»Nun ja, vielleicht nicht direkt. Aber ich vermag mein Wissen um diesen Vorgang einer gewissen hohen, leicht gebeugten Person mit Argusaugen mitzuteilen, die sicher nicht lange fackeln, sondern feuern würde – den zudringlichen Revisor Legrange, versteht sich.«

»Nein, man sollte vielleicht doch warten, bis sich noch einmal etwas Ähnliches ereignet. Sicher sind es nur Anfangserscheinungen, die verschwinden, wenn sich nur mehrere Betroffene über das getriebene Unwesen entsetzt haben.«

Langustier hoffte, seine Tochter möchte mit ihrer Einschätzung Recht behalten. Aber eine innere Stimme sagte ihm, dass mit dieser rigiden königlichen Steuerpolitik allen üblen Charakteren bei der Behörde Tür und Tor geöffnet worden waren. Und wenn die Bluthunde erst einmal Lunte gerochen hätten, würde ihrem zwielichtigen Treiben wohl nur schwer noch Einhalt zu gebieten sein. Die Beamten wurden anteilig am Steueraufkommen beteiligt. Von allem, was über das Ergebnis des zugrunde gelegten letzten Verwaltungsjahres 1765/66 hinausging, bekamen sie einen nicht kleinen Anteil als Prämie. Da lohnte es sich schon, ein bisschen unmenschlich zu sein.

IV

Um die klaffenden Lücken im Staatshaushalt wieder zu schließen, an denen der Bau des Neuen Palais kein geringes Quäntchen Mitschuld trug, hatte der König verschiedene Anstalten getroffen, die seine öffentliche Beliebtheit alles andere als steigerten. Kaffee-, Tabak- und Holzhandel waren monopolisiert und einschneidende Umstrukturierungen in der Verwaltung vorgenommen worden.

Seinen Landsleuten mehr als je zuvor misstrauend, war der König drauf und dran, das ganze preußische Generaldirektorium aufzulösen. Schließlich besann er sich aber und beschränkte die Reform auf das Abgabewesen, die Verwaltung der städtischen Akzise, der Grenzzölle, Schleusen-, Transitoimpost- und Lizentgelder.

Der Marquis d'Argens hatte im königlichen Auftrag bei dem ehemaligen französischen Steuerpächter und Ökonomen Helvetius nach kompetenten ausländischen Führungskräften nachsuchen müssen, die sämtliche Unterbeamte, von den Brigaden über die Torschreiber, von den Packhofbeamten über die Revisoren, von den Visitatoren und Kontrolleuren bis hin zu den Kassenwarten, beaufsichtigen und anleiten sollten. Fünf französische Oberregisseure konnten daraufhin zunächst für den Dienst gewonnen werden. Die königliche Anordnung, die den Mitgliedern des Generaldirektoriums im April 1766 auf die Tische flatterte und sie der Unfähigkeit zieh, begann mit den geringschätzenden Worten:

»Wir seindt in Rücksicht, dass die Sachen, anlangend die Akzise, bis dato so schlecht und unordentlich betrieben, zu Coupirung der dabei vorfallenden Defraudationen Allerhöchst bewogen worden, Fermiers aus Frankreich kommen zu lassend.«

Doch mit fünf Franzosen war es nicht getan. Es beliebte dem König, selbst die subalternen Posten in General-, Provinzial- und Lokalbehörden mit Beamten der ehemaligen französischen Ferme zu besetzen. Fünfhundert französische Steuerfachleute wurden angeworben und hatten mit Sack, Pack, Kind und Kegel ihren Einzug in Preußen gehalten, um den ihnen nachgesagten Fähigkeiten gemäß die Einnahmen der Krone um einige Millionen jährlich zu vermehren. Der Kupferstecher Chodowiecki hatte ihren Einzug mit spitzer Feder festgehalten.

Man kann nicht behaupten, dass fortan zwischen Preußen und Franzosen in der königlichen Verwaltung ein herzinniges Verhältnis geherrscht hätte. Ebenso klein war die Freude beim gemeinen Volk. Weder die Berliner noch die Magdeburger, weder die Vor- noch die Hinterpommern wollten sich von Franzosen in die Taschen greifen lassen. Von einem auf den anderen Tag waren die Abgaben in die Höhe geschossen. Ein aufgebrachter Bauer hatte schon in der ersten Woche der Einführung einen Akzisebeamten spitalreif geschlagen, Eintreiber hatten sich Degengefechte mit Kaufleuten geliefert.

Die Zahl der Steuer- oder Akziseverweigerer stieg seither von Tag zu Tag. Man besann sich auf alle erdenklichen Wege, die Abgaben zu vermeiden. Der Schmuggel begann zu blühen, »Contrebande« oder Schmuggelware nahm bald einen erklecklichen Anteil am Warenfluss. Die Schmuggler feilten an ihren Methoden, die Rücksichtslosigkeit der Beamten bei der Durchsuchung von Stadt und Land vermehrte sich im Gegenzug. Wiederholt hatte der König im zurückliegenden Monat auf dem Richtplatz vor dem Hamburger Tor drastische Exempel an den Steuermeuterern statuieren lassen. Doch hatte bereits sein ungeliebter Vater mit Stockhieben wenig bei den Untertanen ausgerichtet. Das gemeine Volk sympathisierte mit den Konterbanditen, profitierte es doch letztlich auch vom Schmuggel. Unter dem Tisch bekam man vieles billiger.

Der Packhofbeamte Jakob Siedemann stocherte mit einem langen dünnen Stab in den Zwischenräumen der ordentlich aufgestapelten Mehlsäcke. Wenn hier irgendetwas vor ihm hätte versteckt werden sollen, wäre es unweigerlich entdeckt worden. Zwei lange, dünne Nadeln fuhren als Sonden in den Inhalt der Säcke. Der Wagenlenker warf unruhige Blicke auf Siedemann und dessen Tun. Hatte er etwas zu verbergen? Der Prüfer ließ ihn kurzerhand seine zehn Getreidesäcke öffnen, um mit beiden Händen im Buchweizen herumwühlen zu können. Ein herrlicher Geruch drang ihm in die Nase. Die endlosen Feldfluren vor den Toren der Stadt standen mit einem Mal vor seinem inneren Auge. Noch einmal genoss er den Duft, doch dann musste er es dabei bewenden lassen. Er konnte beim besten Willen nichts Nachteiliges finden. Keinerlei Konterbande oder Schmuggelware – nicht Tabak, Kaffee oder Porzellan, Seife oder Opium lagen in Gläsern, Schläuchen oder Röhren verpackt in den dunkelbraunen, hartschaligen Fruchthülsen verborgen. Ein Wunder, dass sich die Bäcker überhaupt den Luxus leisteten, gelegentlich noch Buchweizen zu verarbeiten.
Er kannte den jungen Fuhrmann sehr gut, denn es war der Sohn des Bäckermeisters Textor. Dieser verschob seinen Strohhut gegen den Nacken und wischte sich mit einem geblümten Taschentuch den Schweiß von der Stirn. »Verfluchte Hitze!«
Siedemann brummelte Zustimmung, lächelte kurz und überreichte Textor einen gestempelten Zettel, auf dem genau aufgeführt war, wie viel er der Stadt und dem Staate schuldig war. Es war kein eben kleiner Betrag; zwei Groschen verlangte der Staat pro Scheffel, sechzig Scheffel umfasste die Getreidelast, machte also, da der preußische Taler 90 Groschen zählte, insgesamt einen Taler und 30 Groschen. Im Laufe des Tages müssten er oder sein Vater diesen Betrag bei der Akzisekasse abliefern. Im Säumnisfalle drohten, da die Packhofliste mit jener der Kasse abgeglichen wurde, empfindliche Sanktionen, bis hin zur öffentlichen Abstrafung an einem der Gerichtsplätze.

Siedemann ließ den Fuhrmann ziehen und wurde dafür mit mitleidigen bis zornigen Blicken aus den Reihen der übrigen Abgabewächter bedacht, die mürrisch in ihrem schattigen Unterstand vor den Niederlagsgebäuden hockten und trotzdem in ihren Uniformen fast ebenso schwitzten wie Siedemann in der Mittagssonne. Die Kollegen schätzten es gar nicht, wenn ein so großes Gefährt ganz ohne nennenswerte Konfiskation oder Beschlagnahmung das Tor passierte. Irgendetwas außer der Reihe hätten sie schon gefunden, der cholerische Schmargenhans oder der sadistische Britzer, der jetzt auf ihn zuschlenderte.

»Hast du seine Börse kontrolliert? Keine Münzen, die hierzulande nicht gelten? Keine falsche Münze? Wo ist das Säckchen Buchweizen als Naturalabgabe für uns? Der Lump soll doch froh sein, so billig davonzukommen!«

Siedemann schüttelte den Kopf.

»Bei Euren Schweinereien mache ich nicht mit! Der Vater vom Textor ist ein einfacher Bäcker. Seid froh, dass er weiterhin bäckt, sonst dürft ihr euch eines Tages mit all eurem zusammengestohlenen Korn das Brot selbst backen!«

Er kannte und verabscheute Britzers Findigkeit und Gier in allen diesen Dingen. Mittlerweile kam es ihm so vor, als gäbe es keinen Kollegen mehr, der darauf bedacht war, die Zollbestimmungen genauestens zu beachten und ausschließlich das zu fordern oder aufzulisten, was Recht und Gesetz entsprach. Die meisten sannen bloß auf Mittel und Wege, ihre Nebeneinkünfte zu vermehren und den Hereinkommenden das Leben möglichst schwer zu machen. Seit die Franzosen die Regie übernommen hatten, war die Stimmung auch an den Zollschranken, Toren und Schleusen Berlins feindseliger geworden. »Blutigel« war noch das gelindeste der Worte, die man den Beamten hinterherzischte. Die Bauern teilten alle höheren Steuerbeamten, egal ob deutsch oder französisch, in »große« und »kleine Franzosen« ein, je nachdem, ob sie das Recht auf zwei oder vier Vorspannpferde besaßen.

Der gerade abgefertigte Textor lenkte seinen offenen Wagen erst zur Kasse, dann zwischen dem Gießhaus und dem Haus der Generalregie hindurch, am Zeughaus vorbei und durch die Oberwallstraße in die Niederwallstraße, wo auf sein Näherkommen ein schweres Holztor aufging und den Weg in die dunkle Toreinfahrt neben dem Bäckerhaus seines Vaters freigab. Rasch schloss sich die Öffnung wieder hinter dem Gefährt. Mehrere junge Männer näherten sich und bestürmten den Wagenlenker mit Fragen, während dieser die beiden schwitzenden Pferde trocken rieb und ihnen Hafersäcke vorhing.

»Hat einer von denen etwas bemerkt? Wer hat dich kontrolliert?«

»Der brave Siedemann. Gegen alle Anordnung stand er allein an der Schranke. Seine Kumpane, die faulen Subjekte, saßen in ihrem Ställchen beim Bier.«

Wissendes Gelächter ertönte.

»Er hat nicht einmal den Kopf gewendet, geschweige denn unter den Wagen geschaut. Hat nur die Säcke und Schoten belüftet. Wie sollte er da etwas unter der Kutschbank vermuten? Ich wette, dass Herzberg oder Britzer an seiner Stelle längst Lunte gerochen hätten. Wir werden es also wiederholen, vielleicht schon übermorgen, wenn mein Vater die Dachsteine für den Anbau holt, um sicherzugehen. Am besten wäre es nichtsdestotrotz, ganz um den Packhof herumzukommen. Wir sollten mit einer Leerfuhre ein weiteres von den Toren ausprobieren und uns nicht so vollends auf das Brandenburgische und das Potsdamer versteifen. Am Hallischen, am Schlesischen, am Schönhausischen oder am Rosenthalischen, am Hamburger oder Oranienburger Tor wäre es unter Umständen besser, wer kann es vorher wissen? Auch sollen sie von der Oberbehörde aus bestrebt sein, die Besatzung der Tore – wie es heißt, um Unterschleife zu vermeiden und die Bekanntschaft zwischen Händlern und Kontrolleuren zu erschweren – öfters rotieren zu lassen. Die Regel, dass alles an Akzise, was unter 10 Groschen liegt, an den Toren eingenommen wird, kommt nicht immer akkurat zur Anwendung, und was wäre tragischer, wegen einiger überzähliger Pfennige zum Packhof geschickt zu werden, wo der Wagen garantiert bis zu den Splinten auseinandergenommen wird.«

Er griff zwischen den Speichen des rechten Vorderrads hindurch und bewegte einen verborgenen Riegel. Ein Holzdeckel klappte herunter, und etliche Dutzend Eimer Sand stürzten befreit zu Boden.

Baal-Müller lachte und sagte:

»Stellt euch nur vor, das alles wäre Kaffee! Oder Tabak! Nicht auszudenken, was wir pro Woche hereinschaffen werden! Wenn nur die Zulieferer in Hamburg keinen Rückzieher machen. Wenn nur die Boote keinen zu großen Verlust erleiden.«

»Huilles de Tosca!«, fantasierte Schmecker und leckte sich die Lippen.

Textor blickte verschlossen vor sich hin. Auch wenn er es sich vor den anderen nicht anmerken lassen mochte, so schienen ihm das noch entschieden zu viele »Wenns« zu sein. Zwar wusste er um die absolute Zuverlässigkeit seiner Hamburger Freunde, die den besagten Wein sicher schon auf den Weg gebracht hatten. In wenigen Tagen müsste er in Magdeburg sein, und dann käme es darauf an. Er glaubte Gunkel, Baal-Müller, Schmecker und dem »Hering« zwar, dass sie ihr künftiges Handwerk ernst nahmen und die Zuverlässigkeit selbst waren – als Akzisebeamte wären sie eine unschlagbare Truppe –, doch er wollte die ersten Fuhren ganz allein bestreiten, um das Risiko klein zu halten. Er hoffte, er würde den französischen Degen entgehen können! Klingen mit dreieckigem Querschnitt hatten die Eingewanderten mitgebracht, die hässliche, schlecht heilende Wunden hinterließen. Seine Wut auf die Akzisebande, speziell auf die französischen Kontrolleure und Revisoren, stieg wieder an.

Sie setzten sich zu ein paar Heringen mit Kaffee, einem momentan sehr beliebten Berliner Mittagsmahl. Der junge Textor versenkte einen Mattjes nach englischer Sitte, indem er ihn an der Schwanzflosse packte und lotrecht von oben in den aufgesperrten Mund herabließ.

»Wie ein hungriger junger Spatz im Nest!«, brüllte Baal-Müller, der immer auf der Suche nach trefflichen Vergleichen war und mit dieser dümmlichen Masche manchmal eine rechte Landplage sein konnte.

Martin Textor kaute ungerührt zu Ende, nahm einen kräftigen Schluck Kaffee, in dem jede Menge fette Körner herumschwammen, bevor er antwortete:

»Wenn du damit auf meine Jugend anspielen willst, dann dank ich für das Kompliment. Aber jetzt lass die Scherze, wir haben über wichtige Dinge zu reden.«

Karl Ludwig Siedemann hatte sich am Montagabend vom Packhof über die Pommeranzenbrücke und den Lustgarten schnurstracks zwischen Schloss und Schlossfreiheit hindurch und die Brüderstraße hinunter, an der zum werweißwievielten Male wieder aufgebauten Petrikirche vorbei, die Grünstraße passierend in seine Lieblingstabagie, den »Quappenkrug« in der Wallstraße begeben, wo an diesem Abend wegen des wöchentlichen Stammtisches der Brauer und Weinimporteure fast kein freier Platz mehr zu finden war. Die Luft war zum Schneiden und das Essen noch schlechter als gewöhnlich, wie ihm der in der Stube hängende Küchengeruch bewies. Das konnte schon eine reife Leistung genannt werden. Wo war nur der neue Koch geblieben, den die Wirtin aus Barmherzigkeit aufgenommen und gegen gute Arbeit hier hatte wohnen lassen? Es hatte ihm Leid getan, was mit dessen Barschaft nach der Ankunft passiert war, und er hoffte, etwas über seinen Verbleib zu erfahren.

Da es sich keiner mit dem Packhofbeamten Siedemann verderben wollte, der als einer der letzten noch verbliebenen »Guten« galt, wurde ihm trotz der Enge bereitwillig ein Fleckchen am Tresen

eingeräumt. Ein frisches helles Fredersdorfer, das der Temperatur nach aus dem tiefsten Kellergewölbe kam, machte ihn wieder etwas umgänglicher. Die Wirtin zuckte mit den Achseln, als er sie nach dem Koch befragte:
»Uff eenmal ist der Herr wat Besseret! Soll ihm, sagt der Herr Saschant, beim Fritze in Potsdam janz dolle jutjehn. Wer's jloobt! Der hat doch sicher bloß Dreck am Stecken und is vaduftet!«
Auch gut. Siedemann lockerte seinen Gürtel und ließ die vergangenen Stunden Revue passieren. Der Arbeitstag war hart gewesen – weit über hundert Gefährte hatten sie abgefertigt. Dabei hatten ihm seine Kollegen heute noch übler mitgespielt als in den letzten Wochen. Der Revisor Legrange hatte gebrüllt, dass er sich eine härtere Gangart mit den Hineinpassierenden angewöhnen müsse! Er habe seinen Akkord an Einnahmen wieder nicht erreicht und mehrfach Gefährte ganz unkontrolliert lassen müssen, wenn seine diensteifrigen und fähigen Kollegen ihm nicht beigesprungen und seine Nachlässigkeit ausgebügelt hätten.
Mit einem kräftigen Schluck spülte Siedemann den Grimm über diese »Hilfe« seiner so genannten »Kollegen« hinunter. Der arme Meyer aus Charlottenburg mit seinen Metallwaren hatte sich auf seinen gnädigen Wink hin gerade aus dem Staube machen wollen, als aus heiterem Himmel der Revisor Legrange aufgetaucht und herbeigerauscht war wie eine Furie, sich den Akzisezettel geschnappt und mit überkippender Stimme nach dem Grund dafür gefragt hatte, dass der Mann nicht ordnungsgemäß zur Kasse gebeten werde.
Siedemann hatte wenig zu seiner Verteidigung vorbringen können. Er habe sich in dem Tarif getäuscht, beim Veranschlagen einen Rechenfehler gemacht, und was dergleichen Unbedarftheiten noch mehr gewesen. Legrange hatte gedroht, bei der Generalbehörde seine Entlassung zu beantragen, sollte das noch einmal passieren. Er hatte den anderen, die ihm ohnehin schon im Nacken saßen, eingeschärft, ein wachsames Auge auf ihn zu halten. Auch dürften

sie ihn fortan nicht mehr alleine Dienst tun lassen, was ohnedies gegen die Anweisung verstieße, egal bei wem er es bemerke.
Dagegen waren die Visitationen bei den Weinhändlern in der gegenteiligen Weise verlaufen. Krebel etwa, der Wirt vom »Zepter« im Cöllnischen Wursthof, der regelmäßig ausländisches Bier aus Braunschweig erhielt, zahlte weit unter Gebühr, wie er einmal zufällig hatte feststellen müssen, als er die Liste des Kollegen Britzer vor Augen bekam. Legrange, der seine Brigade wie ein Zerberus bewachte, hatte ihn wutschnaubend wegbeordert und den Krebel noch mit einem fröhlichen *Komm er sisch baldst wieder!* verabschiedet. Beim Sprengel, dem Weinhändler war er ähnlich kulant. Warum durfte Legrange, was er nicht durfte? Er war seit zwanzig Jahren bei der Akzise. Und dieser Neue, ihm vorgepflanzt wie ein Aufpasser, vermieste ihm den Dienst jetzt vollends bis zum bitteren Ende.
In seinen Anfangsjahren hatte er, Siedemann, es wohl ein bisschen übertrieben mit der preußischen Akuratesse und sogar einen guten Freund – den Krebel vom »Zepter« – dadurch verloren, dass er ein kleines Geschenk als Bestechung gedeutet und zur Anzeige gebracht hatte. Er hatte aus dem resultierenden Debakel für Krebel den Schluss gezogen, nicht mehr alles auf die Goldwaage zu legen, fünf auch mal gerade sein zu lassen. Niemals mehr wollte er dafür verantwortlich sein, dass ein anderer unter seiner Pedanterie zu leiden hätte. Doch auf der anderen Seite: Ungerechtfertigte Forderungen erheben, wie Legrange und Genossen es taten, die ohnehin gebeutelten Landsleute nach Strich und Faden ausnehmen, nur damit der König seinen Palazzo Prozzo bauen konnte? Das käme erst recht nicht in Frage.
Er war der unpreußischste Preuße in seinem Amt, zu freundlich war er für seinen Posten geworden. Legrange und seine Bande wollte ihn abschießen, das war klar. Aber so einfach würde er nicht gehen. Vorher würden noch andere Köpfe rollen. Seine Gedanken verdüsterten sich aufs Neue. Eine Eingabe würde er machen, an den Chef

der Regie würde er sie richten – oder doch an den König selbst? Vielleicht wäre das besser, denn wer konnte wissen, ob der Oberregisseur nicht doch auf Seiten des Revisors stand? Seit Tagen hatte er daran gearbeitet, meistens bei sich zu Hause, dann aber bisweilen auch in der Schenke, wenn ihm etwas eingefallen war, das er gleich notieren wollte. Die gesammelten Verfehlungen von Legrange und seiner Truppe hatte er aufgelistet, Tag für Tag. Ein treffliches Memorandum würde das werden. Eine diebische Freude stieg wieder in ihm auf, wenn er daran dachte.

Er hatte sein drittes Glas geleert, wollte eben aufstehen und gehen, denn mehr trank er für gewöhnlich nicht, als ihn der Sohn des Bäckermeisters Textor, von dem halb Berlin Kräutertränke für jede Art von Wehwehchen bezog und den er erst vor ein paar Tagen mit ein paar hundert Dachziegeln abgefertigt hatte, freudig begrüßte. Der blonde, kräftige Junge lud ihn ein, noch ein Bier an seinem Tisch mit ihm und seinen Freunden zu trinken. Da Siedemann ein wenig Ansprache nicht das schlechteste Mittel zu sein schien, den inneren Groll für den Rest des Feierabends zu vergessen, willigte er ein und wechselte an einen randständigen Tisch zu den Kumpanen des Bäckersprösslings. Man prostete einander zu und kam rasch auf die neuesten Sensationsgeschichten zu sprechen.

Gerade machte allenthalben eine Posse die Runde, die sich ein Lotterieeinnehmer und ein Postmeister geleistet hatten: Am Tag der Ziehung in der vergangenen Woche war der auswärtige Kollektor klammheimlich aus seinem ländlichen Bezirk nach Berlin gefahren, hatte sich die beim Glücksrade herausgekommenen fünf Nummern notiert, um anschließend wieder stadtauswärts nach der nächsten Poststation zu reiten. Dem Postmeister verschwieg er, dass er aus der Stadt kam – auch dass bereits die Ziehung der Lotterie stattgefunden hatte –, und beredete ihn, den Postbeutel zu öffnen. Er wolle nämlich, so sagte er diesem Toren, auf eine darin befindliche, an das Berliner Lotterieamt adressierte Liste mit Losnummern unter seinem Namen noch ein paar Nummern hinzu setzen, natürlich die inzwischen bereits gezogenen und sträflich in Erfahrung gebrachten. Er überredete den einfältigen Postmeister schließlich mit dem Märchen, dass ihm in der Nacht zuvor die richtigen Nummern im Traum aufgeschienen seien und sie beide zusammen bei der bevorstehenden Auslosung ihr Glück damit machen könnten. Wenn sie anschließend teilten, würde für jeden doch ein hübsches Sümmchen herausspringen, so dass sie den Bettel hinzuschmeißen oder an den Nagel zu hängen und nach Paris zu fahren vermöchten. Der Postmeister argwöhnte nicht, dass der Mann auf unsaubere Weise an die Zahlen gelangt sein könnte, und ging auf den Handel ein. Es kam zunächst, wie von dem Einnehmer geplant. Auf die von ihm eingereichten Nummern entfiel ein Gewinn von 45 000 Talern. Doch dann forschte ein misstrauischer Lotterie-Richter nach, dem es gar zu sonderbar vorkam, dass ausgerechnet ein Kollektor der Lotterie den Hauptpreis gewann, und stieß auf den am Betrug beteiligten Postmeister. Der Einfaltspinsel glaubte, als er befragt wurde, noch immer, der Einnehmer hätte nichts Unrechtes getan, und erzählte das Lügenmärchen, das ihm der Einnehmer aufgebunden hatte. Der Einnehmer leugnete, den Postmeister zu kennen, dann kannte er ihn aber doch – am Ende gestanden sie alle beide, und nun sollte der Einnehmer für zehn, der Postmeister aber für fünf Jahre nach Spandau verbracht werden.

»Findet Ihr, dass ihnen damit Recht geschah?«, fragte Textor den Torwächter. »Hätte die gute Idee nicht auch ihren guten Lohn haben dürfen?«

Siedemann zierte sich etwas, denn so ganz unsympathisch kam ihm zumindest der Plan, nach Paris zu fahren, nicht vor. Doch dann besann er sich auf die Würde des staatlichen Amtes, das er immerhin bekleidete, und sagte:

»Es war halt grad nicht recht!«

»Mich deucht, die zwei trugen selber Schuld«, ließ sich der Hering vernehmen, dem der Bierschaum am noch dünnen Schnurrbart klebte: »Sie hätten's einfach viel besser anstellen müssen. Vor allem

hätte der Lotterieaquisiteur sich nicht so einen Trottel von Postmeister zum Compagnon ausgucken dürfen.«
Siedemann nickte.
»Wohl wahr! Zufällig kenne ich ihn, es ist der Bruder vom Packhof-Britzer. Aber wie's bei Brüdern oft so geht, sind sie wie Tag und Nacht. Aufbrausend und scharf der eine, mein Kollege – schlafmützig und schafsköpfig der andere, die schlechte Karikatur eines Rossknechts.«
Er trank genüsslich aus und verhinderte nicht, dass die Wirtin noch eine weitere Lage herantrug.
»Mit Euch als Postmeister wär das wohl anders abgelaufen!«, raunte Hering, und der bisher schweigsame Baal-Müller, der sich seinen Beinamen weniger in der Anmaßung zugelegt hatte, für einen altbabylonischen Gott zu gelten, als vielmehr um Meisterschaft in seinem Metier anzudeuten, setzte leise hinzu:
»Wäret sicher um die Zeit schon mit Eurem Anteil vor Paris, was?«
Siedemann verwunderte die Hochachtung, die ihm diese Jungen zollten, und erst recht unbegreiflich erschien ihm, wie sie auf den Gedanken verfallen konnten, er würde sich an etwas Unrechtmäßigem beteiligen. Dennoch fühlte er sich auf gefährliche Weise geschmeichelt und – woran das Fredersdorfsche Gebräu nicht ganz unschuldig war – es geisterten ihm allerhand verwegene Pläne durchs Oberstübchen – rein hypothetisch, versteht sich –, wie Kellergeister, die sich nach langem gedrücktem Schlummer endlich auch einmal austoben wollten. Was die Kollegen mit groben Drangsalierungen und gewalttätigen Erpressungen der Ärmsten an den Stadttoren und Schleusen beiseite schafften, das würde er mit einem einzigen gewieften Coup allemal übertreffen. Wenn er es wirklich wollte, schaffte er das auch. Da hatten die Jungen ganz recht. Was stimmte, stimmte! Mit hellem Knall stießen ihre Krüge aneinander. Er fühlte sich so wohl wie schon lange nicht mehr. Bald fantasierten Textor und seine Freunde eifrig drauflos – wenngleich freilich in einer Lautstärke, die es niemandem am Nachbartisch erlaubte,

auch nur ein Wort zu verstehen –, wie sie die Zollgrenzen unterhöhlen wollten, wenn sie einen so scharfsinnigen Compagnon wie den Siedemann hätten, wie viel Konterbande sie machen und wie sie den Erlös teilen wollten, und zu seinem eigenen Erstaunen machte er eine ganze Weile bei diesen Spielereien mit. Die Wirtin des »Quappenkrugs«, die ein verdächtiges Wort aufgeschnappt hatte, musste mäßigend einschreiten, bevor sie sich wieder beruhigten. Streng fasste sie einen jeden am Tisch ins Auge.
Schließlich begann sich die Schankstube um die eigene, ungefähre Mittelachse zu drehen. Immerhin war Siedemann noch nüchtern genug zu bemerken, dass ihm die lustige Bande des Bäckersöhnchens flüsternd ziemlich dreiste Angebote unterbreitete. Etwas ging hier nicht mit rechten Dingen zu! Irgendjemand trieb an diesem Abend seinen Spaß mit ihm, und er wollte die Sache ganz und gar nicht mehr lustig finden. Die Textorbande bedrängte ihn beinahe unverhohlen, doch Ernst zu machen und es nicht beim Wunschtraum zu belassen. Paris sei in greifbarer Nähe, es liege praktisch um die Ecke, viel näher als Magdeburg, flüsterte ihm Textor zu. Er brauche ja nur einzuschlagen, mit ihnen an einem Stricke ziehen, was könnten sie schon verlieren? Doch Siedemann bekam es mit der Angst. Gar zu aufdringlich stieß ihn der schmächtige Hering mit dem Ellenbogen in die Seite, mit viel zu großer Vertraulichkeit prostete ihm der zweifelhafte, verschlagene Kumpan zu, den sie Baal-Müller nannten. Ohne sich erst umsehen zu müssen, war er sicher, dass sich die Aufmerksamkeit aller im Raume befindlichen Zecher auf ihn gerichtet hatte. Am Stammtisch der Brauer und Schnapshändler etwa schien es verdächtig ruhig geworden zu sein. Spitzten sich da nicht neugierige Lauscher, die später auf Ehre und Gewissen der hohen Aufsichtsbehörde von den mit angehörten Plänen eines gewissen Siedemann erzählen würden? Saß da nicht der Sprengel, der spezielle Freund des Revisors Legrange, der diesem alles Aufgeschnappte willig zutragen würde? Siedemann wurde unruhig und starrte finster drein, während Textor und Genossen sich

ihrer Sache immer sicherer schienen und selbige mehr und mehr auf die Spitze trieben. Er dachte an die Eingabe, die zu Hause noch unfertig in einem Geheimversteck lag. Er sollte sich lieber mit ihrer Fertigstellung befassen, als hier zu versacken und Unsinn zu verzapfen. Da würde es den Herrn da drüben aber an die Kehle gehen. Wer immer an die Stelle des Legrange gesetzt würde, es brächen harte Zeiten für die vom Zoll verschonten Brauer und Händler an!
Der Gedanke an seine Eingabe brachte ihn wieder zu relativer Klarheit. Es fiel ihm ein, noch etwas ausführlicher zu schildern, was sich mit dem Koch aus Cottbus zugetragen hatte, auch wenn es schon einige Zeit zurücklag, und er nahm eine alte Zeitung aus der Jacke, um sich auf ihrem schmalen Rand mit seinem winzigen Stummel von Bleistift eine Notiz zu machen.
In Siedemanns umnebeltem Kopf rang es um Klarheit, und er verfiel auf allerlei verwegene Konstruktionen: Hatten seine intriganten Kollegen diese dreiste Jünglingsbande am Ende gar bestochen, damit sie ihn aus der Reserve lockten? Oder war es – viel wahrscheinlicher – ein abgefeimter Plan des Revisors Legrange, der ihm auf diese Weise unterstellen wollte, gemeinsame Sache mit Schmugglern zu machen? Der Bäckersohn und seine Phalanx tanzten dem armen Siedemann wie eine vielköpfige Hydra vor Augen, während in seiner Vorstellung die Ohren des mutmaßlich am Tisch der Brauer und Spirituosenhändler lauschenden Sprengel an Länge gewannen. Auf Siedemanns Stirn bildeten sich die Schweißperlen mit einer Geschwindigkeit, dass ein aufmerksamer Beobachter dabei hätte zusehen können.
Mit Mühe gelang es ihm, sich von Textors Tisch loszumachen. Sie schworen Stein und Bein, ihn nicht alleine ziehen lassen zu wollen, als er sich gewaltsam losriss, wie leicht könnte ihm etwas geschehen, Berlin sei ein heißes Pflaster, das wisse ein jedes Kind, sie würden ihn schon begleiten. Doch er schaffte es in seiner Verzweiflung, weit vor ihnen unbehelligt die Tür zu erreichen. Die Wallstraße, diese endlos lange Hauptstraße von Neu-Cölln, lag vor ihm

und seinem unsicheren Tritt. Als er an die Neue Roßstraße kam, bog er links ein und wankte dann nach rechts am Rand des Friedrichsgrabens entlang in Richtung seines kleinen Hauses kurz vor der Langen Brücke am Wasser. Er vermeinte gehört zu haben, dass sie ihm gefolgt waren, der Textor und seine Bande, dass die Tür der Schenke hinter ihm noch mehrfach auf- und zugegangen war, nachdem er hinaus in die laue mondhelle Sommernacht geflüchtet war, durch die mit hohem Zirpen noch immer Fledermäuse schwirrten und gaukelten, obwohl die Dämmerung schon lange vorüber war. Und dann glaubte er weit hinter sich ihre Stimmen zu hören, die nach ihm riefen, doch das konnte auch Einbildung sein. Vom Wasser her wehte es ihm kühl in die Seite, ein Anhauch von algengeschwängerter Feuchtigkeit stieg ihm in die vom Tabaksqualm noch halb benebelte Nase.

Der Mond, der bislang hell am Himmel gestanden hatte, verhüllte sich, als Siedemann im Zickzackschritt die Uferstraße Am Wasser erreichte. Er hatte es nicht mehr weit. Das Haus, in dem er wohnte, war das letzte vor dem Schlachthaus an der Blocksbrücke. In keinem der Häuser auf der anderen Straßenseite brannte mehr ein Unschlittlämpchen. Keine Seele schien mehr auf den Beinen außer ihm. Finster und drohend, wie ein Felsenberg, ragten das Inselgebäude, das Lagerhaus oder die Wegelysche Wollenmanufaktur gegenüber aus der Spree. Rabenschwärze breitete sich über den Weg, als das Nachtgestirn verschwand.

Er blieb keuchend stehen und suchte nach einem Halt, um nicht umzukippen. Unsicher geworden, was den Weg betraf, erfasste ihn ein leichter Schwindel, während sich die Schwärze auch in seinem Kopf ausbreitete. Eine Bewegung hinter seinem Rücken irritierte ihn. Erschreckt fuhr er herum: Etwas stemmte sich ihm entgegen! Er spürte den abschüssig sandig-feuchten Boden unter den Füßen, strauchelte halb rutschend, halb fallend durch dünnes Ufergebüsch, griff nach einem vermeinten Halt, hatte aber nur irgendetwas abgerissen, ohne noch zu merken, was es war.

Dumpf klatschte er auf die Wasseroberfläche, die Flut umklammerte ihn kalt und zwang ihn einzuatmen. Verzweifelt versuchte er die Luft anzuhalten, doch der Wille kam schon bald nicht mehr an gegen den unbändigen Drang, nach Luft zu schnappen. Verzweifelt pumpten die Lungen sich mit Wasser voll. Dann soff er schneller ab, als er denken konnte.

V

Bei der Einfahrt der französischen Generalregisseure in den Park von Sans Souci am Sonntagmittag, dem 6. Juli 1766, ereignete sich ein unerfreulicher Zwischenfall. Einige Bauern, die sich in die schlecht bewachten Gefilde eingeschlichen und unweit des Obelisk-Portals im Gebüsch verborgen hatten, kamen aus ihrem Hinterhalt hervorgeprescht, um mit Stöcken und Dreschflegeln auf die Kutsche mit den »großen Franzosen« einzuhauen. Barbarisch richteten sie den bunten, goldverzierten Kasten zu und brüllten dabei:

»Visitieren! Visitieren!«

Die acht Vorspannpferde scheuten und gingen durch, so dass der Kutscher fast vom Bock gefallen wäre. Nur mit Not konnte er das Gefährt an der Kolonnade im Rehgarten zum Stehen bringen. Die Insassen entstiegen ihm vor Angst zitternd, bleich wie die marmornen Bildsäulen, die sie dort umgaben, und waren um keinen Preis mehr zu bereden, das letzte, noch immer beträchtliche Wegstück zur Großbaustelle des Neuen Palais entlang der Hauptallee anders als auf Schusters Rappen zurückzulegen.

Die Palastwache vom östlichen Parktor hatte die flüchtigen Übeltäter nicht einmal gesehen, demzufolge auch nicht stellen, verhören und gefangen setzen können. Höchstwahrscheinlich waren sie durch den weiträumigen Park entkommen, über den Weinberg am Klausberg und die krautigen Abhänge in Richtung Bornstedt. Der König, als er im Marmorsaal von Sans Souci von diesem infamen Attentat erfuhr, geriet außer sich.

»Diese marodierende Canaille! Seindt denn schon alle irre geworden? Wo will das noch hinaus? Krockow, was ist mit den Regisseurs? – Sie seindt hoffentlich ohnverletzt? Noch ein Abgang in ihren Reihen würde mir sehr übel verdrießen!«

Der Adjutant bejahte schwer atmend. Dann musste er, stellvertretend für die saumselige Wache, eine minutenlange Strafpredigt über sich ergehen lassen. Als der König endlich fertig war, zitterte die Hand, mit der er den Stock auf den Marmorboden hieb, mehr als gewöhnlich. Sein Atem ging leicht rasselnd. Für einen Moment ließ er sich in einen Polstersessel fallen, um nicht Kollaps zu erleiden. Er befahl, sofort die Tormannschaft zu verstärken und längs der Parkumfriedung Patrouille zu reiten. Man musste für alle Eventualitäten gewappnet sein. Wer konnte wissen, ob nicht insgeheim schon mordbrennende, Hippen schwingende Bauernhaufen gegen seine Schlösser vorrückten? Man sollte abschreckende Plakate mit dem ausgepeitschten Steuermeuterer Grollmann drucken und anschlagen lassen, um Nachahmern ihr geplantes Tun zu vergällen.

Der König beorderte seinen Gartenwagen an den Fuß der Weinbergsterrassen, um den Gästen in Richtung Neues Palais hinterherzufahren. Zum Reiten fühlte er sich momentan ganz und gar nicht in der Lage. Er schaffte es kaum, die Bergstrecke bis zum leeren Bassin der großen Fontäne hinabzusteigen. Erst als ihm bei diesem Anblick, der irgendwie auch die Ebbe in der Staatskasse symbolisierte, Springnitz und die kuriose engländische Feuermaschine einfielen, besserte sich seine Laune leicht und die Lebensgeister schienen zurückzukommen.

Getrüffelte Fasanenpastete und Terrine vom Wildeber an Florentiner Spinat waren nur zwei der zahlreichen Höhepunkt des Abendessens, das der König seinen Generalregisseuren ausrichtete. Das Verwaltungsjahr hatte entsprechend dem einstigen Regierungsantritt des Königs am ersten Juni begonnen, war also erst knapp zwei Monate alt. Trotzdem hatte die neue Behörde bereits erfreuliche Zahlen über ein landesweites Mehraufkommen an Steuereinnahmen melden können. Doch war bereits die Kehrseite der Medaille erkennbar geworden.

Julien de la Rivière, Jean-Baptiste de Chambois, Antoine de Lully und Davide de Saint-Claude ließen es sich nicht minder schmecken als ihr Gast- und Arbeitgeber. Aber die Joyardschen und Langustierschen Meisterwerke vermochten die unterkühlte Stimmung im Raum ebenso wenig zu heben wie die herrlichen Teller, die des Königs Porzellanmanufaktur zur Beendigung des Krieges extra für das Neue Palais angefertigt hatte – sechs feine Rocaillen verliefen in Windungen vom Rand nach der Mitte des Spiegels, der einen winzigen Blumenstrauß vorstellte; die sechs Randzwickel waren orangerot, drei der Felder zwischen ihnen füllte gelbes Spalier, mit goldenen Zweigen durchtränkt, Blumenschnüre schwangen sich über die Felder.

Die gewaltigen Dimensionen der Marmorgalerie in dem riesigen Bau, der noch bei weitem nicht vollendet war, schüchterten die Gäste ein. Außerdem saß ihnen noch der Schrecken des unvorhergesehenen Anschlages in den Knochen. Sie schienen erst jetzt zu begreifen, wie man landauf, landab über ihre noch so junge, doch gewichtige Rolle in Preußen dachte.

Vor wenigen Tagen erst waren erschreckende Nachrichten aus dem pommerschen Pyritz zum König gedrungen, der selbstverständlich auch diesen Punkt mit ihnen zu erörtern gedachte, bevor die öffentliche Erregung darüber die höchsten Wellen schlug. In seinem holprigen und fehlerhaften Französisch, das er aber mit der ihm eigentümlichen Bestimmtheit und Unnachgiebigkeit im Duktus vortrug, lobte er das gute Anlaufen der Einnahmen, kam aber dann rasch und unverblümt auf die ihm ungleich wichtigere Angelegenheit zu sprechen.

»Messieurs, ich möchte Ihnen nicht länger verbergen, dass mir die hinterpommerischen Eskapaden in Pyritz keineswegs ebenso erfreulich seindt! Ein reicher Fürst möchte vielleicht darüber scherzen, wenn ein Ertz-Schäcker wie der Provinzialdirekteur Callard ihm 300 Taler aus der Akzisekasse herausstiehlt, doch für mich, der ich hohe Ausgaben, bedürftige Untertanen und wenig Mittel habe, meinem Land auf die Sprünge zu helfen, ist dies mitnichten sehr zum Lachen! Was der Pyritzer Magistrat angezeigt hat, raubt mich den ohnehin schlimmen Schlaf – Defraudationen, das seindt: gemeine Betrügereien, infame Unterschleifungen von eingenommener Münze, gröblichste Veruntreuungen von reklamierten Waren und infamste Hinterziehungen von Contrebande, dazu ungerechtfertigte Konfiskationen und gar impertinente Erpressung von Händlers! Das darf nicht seindt, Messieurs! Ich serviere Sie hier die teuersten Dinge, während meine Länder durch Krieg und Naturunbill fast ganz verderbt seindt, daher verlange ich, dass die Bestimmungen akurate respektiert und ihnen nicht zuwidergehandelt werdend! Sie selbst, Monsieur de la Rivière, der um meine Interessen und Absichten besser weiß als jeder andere, haben mich in der Besteuerung der zur täglichen Comsumption nötigsten Güter nicht zu einer härteren Gangart bewegen können. So muss das Brot frei bleibend. Beim Bier dürfen die lokalen Brauers nicht depravieret werden. Besteuern wir das Bier vom Lande nicht höher, es zahlt neun Groschen, erhöhen wir auf zwölf, aber nicht weiter. Dafür nehmen wir vom Bier aus England, Braunschweig und Zerbst sowie vom sonstigen ausländischen soviel wir wollen, bis am Ende keins mehr hereinkömmt. Es ist nichts dran verloren. Und was en passant das Fleisch anlangend: Es ist mir ohnmöglich, zur Erhöhung dieser Steuer meine freie Zustimmung zu geben, weil dieselbe fürs Volk zu depressive ist. Ein Groschen sieben Pfennig seindt genug, doch ein Taler für jeden fremden Ochsen wie für jeden Komödianten gehen nicht an. Messieurs, ich denke lieber daran, die Privilegien der Reichen zu beschneiden, als mir den Hass des ohnehin gebeutelten gemeinen Manns zuzuziehen. Nehmen Sie nur von denen, die bezahlen können – soviel Sie wollen, ich gebe sie Ihnen preis. Aber sehen Sie darauf, dass alles in den verabschiedeten Ordres bleibt.«

Die Herrn hatten mit pikierten Mienen auf ihre leeren Teller geblickt und die Rede über sich ergehen lassen. Jetzt schauten sie auf

und zu ihm hin, in der trügerischen Meinung, er sei zum Ende gelangt. Doch als er in ihre ihn scheinheilig dünkenden Gesichter sah, mutmaßte er, dass sie noch nicht recht begriffen hätten. Auch mit ihren gepuderten Perücken und höfischen Kleidern unterschieden sich demzufolge französische Generalregisseure in nichts von uneinsichtigen preußischen Generälen. Und wie mit solchen zu verhandeln war, wusste der Regent aus langjähriger Erfahrung.
Da sie nun schon einmal unvorsichtigerweise den Blick hoben, fixierte er jeden der Reihe nach gestrenge und durchbohrend. Insbesondere Antonine de Lully schien er auf diese Weise geradezu filettieren zu wollen. Dann setzte er noch einmal in einem schärferen Tone für alle zum Beschluss hinzu:
»Messieurs, damit Sie mir jetzt nicht mit leeren Exküsen und Fisimatenten kommen und etwa erklären wöllen, warum einem Pyritzer Bauern mit ungehörigen Visitationen gedroht wurde, damit er zwei Scheffel Korn hergeschenkt, oder bestimmten Personen daselbst Akzisefreiheit gewährt wurde, in einem Falle gar, um eine hilflose Witwe zu entehren, deklariere ich Ihnen hiermit klipp und klar: Finde ich Ihre Unterbeamten wieder auf solch fahlen Pferden, so seindt Sie es, die statt ihrer nach Spandau geschicket werdend! Ich zahle Ihnen die allerhöchsten Gehälters im ganzen Staate. Daher haben Sie auch die größte Sorgfalt walten zu lassend! Merken Sie Ihnen das sehr gut, Messieurs, das ist alles, was ich Ihnen raten und mit auf den Weg geben kann!«
Hierbei klopfte er dreimal mit der Krücke auf den Ebenholztisch, was ein unangenehmes Geräusch gab und kleine Scharten in die spiegelblank polierte Holzoberfläche trieb. Den Herren war gar nicht wohl in ihrer Haut. Julien de la Rivière, der vom Regenten wie ein Minister behandelt wurde, obwohl er sich dagegen verwahrte – wie er es auch nur widerstrebend hingenommen hatte, dass das Gehalt des verstorbenen Michèle Pernauld unter seinen Kollegen und ihm aufgeteilt worden war, da dies schlimmen Verdächtigungen Raum bot –, sprach im Namen aller Anwesenden

sein Bedauern über die Vorfälle aus. Endlich fasste sich der für Vor- und Hinterpommern zuständige Antonine de Lully ein Herz und kündigte die rasche Entlassung der verantwortlichen Unterbeamten an. Er versicherte dem König, dass er sein Möglichstes tun werde, um keine Unregelmäßigkeiten aus seinen Provinzen mehr melden zu müssen. Allein die chaotischen Anfangszustände, so Lully, wären für das Geschehene verantwortlich gewesen. Jetzt, wo er dauerhaft vor Ort sei – wie es ja Se. Königliche Majestät mit ihrem Schlossbau ebenfalls handhabten, erlaubte er sich hinzuzusetzen –, werde er die Dinge schnell unter Kontrolle haben und in seinem Wirkungskreise keinerlei Unbotmäßigkeiten mehr zulassen. Die übrigen bekräftigten selbiges für die ihnen unterstellten Ländereien und brachten dem König ein lebhaftes »Vivat!« dar, was diesen endlich milde stimmte und in dem Glauben bestärkte, dass sich die anfängliche Unzufriedenheit mit den neuen Zuständen bald legen und die vier oberen Herren schon noch Tritt fassen und in ihren Bezirken aufräumen würden.
Die Gerüche, die aus dem noch unfertigen nördlichen Flügel des Bauwerkes drangen, legten sich drückend auf alle Sinne. Der König hob die improvisierte Abendtafel an diesem noch recht unwirtlichen Orte auf und bat die Herren in seinen kleinen Sommerwohnsitz Sans Souci hinüber, da er mit ihnen auf der warmen Terrasse zum Abschluss ihrer Zusammenkunft einige Erfrischungen einnehmen wolle. Die beiden pflichtgemäß anwesenden Hofküchenmeister Langustier und Joyard, die inmitten des riesigen Hohlraums recht verloren gestanden und auf etwaige Sonderwünsche der Gäste gelauscht hatten, wurden gnädigst verabschiedet.
Langustier musste dem König insgeheim Anerkennung zollen. War es nicht ein großartiger Einfall, die Herren in dem noch feuchten Prunkbau zu bewirten, dessen Fertigstellung sie ihm helfen sollten zu finanzieren?
Langustier hatte die Generalregisseure genau beobachtet und war von ihrer Hoffart abgestoßen. Dass es Franzosen waren, denen die-

se Charakterschwäche anhaftete, verschlimmerte seinen Eindruck noch. Er konnte jetzt den Marquis d'Argens verstehen, der ihm theatralisch erklärt hatte, er wolle kein Franzose mehr sein, wenn sich diese Herren ungestraft Franzosen nennen dürften! Er empfinde sie schlicht als Schande für ihre ehemals große Nation.

Das erste fertig gestellte der drei im Marmorsaal geplanten Deckengemälde des Pesne-Schülers Rhode zeigte eine Allegorie der Nacht, was angesichts dieses Befundes besonders stimmig erschien. Ein putziger Putto schüttete aus einem Füllhorn sämtliche Ungestalten des nacht- oder rabenschwarzen Bösen: Geld, Edelsteine, Spielwürfel. Nachttiere wie Fledermäuse und Schleiereulen ängstigten die Bengelchen. Einer erschreckte seinen Nebenputto durch eine vorgehaltene Schauermaske. Nur einer der fetten Knirpse schlief, in seine Schlummerdecke eingelullt, in der linken unteren Bildecke den Schlaf des Gerechten.

Der für Berlin zuständige Jean-Baptiste de Chambois, Langustier von Gestalt sympathisch, da ähnlich gewichtig wie er, hatte sich, als sie sich erhoben, flüsternd, aber für den nahen Küchenmeister gut hörbar gegen de la Rivière ausgelassen:

»Müssen wir uns in diesem Tone wie Elementarschüler abkanzeln lassen? Ohne uns kriegt Rex doch keinen Tritt auf den Boden. Wo gehobelt wird, da fallen die Späne! Das sollte ihm, dem großen Schlachtenlenker, doch keiner weiteren Bemerkung wert sein.«

De la Rivière, Davide de Saint-Claude und Antonine de Lully schienen die Erbitterung des Kollegen lebhaft zu teilen und zeigten ein böses Lächeln.

Es gab gute und schlechte Preußen, warum sollte es nicht auch gute und schlechte Franzosen geben, resümierte Langustier, während er mit Joyard im Gefolge der hohen Herren aus dem hohlen Prunkquader schlich. Wahrscheinlich aber schloss sich das ohnehin aus, ein guter Mensch zu sein *und* Steuereinnehmer.

Im Hinausgehen bemerkte Langustier, wie sich der massige Chambois aus der beiläufigen Unterredung mit einem der Bauleute löste, um sich blickte und im Ansichtigwerden der Hofköche den Blick stur auf das Ziel seines Davonschreitens richtete – den Ausgang. Draußen warteten schon die zierlichen Gartenwagen, die als eine Art rollende Karawane die königlichen Kaffeegäste zum Weinbergschloss befördern würden. Ein höchstallerliebst lächerlicher Anblick, kam Langustier nicht umhin mit einiger Schadenfreude zu konstatieren.

Joyard und Langustier traten durch das rückwärtige Portal auf den weiten öden Platz, an dessen anderem Ende zwei Baugruben gähnten. Dort sollten die Wirtschaftsräume, Bedientenzimmer und Gästewohnungen entstehen. Langustier wandte sich um und betrachtete die Rückfront des neuen Palastes.
»Ein sonderbarer Steinklumpen, auf dessen Balustrade gleichsam Jahrmarkt mit Puppen gehalten wird«, dachte er.
Die übergroßen Puttenköpfe passten so ganz und gar nicht zu dem übrigen Bildsäulenschmuck. Ein Stückchen Sans Souci schien hier in verkehrte, übertriebene Dimensionen übersetzt.
Im Untergeschoss des südlichen, erst zu errichtenden Baus der Communs herrschte noch vollendetes Durcheinander. Der Boden war von Pfützen übersät, an den kahlen, unverputzten Mauern lehnten große Mengen Bauholz und verengten den Durchgang bis auf einen schmalen, kaum meterbreiten Trampelpfad. Die Beleuchtung durch einige aufgestellte Laternen reichte kaum aus, um auch nur einen Schritt weit sicher zu sein, nicht doch noch in einen Höllenschlund zu stürzen. Langustier hatte die Gelegenheit nutzen und sich die künftige Wirkungsstätte der Köche einmal genauer betrachten wollen. Widerwillig hatte Joyard zugestimmt und sah sich nun in seiner Ablehnung bestätigt:
»Das ist mal wieder eine Eurer Schnapsideen! Wer soll Se. Königliche Majestät weiter versorgen, wenn wir hier beide hops gehen?«
»Aber wer redet denn davon? Ich jedenfalls beabsichtige alles andere als das!«

Dummerweise trat er genau in diesem Augenblick in ein Schlammloch, was den Groll seines Begleiters in Schadenfreude, sein neugieriges Draufgängertum dagegen für einen Moment in schlechte Laune verwandelte. Aber er fing sich sogleich wieder.

»Nun ja, an dieser Stelle sollte man besser hops gehen – will sagen: hinüberhopsen ...«

Bald hatten sie es geschafft. Die beiden aneinanderstoßenden und mit einer Tür verbundenen großen Gevierte waren durchmessen. Dieses Verlies, in dem sie herumstolziert waren, würde also einmal die hiesige Schlossküche sein. Finster, ohne geeignete Belüftung und mit Sicherheit ein hübscher Tummelplatz für Ratten und Mäuse, die ja das Unterirdische so liebten! Wie würde man die Speisen warm halten auf diesem kilometerlangen Weg nach drüben? Man müsste sich mit Wärmeglocken zum Gespött der Zuschauer machen und den Lakaien eine Kilometer- und Geschwindigkeitszulage zahlen. Langustier sah die allergrößten Schwierigkeiten voraus. Doch so, wie sich das Bauwerk momentan darstellte, zweifelte er daran, das unweigerliche Tohuwabohu je zu erleben. Das konnte noch Jahre dauern. Immerhin gab es bereits eine behelfsmäßige Treppe aus dem feuchten, muffigen Unterstand ins Freie. Das restliche Gebäude über dem Kellergeschoss, das einmal Bedientenwohnungen enthalten sollte, existierte dagegen noch nicht. Die Obergeschosse waren vorerst bloß auf dem Plan des Herrn von Gontard vorhanden, der nun in Abwesenheit des Barons van der Heyden die Bauleitung übernommen hatte und sich in diesem Moment am Rand der Baugrube mit dem Polier Meister über die neuesten Akte des noch immer nicht decouvrierten Saboteurs unterhielt.

Joyard wollte erfreut dem Tageslicht und den Vertretern der menschlichen Spezies zustreben, aber Langustier bat ihn, noch einen Moment auszuharren. Im unsichtbaren Zustand, das wusste er aus Erfahrung, hörte man bisweilen viel interessantere Dinge als nach dem Sichtbarwerden.

»… einen Meter weiter und der arme Junge hätte sich zu Tode gestürzt! Es steht mir keineswegs an, Mutmaßungen und Verdächtigungen zu äußern, und ich würde es auch nicht tun, wäre ich in diesem Punkte nicht zur Gänze überzeugt, doch ich glaube –«
»Aha, Sie glauben! Behalten Sie Ihren Glauben nur für sich, Herr Meister. Ich meinerseits glaube nicht nur, sondern bin mir sicher, dass Sie damit falsch liegen. Der Oberst von Springnitz hat mein vollstes Vertrauen. Aus welchem Grund sollte er hier drüben herumsägen?«
»Um das Fallieren seiner dubiosen eigenen Geschäfte zu kaschieren! Halten Sie etwa das Gerede von dieser Dunstmaschine …«
»Dampfmaschine, Herr Meister!«
»… Dampf- oder von mir aus auch Nebelmaschine vielleicht für etwas anderes als den Versuch, das Ende hinauszuzögern? Der feine Herr will noch das nächste Quartal erreichen, um noch eine allerletzte Rate seines unverhältnismäßig hohen Gehaltes einzustreichen! Und daher kann ihm alles, was den König ablenkt, nur recht sein.«
»Soso. Und daher sägt er uns hier die Gerüste zusammen oder legt Brücken aus angesägten Bohlen über todbringende Abgründe? Mein Herr, das ist, mit Verlaub, dummes Geschwätz. Im Übrigen ist die besagte Maschine heute schon am Ort ihrer Bestimmung angekommen. Ab morgen wird sie nach den Plänen ihres Konstrukteurs am Fuße der neuen Steigleitung zusammengebaut. Dienstag schon heißt es Wasser marsch!«
Langustier hielt es jetzt für geraten, aus der Versenkung zu steigen. Dieses Baustellengespräch hatte seine Neugier nicht gerade beflügelt. Die Sache mit der wasserspuckenden Maschine war, versteht sich, von großem Interesse. Langustier konnte es kaum erwarten, die Apparatur des Engländers in lautstarker Funktion zu sehen.
Die Herren grüßten einander und Gontard erkundigte sich beiläufig nach der Ursache dafür, dass Langustiers rechter Fuß aussah, als sei er aus Ton modelliert. Langustier schilderte sein Malheur und

lachte über die eigene Unvorsichtigkeit, fragte Verschiedenes, die künftige Küchenanlage betreffend, und den Polier Meister wie nebenbei, kurz bevor sie sich verabschiedeten, nach der Verwahrung des auf dem Bau verwendeten Werkzeugs.

»Halten Sie alles, was hier zum Bauen nötig, auch immer hübsch unter Verschluss, Monsieur?«

»In der Regel ja. Nach Feierabend ist das meiste in den abgeriegelten Kisten.«

»Das meiste?«

»Nun ja – oft vergisst es einer anzuschleppen. Und ich kann nicht jedem hinterherräumen, nur wegen einem Hammer …«

»… oder einer Säge?«, vergewisserte sich Langustier.

»Ganz recht; oder eines Beiles, Stecheisens, einer Kelle, einem Beutel mit Nägeln oder dergleichen. Aber weil jeder für seine Sachen unterschreibt, geht im Großen und Ganzen nur wenig verloren.«

Meister wusste selbst, dass dies eine faustdicke Lüge war: Dieser Bau war ein Fass ohne Boden, daran konnte auch der König nichts ändern, der hier viel zu oft herumschlich oder am Fenster seiner Wohnung saß, die von allen nur »der Ausguck« genannt wurde. Alle Bauarbeiter klauten wie die Raben. Das Baumaterial wurde in Säcken weggeschleppt. Die Reihe der königlichen Erlasse wider das Stehlen war schon so lang wie ein Kometenschweif. Drüben an einer der Türen klebte der jüngst erneuerte Auszug aus dem Potsdamer Baureglement:

»Auf die übrige Bau-Bediente, als Conducteurs, Aufseher und Verwalter, oder wie diese auch Namen haben, müssten sie, der Castellan und Controlleur ein beständig wachsames Auge haben, damit ein jeder in dem ihm anvertrauten Geschäfte sein Devoir thun und auf alles fleißig achten müsse. Insonderheit aber sollen dieselben von allen Materialien ein Journal halten, und darin die Abfuhren vom Wasser, oder vom Bau-Hofe auf die Bau-Stelle accurat notieren, welches Journal wöchentlich nachzusehen, und mit dem Lieferungs-Quanto zu conferrieren ist, um zu wissen, ob beydes mit

einander überein komme, indem dieses das eintzige Mittel ist, soviel wie möglich vorzubeugen und zu verhüten, dass etwas von denen Materialien entwendet oder verschleudert wird.«
Langustier empfahl sich, Meister blieb düpiert zurück. Es ging hier nicht ehrlicher zu als in der Hof-Küche. Das war zwar bedauerlich, hatte aber etwas Beruhigendes. Es zeigte einmal mehr, dass sie alle nur Diebe waren, soll heißen … gemeine Menschen. Doch die Sabotage, von der er Meister hatte reden hören, konnte ebenso ein Mann begangen haben, der nicht auf der Baustelle tätig war. Ohne viel Glück würde er das nötige Werkzeug hier zugänglich finden.
Langustier wendete noch einmal, da er von Meister den Namen des langen, muskulösen Mannes zu erfahren heischte, der sich zuvor mit Chambois unterhalten.
»Strousberg, vormals Kavallerie, jetzt Invalidenkorps.«
Ein rüstiger, gut trainierter Invalide!

Oberst von Springnitzens Aufregung wuchs von Minute zu Minute angesichts des blitzenden und blinkenden Metallungetüms, das vor ihm Gestalt annahm. Nachdem das Frachtschiff »Gans«, das früher für den königlichen Kammerdiener Fredersdorf gefahren war, die Einzelteile vor drei Tagen, am vierten Juli, am Ufer des Havelstroms vor der Scharfrichterei an der Brandenburger Brücke abgesetzt hatte und sie am fünften mühsam auf viel zu schmalen Flößen durch den Schafgraben gezurrt und bei der Kunstmühle angelandet worden waren, hatte er sich unentwegt mit dem vielseitigen Memorandum des Mister Watt vertraut gemacht. Mit einem eigens errichteten Ladekran waren unter den neugierigen Augen Sr. Königlichen Majestät nun zuletzt der Kessel, der Kolben und die schwereren Teile des gewaltigen Gestänges an Land gehievt worden. Der Kran war inzwischen versetzt und hatte bereits die beiden gusseisernen Sockel auf die Grundmauern des künftigen Standortes gehoben. Ein Häuschen in Form eines halb versunkenen griechischen Tempels sollte die fertige Maschine dort neben dem schmalen Wassergraben einmal umgeben, wenn ihre Funktion erst sichergestellt wäre. Carl von Gontard hatte in der Zwischenzeit fleißig Maße abgenommen und beklopfte skeptischen Blickes die nach seinen Angaben angelegten Fundamente für den gewaltigen Metallkörper des überschweren Aggregats. Sah er es insgeheim schon im feuchten Moder des Schafgrabens verschwinden? Springnitz wischte sich den Schweiß aus den Augen, während er die letzten Stoßgebete zum Himmel schickte. Zentimeter um Zentimeter senkte sich der Koloss des Kessels seiner Verankerung entgegen. Bei der Berührung mit dem Metall durchzuckte von Springnitz die Gewissheit: Es gelingt! Doch er ahnte, dass dies mehr Wunsch als Wissen war. Es wäre noch jede Menge Arbeit zu tun, bevor man über Erfolg oder Misserfolg abschließend befinden könnte. Die Arbeiter atmeten durch, bevor sie dem Kranausleger zum tonnenschweren Pleuelgestänge folgten, das nun an die Reihe kommen sollte.

Auch der zurückliegende Tag war noch mit dem Aufbau hingegangen. Spät in der Nacht endlich hatte er beim Flackerlicht der Laternen aus dem Haufen zusammenhanglos herumliegender Einzelteile eine kompakte, Ehrfurcht gebietende Maschine gemacht. Raubtierhaft flach ragte der Kolben vor dem großen Zylinder des Kessels nach vorn. Ein Schwundrad und ein hammerbehängter Kreisel sollten für einen gleichmäßigen Betrieb der angeschlossenen Pumpanlage sorgen. Zwei breite, kunstreich nebeneinander angebrachte und mit vier Zu- und Ableitungen versehene Metallrohre oder »Stopfbüchsen« nahmen passgenau die stempelartigen Pumpstangen auf. Bei der Bewegung der Transmission wurde die eine nach vorne geschoben, um das Wasser aus der Röhre herauszupressen, während sich die zweite, bei der zurückliegenden Halbdrehung des Rades geleerte Röhre nunmehr nach oben verschloss und bei Rückführung des Stempels neues Wasser in sich hineinzog.

Er verglich die akribische Zeichnung des Erfinders wieder und wieder mit dem, was nun unter einem notdürftigen Baldachin aus

Brettern auf dem Sockel vor ihm stand. Das Postament hatte gehalten, die Teile waren vollständig, die Anleitung des Engländers einfach und unmissverständlich gewesen. Endlich war er zufrieden mit dem Ergebnis seiner Überprüfung. Es stimmte alles, soweit er sehen konnte. Bevor seine Arbeiter morgen die zum Höneberg laufende Rohrleitung dauerhaft mit dem Ungetüm verbinden würden, wollte er jedoch zuerst eine Generalbetriebsprobe der Maschine vornehmen.

In der Nacht hatte Springnitz so gut wie nicht geschlafen. Seine Gedanken waren ausschließlich bei der Maschine gewesen. Jetzt wurde der Kessel mit frischem Wasser aus dem Tiefbrunnen bei der Mühle gefüllt, die Kohlenwanne vollgeschaufelt, dann vorsichtig angeheizt. Nur behutsam, nur sorgfältig, dass ja nichts platzte oder barst! Sie kannten noch nicht die Tücken des Geräts, konnten es also leicht verderben. Springnitz hätte sich gewünscht, der Konstrukteur wäre selbst mit über den Kanal gekommen, um seine Erfindung eigenhändig in Gang zu setzen. Doch der König wollte kein Geld für die Überfahrt bezahlen, da ihm der englische Gesandte wider Erwarten rein gar nichts, weder Nachteiliges noch Beruhigendes, über diesen Mister Watt hatte berichten können.

Jetzt war es für derlei Überlegungen ohnehin zu spät. Erst rasselnde, dann klopfende, schließlich sehr ungut klingende, schlagende Geräusche wurden laut. Der Zeiger in einer kleinen Druckuhr krümmte sich nicht einen Millimeter gegen seinen Anschlag. Rührte sich schon etwas am Gestänge? Aber nein, bevor die Druckuhr nicht voll ausschlug, war es unklug, das Ventil zu öffnen. Springnitz ließ die Hand, die schon auf dem hübsch gefeilten Messingrad geruht hatte, wieder sinken. Was mochte das nur bedeuten? Der riesige Kessel war so heiß, dass man Spiegeleier auf ihm hätte braten können. Springnitz betrachtete mit steigendem Unbehagen die Druckanzeige. Plötzlich sah er es: Ein Zucken im Gehäuse, wo sich die abgebrochene Federspule zu einem kleinen Knäuel zusammenraufte! Das Instrument war kaputt! Ihm schwante Übles, und er

begann, den Messingknauf des Hahns zu bewegen. Ein urgewaltiges Fauchen wurde hörbar und ein Dampfstrahl aus dem Auslassventil fegte das kleine Bierfass vom davorstehenden Vespertisch. Sämtliche Baugehilfen stürzten mit lauten Hilferufen in alle Windrichtungen davon. Der dumme Fischer sprang sogar in den kaum knietiefen Graben und suchte mit unbeholfenen Bewegungen durch den Morast zu entkommen.
Der königliche Fontainier von Springnitz aber wankte keine Sekunde und erkannte klar: Die Maschine war längst betriebsbereit gewesen, wahrscheinlich war sie drauf und dran zu zerplatzen! Leider stand die Pleuelstange im toten Punkt – in einer Position, die das selbstständige Anlaufen des Apparates unmöglich machte. Verzweifelt schlug der Oberst mit einem Holzstempel auf den Ansatzpunkt des gewaltigen Metallarmes ein, um ihn von der Stelle zu bewegen, bis ihm das Holz förmlich aus der Hand geschleudert wurde. Der Kolben fuhr mit unbändigem Stampfen im Gehäuse vor und zurück. Die Maschine nahm mit einer solchen Wucht ihre Arbeit auf, dass sie – ungenügend verankert, wie sich jetzt zeigte – auf ihrem Sockel hin- und herzutanzen begann. Die Saugleitung fraß mit schmatzendem Geräusch eine Höhlung in den Schlamm des Schafgrabens und schon schoss ein brauner Strahl aus Wasser, Modder und kleinen Steinchen aus der Stelle des Rohres, an das die Steigleitung anzusetzen wäre.
Das Jubeln des Wasserbaumeisters ging unter im Wüten der Elemente. Seine Helfer lugten vorsichtig aus ihren Uferverstecken und sahen von Springnitz in einer Art Veitstanz das Dampfsäulen spuckende, vibrierende Monstrum umspringen. Schließlich riss er an einer Kette und ein so markerschütternder Pfiff ertönte, dass die Helfer alle wieder wie verschreckte Karnickel abtauchten und der König, der vor Sans Souci ruhend im Schatten saß und für einen Moment glücklich eingeschlafen war, unwirsch aufschreckte und seinen Leibpagen schalt: »Karel, lass er mich nur das törichte Weibsgezwitscher!«

VI

Bis zu Langustier in die Schlossküche war der Wattsche Maschinenpfiff nicht vorgedrungen. Auch war der Zweite Hofküchenmeister an diesem Montagmorgen viel zu beschäftigt, um atmosphärische Phänomene observieren zu können. Er musterte den vor ihm stehenden Jungkoch sehr ausgiebig. Dieser machte eine recht gute Figur, schien reinlich und wohl informiert zu sein, wie er aus der raschen und sorgfältigen Erledigung der einfachen Übungsaufgaben ersehen konnte, die er dem Neuankömmling gestellt hatte. Das Gänseleberparfait war durchaus wohlgeraten, ebenso die Crème brulée!

»Merci, Monsieur Conrad, parfaitement! Ich bin rundheraus zufrieden! Das ist à merveille! Und Se. Königliche Majestät werden inskünftig nicht anders denken. Lassen Sie uns aber die Probearbeiten rasch beseitigen, sprich einverleiben, und wenn Sie nichts dagegen haben, servieren Sie mir die Geschichte Ihrer Ankunft noch dazu, die, wie ich hörte, eine heitere gewesen ist.«

Der hoch aufgeschossene Johann Conrad, der sich neben seinem Examinator wie ein Strich in der Landschaft ausnahm, zeigte sich überglücklich, den Anforderungen des als sehr gestreng verschrienen Herrn so gut zu genügen. In flüssigem Plauderton überflog er die Lehrzeit bei Alois Schicklheber, der für den bayerischen Kronprinzen kochte, dann gelangte er rasch zum jüngsten Teil seiner Geschichte.

»Da ich in Berlin ein neues Auskommen zu finden hoffte, hatte ich mein Gepäck nicht verplomben lassen, wie jeder Durchreisende tun sollte, was bedeutete, dass ich mit dem ganzen Plunder auf den königlichen Packhof – oder recht eigentlich ›Auspackhof‹ verwiesen wurde, einem halbrunden Gebäude auf einer Insel in der Spree hinter der Domkirche und dem Lustgarten, wo ich meinen Koffer widerspruchslos zu öffnen hatte und von den amtlich bestellten Wühlern seinen Inhalt komplett umdrehen lassen musste. Ich trug alles ersparte Geld in Nürnberger ganzen Batzen bei mir, doch hatte ich leider keine Ahnung davon, dass diese Münzen in Preußen nichts gelten. Der Packhofmeister, eine behäbige, an sich freundliche Gestalt, visitierte nun also mich und meine Habseligkeiten – was ihn nicht viel Zeit kostete, denn es war nur ein kleiner Koffer – dann aber kam er an meine Geldrolle. Leutselig wollte er wissen: *Nur einheimische Münze?* Ich zögerte vielleicht einen Moment zu lang, weshalb er einen Blick über die Schulter warf, weil er mich offenbar nicht weiter inkommodieren und die Börse wieder in den Koffer zu packen gedachte, aber sicher gehen wollte, dass ihn keiner dabei sah. Doch seine Kopfbewegung wurde von einem Vorgesetzten aufgeschnappt, einem grässlichen Franzosen, der aufgeregt hinzueilte und fragte: *Was hat sisch in die Geldsack?*

Der Packhofbeamte öffnete nun pflichtschuldigst das Portemonnaie, und wie er die Nürnberger Batzen sah, verfinsterte sich seine Miene und er bedeutete mir, dass ich mich mit der Einführung dieser Münzen strafbar mache und ich sie zurückschicken und einwechseln lassen müsse.

Mich traf der Schlag bei dem Gedanken daran, tagelang ohne Geld dazustehen, doch es kam noch schlimmer. Denn der Franzose schob den Packhöfler beiseite und deklarierte sehr rüde und mit kaum verständlichem Kauderwelsch, dass man sie daher, *die Gemünz*, um mich vor dem Kerker zu bewahren, nun einkassieren und einbehalten müsse.

Denkt Euch: 400 Reichstaler in Nürnberger ganzen Batzen, mein sämtlicher Besitz, den ich über zwei Jahre gegen alle Gier meines letzten verlotterten Arbeitgebers, des Herrn von Borsdorff in Cottbus, standhaft verteidigt und also gerettet hatte – und nun waren sie flugs im Handstreich eines Packhofinspekteurs als Konterbande

eingezogen! Ich hatte ohne teure Kutsche den Weg zum Packhof am Kupfergraben zurückgelegt. Ich wusste nicht mehr ein und aus. In meiner Not führte ich meine Unwissenheit ins Feld; log, ich käme direkt aus Bayern, ungezählte Meilen Wegs, und könnte unmöglich wissen, was Se. Königliche Majestät in dero Landen verbieten lassen. Hierauf entgegnete mir der Grobian, dass dies keine Entschuldigung sei. Wenn man in eine solch ferne Residenz reise, um daselbst zu verbleiben, müsse man sich nach allem genau erkundigen und wissen, was an Geldsorten im Schwange gehe, damit man nicht durch Einbringung verrufener Münze Gefahr laufe. Ich fragte ihn, was ich nun anfangen sollte, nachdem er mir mein Geld weggenommen habe? Doch der garstige Patron erwiderte bloß kaltherzig, dass meine visitierten Sachen von seinem *saubere Packhöf auf die Stelle weggeschafft werden müsst*! Er erklärte wörtlich: *Eilen Sie, Sie sind misch in die Weg!*
Er bedeutete einem müßig herumstehenden Schubkärrner, den Koffer aufzuladen und fortzubringen. Gerade konnte ich diesen noch bitten, davon abzusehen. Ich wollte ihn selber tragen, weil ich keine vier Groschen für den Dienst des Mannes mehr gehabt hätte. Der biedere Preuße, der mich zuerst visitiert, nahm mich kurz beiseite und gab mir die Adresse eines kleinen Gasthofs in Neu-Cölln, wo ich, wie er sagte, ein billiges, der unteren Kategorie entsprechendes Unterkommen finden würde.
Ich schleifte also meinen Koffer und mich selbst in die preisgünstigste Herberge der Stadt, nämlich in den ›Quappenkrug‹ in der Wallstraße.«
»Unglaublich! Was haben Sie da getan?«
»Ich wäre am Ende gewesen, wenn nicht die Wirtin ihr Zutrauen in mich gesetzt hätte, als ich ihr erzählte, dass ich Koch sei und ihr zum Entgelt für Kost und Logis anstandslos einige Zeit zu Diensten wäre. Sie ließ sich's gefallen und so lebte ich denn in dieser Absteige die letzten acht Wochen umsonst, wenngleich in einem sehr üblen Loch. Auch musste ich von morgens bis abends unentschä-

digt die allerschlimmsten Dinge zubereiten, von denen ich Euch nicht einmal entfernt berichten will.«
Langustier schüttelte sich angewidert, denn er besaß Einbildungskraft genug, sich nach Jahrzehnten in diesem halb barbarischen Land die Niederungen der Berliner Küche lebhaft vor die inneren Sinne zu führen.
»Mon dieu – Sie Ärmster!«
»Nun fügte es der gütige Himmel immerhin, dass ich dort im ›Quappenkrug‹ Anfang letzter Woche mit einem Offizier bekannt wurde, der Haussuchung hielt wegen eines entflohenen Kadetten. Ich schilderte ihm mein Erlebnis auf dem Packhof, worauf er mir prompt riet, dem König supplicando näherzutreten. Mein Memorial mit den Contenta dürfe aber nur ganz kurz sein. Ich konzipierte eins, mundierte es und folgte daraufhin dem Offizier nach Potsdam, wohin dieser ohnehin unterwegs war. Er hieß mich vor dem Park von Sans Souci warten und ging hinein. Es dauerte endlos, bis er wieder herauskam. Doch als er mir sagte, der König sei im Garten und heute extragnädig, ich solle nur flugs meine Sache bei ihm anbringen – da konnte und wollte ich's nicht wagen. Meine Ehrfurcht war plötzlich übergroß. Könnt Ihr das verstehen? Erst auf dem Packhof, dann im ›Quappenkrug‹ und jetzt in Sans Souci? Das ging doch nicht mit rechten Dingen zu.«
Langustier schmunzelte. Er dachte an die Aura des Unnahbaren, die den König umgab, und an die Niederungen irgendwelcher Berliner Kloakenwirtschaften.
»Zum Glück ließ der Offizier nicht so einfach von mir ab, als er gesehen, wie es um mich stand. Er verschleppte mich an die unterste Stufe des Weinbergs und kommandierte: Den Hut unter den linken Arm! – Den rechten Fuß vor! – Die Brust heraus! – Den Kopf in die Höhe – Das Memorandum mit der rechten Hand hochgehalten! – So stehen bleiben! Er dagegen ging fort, sich mehrfach umsehend, ob ich auch Position behielte. Er war weg und ich stand im Park von Sans Souci wie eine Salzsäule, nun auch wirklich jeder

Bewegung unfähig vor lauter Angst, die sich noch vermehrte, als ich aus dem Augenwinkel eine blaue Gestalt bemerkte, die sich in einiger Entfernung neben zwei Gärtnern bei einem Gewächse bückte.«

Langustier lachte.

»Es war, wie Ihr Euch denken könnt, kein anderer als Se. Königliche Majestät! Der König richtete sich auf und sah mich, die lebendige Statue, in unnatürlicher Positur in seinem Garten herumstehen. Er tat einen Blick auf mich und es war, als wenn mich der Blitz träfe. Er schickte den einen Gärtner, ihm die Botschaft aus meiner himmelwärts gereckten Hand zu bringen, verschwand damit in einem Gang zwischen den Rabatten, wo ich ihn nicht sehen konnte, doch schon eine Minute später war er wieder bei dem Gewächs, es war ein Feigenbaum, und winkte mir mit meinem Memorial näherzutreten. Ich löste mich aus meiner grausigen Verrenkung und schaffte es endlich unter Schwanken halbwegs gerade bis zu ihm hin zu gehen. Seine Worte werde ich nie vergessen:

›Lieber Bayer! Er hat in Berlin um sein Leben gekocht, weil ihm sein bayerisches Geld weggenommen wurde. Wahr ist es, die Batzen sollen in meinem Land nichts geltend, doch seindt die Visitateurs nicht befugt, sie einzuziehen. Sie hätten sie müssen versiegeln und ihme bitten, selbige nach Bayern zu retournieren, um andere, hier geltende Sorten dafür zu kriegend. Wohlan: Er soll sein Geld cum Interesse zurückerhalten. Aber, lieber Mann, Berlin ist ein heißes Pflaster, Sie verschenken da nichts. Er ist ein fremder Mensch, ehe er bekannt wird und bessere Anstellung bekömmt, so ist das bisschen Geld verzehrt. Was dann?‹

Kurz und gut: Er examinierte mich, bei wem ich angefangen, wo ich schon gekocht und was für Spezialitäten ich auf meinen Wanderungen kennen gelernt hätte. Und ehe ich mich's versah, hatte ich neben einem reichlichen Essen, meinem Geld – umgewechselt in gültige preußische Münze – sowie einer Rückfahrgelegenheit nach Berlin auch die Ordre, mich in drei Tagen, das heißt heute, bei dem

Zweiten Hofküchenmeister, das heißt bei Euch, zu melden und mich von ihm in meiner Kunst prüfen zu lassen. Wenn er mich für tauglich befände, so könnte ich bleiben und die Brigade der Köche um einen Kopf vermehren – es sollte mein Schaden nicht sein. Nun wisst Ihr alles, denn da bin ich!«
Langustier beglückwünschte Conrad zu der wohlwollenden Aufnahme beim König und führte ihn zu Joyard, der von seiner Ankunft und der Prüfung wusste und bereit war, auf das Urteil seines Kollegen Langustier zu vertrauen. Beide waren froh, diesen jungen, unverbildeten und unverbrauchten Kopf in ihre bunt gescheckte Truppe aufnehmen zu können. Einen Bayer hatten sie bislang an den preußischen Kochtöpfen nicht erlebt. Es wäre sicher eine interessante Erfahrung, dem König zum Frühstück original zubereitete boudins blancs avec le moutarde doux zu servieren.
»Und jetzt heißt es schon gleich frisch ans Werk, Herr Conrad!«, sagte Langustier. »Heute Abend steht ein Galadiner für Seine Exzellenz, den englischen Botschafter, auf dem Programm, der sein 50. Wiegenfest hier auf dem Weinberg ausgerichtet bekommt, und morgen ...« – er machte eine effekthaschende Pause – »... morgen wird zum hoffentlich glücklich erfolgenden Aufsprudeln der Fontänen ein Mittagessen im Freien zelebriert.«

VII

Für einen Mann vom flachen Land musste das Zentrum Berlins wie eine holländische Hafenstadt erscheinen, denn es wimmelte darin von Wasserläufen, Brücken und Inseln. Am unübersichtlichsten gestaltete sich die lang gestreckte Landzunge zwischen dem östlichen Spreearm und dem ehemaligen noch vorgelagerten Festungsgraben.

Der Friedrichswerder war der Insel Cölln mit dem Schlosse südwestlich vorgelagert und traf sich auf dem Spittelmarkte mit Neu-Cölln. Auf cöllnischer Seite umgab ihn von Süden her der schmale, aus der Spree abzweigende Wasserweg, der zuerst Friedrichsgraben, dann Schleusengraben und schließlich Neuer Ausfluss oder Kupfergraben hieß, wohingegen zur Friedrichstadt hin der einstige Festungsgraben an ihm entlang führte – und zwar von der Spittelbrücke bis zu dem Punkt, wo er in den Kupfergraben fiel.

Als der Große Kurfürst den Werder urbar machte, war die Spree hinter der Hundebrücke sehr breit und hatte drei Arme: den Mühlengraben hinter der Brüderstraße, den Schleusengraben und einen breiten sumpfigen Ausfluss in der Gegend des Münzkanals. Diese Arme wurden in Lauf und Stärke bedeutend verändert und eine Schleuse oder Arche an der später so genannten Schleusenbrücke eingerichtet. Durch die Begrenzung der Wasser war der Fluss schiffbar geworden und hatte genügend Kraft erhalten, um die für den Fürsten einträglichen Mühlen anzutreiben. Wegen ständiger Überflutung ihrer Häuser zerstörten aber die Anwohner 1448 die Schleuse, es kam zu einem allgemeinen Aufruhr, in dessen Verlauf sowohl die Verfassungen von Berlin und Cölln als auch die Landesregierung umgestürzt wurden. 1550 kam es zur Errichtung

einer zweiten Schleuse am Mühlendamm, die 1694 massiv ausgebaut wurde.
Wiewohl auch sonst nicht arm an herrlichen Bauten: dem Schicklerschen Haus etwa, dem ehemals Fredersdorfschen, jetzt Jordanschen Haus, dem Baudessohnschen Haus, dem Haus des Staatsministers von Hertzberg, dem Fürstenhaus, dem Gräflich Schimmelmannschen Haus, dem Jasterschen Haus, der Hausvogtei, dem Jägerhof oder der gerade ein Jahr alten königlichen Bank, stand das gewaltigste Gebäude des Friedrichswerder doch an seinem stumpfen nördlichen Ende – das Zeughaus war eines der schönsten in ganz Europa: ein gewaltiges Viereck, im Erdgeschoss mit Bogenfenstern, darüber nach dorischer Ordnung gebaut, mit einem darüber gesetzten Brustgeländer mit vielen Trophäen von Hulots und Schlüterns Erfindung. Vier Bildsäulen am Eingang stellten die Rechenkunst, die Geometrie, die Mechanik und die Feuerwerkskunst dar. Im Erdgeschoss waren die Kanonen, Haubitzen, Mörser, im oberen dagegen das kleine Gewehr, die Pistolen, die Säbel, Degen und Trommeln gelagert.
In Richtung auf die Linden, das heißt westlich vom Zeughaus, schloss der Kai am Festungsgraben neben der Neustädtischen Brücke den Friedrichswerder ab. Von der Hauptwache des Artilleriekorps erstreckte sich eine ausgedehnte Plantage von Kastanienbäumen am Wasser entlang, die im Frühjahr wunderschön in weiß und roter Mischung blühten. An ihrem Ende stand, etwas abgeschirmt vom Getriebe um das Zeughaus, wenngleich in dessen Sichtweite, das trefflich gebaute ehemalige Haus des Kammerdieners Ihrer Majestät, der Königin. Dieser vornehme Herr mit dem etwas zu lauten Namen Abraham Fürchtegott Donner hatte es 1752 nach Feldmanns Plänen errichten lassen, nun aber aus finanziellen Gründen dem König verkauft. Dieser wusste nichts Rechtes damit anzufangen und machte es daher kurzerhand zum Hauptquartier seiner neuen Steuerbehörde. So durften sich die lange leer stehenden Mauern seit wenigen Wochen rühmen, die königliche Generalzoll-

und Akzise-Administration oder kurz: die »Generalregie« zu umfrieden. An drei Wochentagen, dienstags, donnerstags und sonnabends, trat deren Verwaltungsriege hier zu Beratungen zusammen. Dann wurde über die anstehenden Steuerverfahren in Stadt, Land und Provinzen befunden und auch im angegliederten Akzisegericht Recht gesprochen.

Etwas störend in der Abgeschiedenheit dieser Lage musste nur die unmittelbare Nachbarschaft des Gießhauses und der Büchsenschäfterei genannt werden, wo die Armeewaffen geformt, gegossen, gebohrt und ausgearbeitet, beziehungsweise die im Zeughause verwahrten Gewehre täglich in Stand gehalten und repariert wurden.

Als der Büchsenkärrner Giebel am frühen Dienstag, dem Morgen des 8. Juli, seine erste Fuhre zur Schäfterei schob und den etwas steifen Hals streckte, dabei genüsslich die frische, warme, würzige Luft einsaugend, vermeinte er durch die Kastanien etwas Ungewöhnliches herüberblinken zu sehen, weshalb er, ganz gegen seine Gewohnheit, die Holzkarre mit den kaputten und rußigen Gewehren vor der Werkstatt stehen ließ und interessiert spähend auf das Donnersche Haus zuschlenderte.

Der große Balkon am hellgelb gestrichenen, dreigeschossigen Regiepalast wurde bruchstückhaft sichtbar. Die Bildpfeiler, die ihn stützten, vier Hermen nach Reichhards Entwürfen, lugten steinern grau durch die Kastanienäste. Doch da – war da nicht etwas Blaues zu sehen – ein Stück Stoff, eine Fahne, eine Flagge?

Die Stadt erwachte zum Leben, der Markttag hatte begonnen. Die Menschen waren zu beschäftigt, um den Blick grundlos zu heben. Alle krochen, auf die eigenen Geschäfte konzentriert, die Gassen entlang zu den Marktplätzen: dem Friedrichsstädtischen, Hackeschen oder dem Spittelmarkt, und wollten sich von nichts und niemandem bewegen lassen, innezuhalten in diesem Tun.

So kam es, dass ihn keiner bemerkt hatte, bis es acht geschlagen und der Büchsenschäfter die ersten Gewehre erwartete. Dem Giebel fiel die Pfeife aus dem zahnlosen Mund, als er sah, was dort am Palast

der Akzise baumelte. Schon humpelte er mit ziellosem Geschrei in die Baracke der Büchsenschäfterei, um seine eigentümliche Beobachtung loszuwerden. Dann ging es bald wie ein Lauffeuer durch die Straßen: zum Donnerschen Haus, zum Regiegebäude!
Wenig später stand eine ansehnliche Menschenmenge unter den Kastanien versammelt, die gebannt in die Höhe starrte. Von der Balustrade am Dach der Königlichen Generalzoll- und Akziseadministration hing der Packhofinspektor Siedemann herab und baumelte leicht im warmen Lüftchen zwischen den unbekleideten steinernen Mannsbildern hin und her wie das Perpendikel einer Standuhr. Die laue Brise spielte mit seinem strohigen Haar, die Kleider wurden aufgeblasen – dem löchrigen Kostüm einer Vogelscheuche nicht unähnlich.
Die Gaffenden erkannten ihn gleich und raunten einander den Namen zu. Einige Männer vom Artilleriekorps hatten sich aufgestellt, konnten aber dem Andrang nicht wehren. Jetzt fuhr mit einer prächtigen sechsspännigen Kutsche der alarmierte Generalregisseur Jean-Baptiste de Chambois vor das Portal, eine Stunde früher als gewöhnlich, denn er wohnte nicht weit entfernt in einem prächtigen Bürgerhaus am Platz an der Oper. Der umfänglichste unter den so genannten »großen Franzosen« hatte rasch die Situation überblickt und befahl gefasst, wenngleich mit großem inneren Unbehagen:
»Holt den Mann sofort da herunter!«
Er stand eine ganze Weile inmitten dieser Meute von Gaffern – ein silbern betresster rotseidener Farbtupfer inmitten eines Heeres aus abgetragenen grünblau verschossenen Leinenuniformen – und schaute mit einer Mischung aus Schrecken und ungläubigem Erstaunen auf die leblose Figur, die da als makabres Aushängeschild die Fassade seiner Behörde schmückte. Es war kein Gebilde aus Stroh und Lumpen, das dort baumelte, sondern ein Mensch. Grauenhaft verzerrt das vom Seil unterfütterte Antlitz, mit dem Ausdruck des Erstickens, so schien es ihm, die Arme herabhängend wie die Flügel

an einer toten Fledermaus. Es dauerte endlos lange, bis einige kräftige und unerschrockene Männer die Gestalt mit Hakenstangen und Seilen über die Brüstung auf das Dach bugsiert, von der sie haltenden Leine losgeschnitten und damit der Menge endlich den Grund für ihren Auflauf fortgenommen hatten. Jede Station der schwierigen Prozedur war mit Lautäußerungen des Entsetzens und des Unglaubens verbunden gewesen. Überflüssigerweise rief einer derer auf dem Dach vernehmlich den Namen dessen aus, den sie da von seiner luftigen Warte heraufgeholt hatten:
»Siedemann!«
Die Menge wogte heftiger, als sie den Namen des für warmherzig geltenden und daher eher beliebten Packhöflers offiziell verkündet hörte. De Chambois, der die Anfeindungen der Preußen bislang auf die leichte Schulter genommen hatte, bekam es mit der Angst zu tun. Der unangenehme Vorfall im Park von Sans Souci, den er für einen üblen Scherz einiger Landmänner gehalten, erhielt nun eine ganz andere Bedeutung. Man musste keine besondere Intuition besitzen, um die Zurschaustellung eines toten Steuereinnehmers als Anschlag auf die Institution als solche zu begreifen. Siedend heiß fiel ihm ein, dass die Meute sich dies leicht zum schlechten Beispiel nehmen konnte!
Unwillkürlich ging der oberste Generalregisseur auf Abstand zu den Schaulustigen, fühlte schon das Messer in seinem Rücken. Er verschwand hastig im Gebäude und schickte einen Botenjungen zum Polizeipräfekten Philippi, während die Schaulustigen keinerlei Anstalten machten, sich zu zerstreuen. Im Gegenteil vermehrte sich ihre Zahl noch beständig.
Philippi war harmlos. Ihm würde er restlos vertrauen dürfen. Im königlichen Auftrag hatte dieser Mann viele Monate in Paris gelebt und schwärmte bei jeder nur denkbaren Gelegenheit von seinen herrlichen Erlebnissen. Der Generalregisseur für Berlin schöpfte wieder Hoffnung. Er beobachtete die Menge von einem Fenster aus und glaubte nicht nur Betroffenheit und Entsetzen über den

Tod Siedemanns in ihren Mienen zu lesen, sondern auch Schadenfreude gegenüber der Steuerbehörde, lange unterdrückten und nun kurzzeitig befreiten Hass.
Wenig später traf der Polizeipräfekt mit drei Offizieren und einem Wachbatallion ein. Die Soldaten hatten große Mühe, die Neugierigen im Guten zu bewegen, das Feld zu räumen, während sich Philippi mit seinen Begleitern ins Donnersche Haus begab, um den Toten auf dem Dach in Augenschein zu nehmen. Der Berliner Polizeipräfekt hegte keine hinderlichen Ressentiments gegen die französischen Fremden. Er sicherte dem Generalregisseur umfassenden Schutz seiner Person und des Gebäudes zu. Offenbar sollte hier Stimmung gegen den König und die obersten Staatsbehörden gemacht werden. De Chambois nickte eifrig und beflissen, während er mit seinem tischdeckengroßen Schnupftuch die Rinnsale aus Schweiß trockenlegte, die bislang vom Gesichtsoval aus seine gelbe Seidendrapierung bewässert hatten.

VIII

In Potsdam hatten die Vorbereitungen für die zum Mittag anberaumte feierliche Inbetriebnahme der Fontänen bereits wohlriechende Gestalt angenommen. Langustier leitete seinen neuen Unterkoch Conrad in der Zubereitung einer der zahlreichen königlichen Leibspeisen an.

Rebhühner in Champagner wären als leichte Zwischenmahlzeit denkbar gut geeignet, die bevorstehende technische Demonstration zu begleiten. Der zurückliegende Abend war übrigens zur allseitigen Zufriedenheit verlaufen. Die Küchenmannschaft hatte Conrad als neues Mitglied anstandslos akzeptiert und Langustier war von seinem Geschick hellauf begeistert. Der englische Botschafter hatte zu seinem Fünfzigsten nur das Beste bekommen.

»Ist dieses kleine Gericht vom König nicht mit feiner Delikatesse gewählt, Monsieur?«, fragte Langustier mit genießerisch gespitzten Lippen, während er drei Dutzend Hühnerlebern in eine Pfanne mit heißem Fett schleuderte, kurz briet, salzte und pfefferte. »Die Rebhühner, die nicht mehr fliegen können, und der Champagner, der nicht mehr zischt und perlt …«

Conrad lachte.

»Zweifelt Ihr etwa an dem Geschick des Obersten von Springnitz? Gestern soll seine Feuermaschine zwar beinahe zehn Knechte in den Tod gerissen, sich dann aber rasch zum Funktionieren bequemt haben. Schade, dass wir hier stehen und kochen müssen und nicht draußen am Seeufer sein und das Wunderwerk bei seiner Arbeit beobachten können.«

Langustier winkte ab.

»Wer wie ich schon ein halbes Dutzend Fontainiers beim Fallieren ihrer Mühen hat beobachten können, der ist nicht mehr so hoffnungsfroh. Aber man soll nichts ausschließen. Wer weiß, vielleicht hat der Engländer doch die Qualitäten eines Archimedes? Sr. Königlichen Majestät wäre nichts mehr zu wünschen als ein Ende der langen Trockenheit in seinen Gärten. Stellen Sie sich nur vor: ein Regenbogen über den Feigenbäumchen an der Terrasse!«

Conrad hatte inzwischen die Rebhühner gerupft und ausgenommen, so dass Langustier ihnen Brust und Bauch mit Speckscheiben belegen konnte, die wie lange und breite rot-weiß gesteifte Schärpen aussahen. Er umwickelte jeden speckummantelten Torso mit Küchenzwirn, ließ sie dann alle in einen Bräter mit geschmolzener Butter gleiten, briet sie allseitig goldbraun an, salzte, pfefferte und löschte schließlich mit weißem Champagner ab.

Conrad hatte sich die vorbereiteten Hühnerlebern geschnappt, trieb sie durch ein feinmaschiges Sieb und verrührte sie mit weicher Butter, bis alles von rundum cremiger Beschaffenheit war. Schließlich bestrich er etliche geröstete Weißbrotscheiben damit, während er Langustiers behände Bewegung bewunderte, mit der dieser die angebratenen Vögel von ihren Speckschärpen und Zwirnfesseln befreite. Conrad verdünnte den restlichen Bratensaft mit Champagner und erhitzte das Gemisch. Er verknetete etwas Mehl mit Butter, rührte die Masse in den Bratenfond und kochte die entstehende Sauce langsam ein.

Nun hieß es, die Meldungen der Lakaien und Pagen beachten, die über die augenblickliche Position der Gäste genauestens Bescheid wussten. Verspätete sich der kleine Festakt, so würden sie Sauce und Rebhühner weiter warm halten. Doch schon hieß es:

»Raus damit! Wasser und König sind im Anmarsch!«

Langustier halbierte die Vogelleiber und legte die Hälften auf die Kissen aus leberbestrichenen Weißbrotscheiben. Conrad übergoss die Aufgebahrten mit heißer Bratensauce, und die Lakeien rissen ihnen die fertigen Teller förmlich vom Tisch. Als die erste Meldung ertönt war, hatte Langustier noch rasch eine Schüssel mit vorbereiteten Rindslendenmedaillons unter der Wärmeglocke hervorgeholt. Durch einen Bindfaden in optimaler Kreisform gehalten, waren sie rosa gegrillt und mit je einer Scheibe in Butter gebratener Gänseleber sowie einer dicken Perigordtrüffelscheibe belegt und abwechselnd auf Artischockenböden und Kroketten gebettet worden.

»Vite! Vite! Der König ist schon an der Fontäne!«

Conrad und sein Chef folgten, so schnell sie konnten, der hüpfenden Prozession aus Rebhuhnträgern, die nun über die Terrassenstufen in Richtung auf das noch unbelebte Becken der Hauptfontäne von Sans Souci hinabsprang wie ein kulinarisches Tanzballett. Die übrigen Köche unter Joyards und Eckerts Anleitung schlossen sich mit ihren nicht minder spritzigen Kreationen an. Die königlichen Klassiker *Überbackene Knoblauchpolenta* und *Lammragout* sowie eine Palette mit marinierten Süßwasserfischen aller Art flogen den unten aufgebauten Tischen zu. Plötzlich, auf halbem Weg, stockte alles auf königlichen Wink – …!

Langustier lauschte und hörte ein ansteigendes Gurgeln, das offenbar aus dem Rohr zu dringen schien. Der König trat vorsichtig einige Schritte zurück und zog seinen Flügeladjutanten von Krockow mit sich. Der Baron von Springnitz indessen, angetan mit einem azurblauen Jabot und feuerroten Beinkleidern, näherte sich dem Ende der Leitung und war befriedigt von dem, was sich da tat. Er hatte sich ideenreich auf diesen Moment eingerichtet und eine Handvoll Flaumfedern mitgebracht. Als er die Hand über dem Rohrende öffnete, riss ein kräftiger Luftzug die Federn sofort nach oben weg. Er stellte sich vor, wie das in der Leitung mit gewaltigem Furor vorwärts gepresste Wasser gerade die Kuppe von Sans Souci überwand und nun das letzte Leitungsstück herabrauschte.

»Es entwickelt sich!«, war alles, was man aus seinem berufenen Munde noch vernahm, dann schoss mit lautem Zischen eine weiße Säule Wassers auf und belegte den gesamten Umkreis mit einem feinen Sprühregen.

Sämtliche Köche, Lakaien und Pagen riefen: »Vive le Roi!«, während ihr Brotherr mit spaßhaften Paradeschritten dem gefährlich andrängenden Wassersturz zu entgehen suchte, die Augen halb ängstlich, halb freudig in den bewässerten Himmel gerichtet. Er konnte dem Sturzbad noch rechtzeitig entgehen, während der für einen Moment unaufmerksame von Krockow und der vor Glück erstarrte Wasserbaumeister volle Breitseiten abbekamen. Die Fontäne schoss noch höher auf als das Schloss und würde, überlegte Langustier, wenn sie unvermindert weiter in diesem Kaliber feuerte, die unterste Ebene der Terrassenanlage wohl komplett unter Wasser setzen. Der König schien Ähnliches zu erwägen.
»Hier seindt Korrekturen nötig, Springnitz! Drossele er seine Sturzwässer oder manipuliere er die Düse, wo sie herauskommen, sonst saufen mir Schloss und Weinberg ab! Das Becken ist für diesen Geysir entschieden zu sehr en miniature. Aber für heute soll es fluten und sprützen, wie's kömmt!«
Langustier freute sich für seinen nach drei Kriegen ausgedörrten König, dass er ab sofort diese feuchte Labsal vor Augen haben könnte, diese ständig überschäumende Champagnerflasche, dieses Feuerwerk aus Lichtstrahlen und Regentropfen! Was für eine Erquickung, was für ein Leben entsprang doch allein aus der Beobachtung der springenden Wasser!
Der König war fast so ausgelassen wie seine zierlichen Windspiele, die sich in den Pfützen aalten und durch die Gischt sprangen, die etwas seitlich des Hauptstrahls aufschäumte, was auf eine poröse Stelle im Austrittsrohr hinwies, das ja nun bereits seit 18 Jahren unbenutzt vor sich hatte hinrosten dürfen.
Die Küchenmeister erkannten die Gefahr und beorderten die Speisenträger eine Etage nach oben. Rasch waren die Tische ebenfalls geklettert und alles sauber eingerichtet. Der König nahm mit seiner gegenüber früheren Jahren arg reduzierten Tafelrunde Platz und stieß mit dem Baron aufs Herzlichste an.
»A votre Sainté, Monsieur de Springnitz! Auf Ihm und den feuer-

spuckenden Engländer draußen am See! Auf dass er nicht wieder so bald schlapp mache!«

Der gedrungene, neben dem Riesenspringbrunnen vollends zwergenhaft wirkende von Springnitz warf sich in die Brust. Angesichts dieser flüssigen Säule war er unleugbar auf dem Gipfel seiner Karriere als Fontänenmeister angelangt und hatte allen Grund zum Stolzieren. Aus einer grünen Wüste war ein quellendes Arkadien geworden! Es war so wunderbar anzuschauen, wie die herabstürzenden Wasser die untere Kiesterrasse aufrissen und damit begannen, die Einfriedungen der Beete zum Wegbrechen zu bewegen, dann die Beete selbst in Matschgruben zu verwandeln, dass er es selbst kaum glauben mochte.

Der König war so fasziniert von dem Anblick, dass er, als die Säule unversehens wieder röchelnd in sich zusammenbrach, fast den Mund öffnen wollte, um einen aufrichtigen Schmerzenslaut auszustoßen, ganz so, als hätte man ihm einen Stich ins Herz versetzt. Doch tat er nichts dergleichen, weil er es gewohnt war, über Schicksalsschläge jeder Art mit unerschütterlicher Gefasstheit hinwegzugehen. Zu seinem aus allen Wolken gefallenen Fontänenmeister bemerkte er nur mit entwaffnender Trockenheit:

»Hab ich's Ihme nicht gesagt, Springnitz, der Engländer produzieret doch nur heiße Luft. Jetzt seindt das Wunder samt Maschine schon am Ende, da war ja selbst die Schnee- und Eismethode vor 12 Jahren ergiebiger!«

Während der Zweite Hofküchenmeister tat, was sich der Regent in seiner Selbstbeherrschung versagt hatte, nämlich einen aufrichtigen Verzweiflungslaut ob des Endes der Wasserspiele auszustoßen – bedeutete es doch zugleich, dass die mühevoll zubereiteten Köstlichkeiten für die Mittagstafel schnöde erkalten würden, dass sich alles Interesse jetzt zwangsläufig auf die kapitulierende Wassersäule richtete –, sprang der Oberst wie von der Tarantel gestochen auf, rannte zur Fontäne hinab und stieg unbekümmert um Chaussüre und Beinkleider in die volle Brunnenschale. Er hantierte ein biss-

chen an der Austrittsöffnung der Fontäne, aus der nur noch ein fußhohes Wasser glockenförmig hervorquoll, und sagte dann in beruhigtem, beschwichtigendem Ton:
»Eure Königliche Majestät seien versichert, die Pumpmaschine verrichtet weiter ihren Dienst, das kann man sogar hören, wenn man das Ohr nahe an die Röhre bringt. Das Wasser befördert Geräusche besser als die Luft.« Langustier zog seine Schuhe aus und trat wagemutig den gutachterlichen Nachweis für die Behauptung dieses ihm interessant scheinenden Naturphänomens an, indem er ebenfalls kurz am Rohr lauschte.
»Ganz recht, da drinnen tuckert es gewaltig!«
Baron von Springnitz entschuldigte sich bei der Gesellschaft und bat den König um eine kurze Beurlaubung.
»Ich werde droben nachsehen und herausbringen, woran es liegt. Sicher ist nur die Röhre verstopft. Ich möchte indes keinem der Herren raten, nahe an den unscheinbaren Brunnen zu treten, er kann sich jeden Augenblick in einen reißenden Springquell verwandeln.«
Langustier beeilte sich sogleich, wieder aus dem Bottich zu kommen.
Nach einer halben Stunde hob die Fontäne tatsächlich erneut zu steigen an, was heftigen Beifall unter den Speisenden hervorrief. Ein leichter Luftzug trieb den feinen Nebel in die Richtung der Tafel, was allerdings einen weiteren kleinen Umzug erforderte.
Etwa eine Viertelstunde später, als die Rebhühner, die Lendenmedaillons und die übrigen Köstlichkeiten bereits den Weg alles Irdischen gegangen und allerlei Mutmaßungen über den Grund des kurzzeitigen Versiegens der Fontäne laut geworden worden waren, stellte sich von Springnitz wieder auf den Weinbergsterrassen ein. Er wirkte verstört und neigte sein Haupt dem Ohr des Regenten zu. Dieser erbleichte, dann erhob er sich und sagte:
»Messieurs, ich bitte Ihnen für diese zerstückelte Premiere um Verzeihung. Mein Fontainier versichert mich gerade, dass hier in der

Tat kein maschinelles Versagen vorliegt. Das sei Ihnen Beruhigung und mehre Ihre Hoffnung, das schöne Mahl bei sprudelndem Gewässer beenden zu können. Da mir die Fontaine sehr interessieret, werde ich kurz besehen, was den Fehler verursacht hat, und bitte Ihen herzlichst, hier auf das Ende der Dürre zu warten.«
Gefolgt von Flügeladjutant und Fontainier stieg der König zum Schloss hinauf. Im Vorbeigehen bedeutete er dem Zweiten Hofküchenmeister, sich ihrer Prozession anzuschließen.

Als der König und seine kleine Equipe – zu der sich auch der zu Pferde nicht ungelenke Zweite Hofküchenmeister zählen durfte – am Bassin auf dem Ruinenberg anlangten, wurden sie bereits erwartet. Mehrere Helfer des Barons standen etwas seitlich um ein am Boden liegendes Bündel geschart. Eichelhäher keiften in den hohen, buschig in der leichten Brise sich bauschenden Bäumen. Ein Zaunkönig schwirrte mit Gezeter über den Wasserspiegel des Beckens, in dessen Entengrützebelag einige Linien, Lücken und Löcher auf kurz zuvor stattgefundene Umwälzungen hindeuteten. Die lustig von einer Seite hereinplantschende Flut aus der Zuleitung, die sich ebenfalls einen entengrützenfreien Raum schaffte, erfuhr beileibe nicht die Würdigung, die ihr zugestanden hätte. Selbst der Fontainier hatte nur entsetzte Blicke für den merkwürdigen Fremdkörper im Sand neben der Beckenbrüstung, den das Reservoir ausgespuckt hatte. Eine Brigade königsblauer Libellen hatte sich darauf niedergelassen und flatterte jetzt, da aufgestört, wieder weiter. Der Monarch näherte sich dem Becken, zog seinen Hut vor den dort Wartenden und verlangte Aufklärung. Dienernd wichen die Umstehenden zurück, während der Zweite Hofküchenmeister dem Oberst beim Öffnen der seltsamen Verpackung zur Hand ging. »Verschnürt wie ein Krautwickel«, ließ sich Langustier vernehmen, indem er die dicke Kordel betrachtete, mit denen das Segeltuch fest zusammengebunden war. Er versuchte das Bündel anzuheben, was ihm nur mühsam gelang.

»Wo haben sie diese Schnürrolle gefunden?«, fragte er den Oberst.
»Im Bassin, Monsieur Langustier, ganz unten, dort wo das Wasser den Abgang macht. Nachdem wir den Schieber aus der Abflussöffnung entfernt hatten, muss es der Sog begonnen haben anzuziehen, so dass es vor die Abflussöffnung geriet und diese kurzzeitig verschloss, was unsere kleine Feierstunde ziemlich schnöde unterbrach. Der gute Fischer, der ein begeisterter Unterwasserschwimmer ist, hat sich todesmutig ins Trübe hinabbegeben, als der Fluss gehindert war, und die Ursache für die Stockung entdeckt, die wir dann in Gestalt dieses Kokons mit vereinten Kräften, Seilen und Haken herausgezogen. Ich sollte dem hier, was oder – wie ich fürchte – wer immer es auch sein mag … ernstlich gram sein, denn meine Reputation stand wegen ihm auf dem Spiel!«
Langustier überlegte. Wenn es sich tatsächlich um eine Leiche handelte, was vom Format des Objekts her durchaus möglich war, dann lag sie nicht allein in ihrem Kokon. Kein Mensch dieser Größe konnte so schwer sein. Als sie die Schnur zerschnitten hatten und damit begannen, die Hülle Wicklung für Wicklung zurückzuschlagen, fielen große Steinbrocken zu Boden. Jemand hatte die Packung beschwert, um sie am vorzeitigen Auftauchen zu hindern.
Der König hatte der Operation interessiert und mit wachsender Spannung zugesehen. Jetzt, da der Kern erreicht war, wurde ein Etwas sichtbar, das nicht mehr sehr viel Ähnlichkeit mit einem menschlichen Körper hatte. Langustier und Springnitz drehten den vollständig bekleideten, auf dem Bauch liegenden Leichnam um und mussten an sich halten, um nicht ihrerseits aus der Rolle zu fallen: Der Mann war aufgetrieben wie eine eingeweichte Semmel, machte aber dennoch keinen appetitlichen Eindruck. Ein Bart aus Algen umspielte sein fast nicht mehr vorhandenes Kinn. Die Gesichtszüge hatten beinahe alles an Kenntlichkeit eingebüßt. Das fast kreisrund aufgeblähte Gesicht spielte vom Wachsweißen bis ins Rostrote, die schwarzen Haare hatten sich wie eine Perücke zur Hälfte vom Schädel gelöst. An den Händen waren weiße Hand-

schuhe zu erkennen, die sich dem verdutzten Langustier, der neugierig daran zupfte, als völlig abgelöste Hautfetzen zu erkennen gaben. Trotz der schweren Entstellungen erkannten alle Zeugen dieses grausigen Anblicks, auch der König, der jetzt langsam mit mühsam beherrschtem Gesicht näher trat, die Überreste sofort als diejenigen des für flüchtig geltenden Barons und Landbaumeisters Julian van der Heyden. Der Monarch sagte in einer alle seltsam berührenden, vielleicht erzwungenen Kälte:
»So werden sie am Kammergericht den anberaumten Termin wohl wieder abberaumen und wir unsere Forderungen zurücke schrauben müssen … Wer hätte dies von ihme gedacht? Da hat ihm einer ganz übel mitgespielt. Doch was seine Schulden anbelanget, so gilltet wohl die christliche Gewissheit: Am jüngsten Tag kriegt ein jeder alles wieder, was er in diesem Leben verloren hat. Gälte das doch auch nur für die ambtierenden Königs zu Beginn eines jeden Verwaltungsjahrs.«
Der Situation angemessener setzte er hinzu:
»Man muss den Corpus, damit ja nichts verdirbt, bevor man ihme hat behördlich gründlich obduzieren können, auf dem schnellsten Weg nach Berlin zu meinem Generalchirurgus schaffen, der sich auf derlei Inspektionen versteht.«
Er wandte sich ab, trat zu seinem Pferd und saß auf. Jede Leiche schien ihn an die drei verlustreichen Kriege zu erinnern, die auf seinem Gewissen lasteten. Er sagte zu Langustier:
»Bitte kommt gleich zu mir hinunter in die Bibliothek auf dem Weinberg, wenn der Landbaumeister wieder dichte verpackt ist und Ihr Euch hier gründlich umbgesehen habt. Ich werde Ihme ein neues Permiss geben und ihn an den Potsdamer Polizeidirekteur Major von Rahn empfehlen, damit diesmal gleich von Beginn gemeinsame Sache mit den ermittelnden Offiziers gemacht wird. Doch Sie mögen nachher gleich mit der Leiche nach Berlin gehen. Da habend sie am Charitéspital mit derlei aufgeweichten Erscheinungen mehr Erfahrung als hier draußen.«

Der noch immer bei dem Corpus verweilende Küchenmeister wartete einen Moment, bis der Monarch kehrt gemacht hatte und davongeritten war. Dann wies er die Helfer des Fontänenmeisters zum vorsichtigen Verschnüren des Leichnams an. Auf seine Instruktion hin wurde eine Wanne aus Zinkblech vom nahen, am rückwärtigen Abhang des Bergs gelegenen Eiskeller herangeschafft, den man gerade daranging auszubessern. Langustier goss noch etwas Wasser über das Bündel in der Wanne wie über einen Braten, der nicht trocken werden darf, und befragte von Springnitz und seine Leute genauer zu ihren Beobachtungen. Leider schien keiner von ihnen in der zurückliegenden Woche irgendetwas Auffälliges bemerkt zu haben, das mit dem Versenken dieses Päckchens im Ruinenbergbassin in Verbindung zu bringen war. Einmal war der Herr von Gontard, der erst als Vertreter, nun als Nachfolger van der Heydens den Bau des Neuen Palais leitete, mit einigen Subordinierten am Bassin gewesen – mit dem Polier Meister und dem Gehilfen von Strousberg.
»Wer könnte den Baumeister derart gehasst haben, dass er ihm dieses ungewöhnliche Bad verordnete?«
Es blieb eine vergebens gestellte Frage, denn er erhielt nichts außer Achselzucken zur Antwort.

Als Langustier nach einer Stunde durch die Tapetentür der runden Bibliothek von Sans Souci trat, der einzigen Tür dieses Raumes, wurde er vom König bereits erwartet. Der Regent schwankte zwischen Zorn und Entsetzen. Seine Stimme schien etwas von ihrer üblichen Entschiedenheit und Schärfe eingebüßt zu haben.
»Monsieur Langustier, hier können wir redend, ohne dass es gleich einer hört, und das ist gut so. Ich habe den Rausch des Ehrgeizes überwunden, Irrtum, Arglist, Eitelkeit mag andere berücken – ich denke nur noch daran, mich der Tage, die der Himmel mir gegeben, zu erfreuen, Vergnügungen zu genießen ohne Übermaß und soviel Gutes zu tun als ich kann. Doch man will mich selbst dieser

bescheidenen Ziele noch entfremden und an dem Rest von gutem Glauben in die gemeine Menschheit irre werden lassen. Diese Rotte von Erzschuften braucht keine Aufklärung!«

Er hatte sich in Zorn geredet und musste kurz innehalten, um infolge lückenhaften Gebisses nicht unsauber zu intonieren.

»In Berlin hat die marodierende Canaille einen Packhofinspektor aufgeknüpft! Es kömmt mich kaum glaubhaft vor, doch lagen bei der Amtsdepesche auch zwei Briefe vom Regiegeneral de Chambois und dem Polizeipräfekten Philippi, die es sicher und unbezweifelbar machen. Bei der Vorstellung, dass die Berliner meine Steuerbeamten massakrieren, kann ich kaum an mich halten, nicht alle Steuerverweigerer gleich sofort lassend zu füsilieren! Man fand den braven Mann gegen die achte Morgenstunde mitten in der Stadt, an Donners Haus am Festungsgraben, aufgeknüpft an die Baluster-Kolonnade am Balkone! Und jetzt der Baumeister in der Ruinenschüssel, Langustier, sie wollen mir am Ende auch noch massakrieren!«

Langustier schluckte angesichts dieser zusätzlichen Hiobsbotschaft.

»Hat man schon Genaueres berichtet, wer der Mann ist und was ihn möglicherweise zum Opfer gemacht hat?«

»Viel mehr als Name und Fundort ist mich nicht bekannt, Monsieur. Ihr würdet mich sehr behilflich seindt, wenn Ihr auch dies auf Euch nähmet, denn das scheint mir doch gar zu bizarre!«

Langustier nickte, obgleich ihm inwendig ganz andere Gedanken durch den Kopf gingen, ungebührliche, versteht sich: Tragisch, so dachte er, dass Nummero eins in Potsdam, Nummero zwei dagegen in Berlin aufgetaucht war! Das wochenlange Hin- und Herfahren würde schier übermenschliche Anstrengungen erfordern. Vier Meilen waren es immerhin bis zur Nullsäule am Berliner Spittelmarkt. Dazu die unsäglichen harten und löchrigen Straßen, die extra schludrig gehalten und nicht gebessert wurden, weil das staatliche Recht der Grundruhr jährlich gute Einnahme brachte: Wann

immer ein fremder Fuhrmann Bruch erlitt, konnten die königlichen Beamten das zu Boden gefallene Transportgut einsacken. Langustier jedoch dachte nur an seinen gepeinigten Rücken. Mit steigendem Alter mochte er es immer weniger leiden, halbe Tage lang in die mürben Polster einer schlecht gefederten Kutsche gepresst und von jedem Straßenbuckel schmerzlich an die eigene buckelige Existenz erinnert zu werden. Doch was nutzten ihm alle diese Bedenken – hier ging es in beiden Fällen wohl offensichtlich um kapitale Verbrechen, die zumindest eines gemeinsam hatten: Sie betrafen königliche Beamte. Da hatte der eigene Rücken gefälligst hintan zu stehen und sich nicht weiter zu mucksen.
Der König, der ihn aufmerksam mit seinen übergroßen Augen beobachtet, aber von den innersten Seelenkämpfen seines Zweiten Hofküchenmeisters augenscheinlich nichts mitbekommen hatte, reichte ihm das ausgefertigte Permissschreiben, das ihm etwaige Hindernisse bei Befragungen und eventuellen Durchsuchungen aus dem Weg räumen sollte. Der Mann vor ihm war noch immer ein Abbild des blühenden Lebens, doch das mochte täuschen. Daher fragte er lieber:
»Wird denn dies alles auch nicht zu viel für Euch seindt?«
Langustier bezog diese Frage ausschließlich auf die zurückliegende kleine Indisposition und fühlte sich gerührt von soviel allerhöchstem Mitgefühl. Er schüttelte lebhaft den Kopf und versicherte, dass ihn der ungeratene Meeresbewohner bereits wieder völlig verlassen und er den Vollbesitz seiner körperlichen und geistigen Fähigkeiten längst zur Gänze wiedererlangt habe.
»Seien Sie unbesorgt, Sire – die einzige Schwierigkeit möchte sein, dass ich noch immer nicht die Gabe besitze, mich an mehreren Stellen gleichzeitig aufzuhalten. Dies wäre im vorliegenden Casus von erheblichem Nutzen, wenn ich mir vor Augen führe, wo man überall Nachsuche wird halten müssen.«
Dem König schien diese Schwierigkeit einzuleuchten, doch er wusste leichten Rat:

»Nun, wenn Ihr jemanden zur Unterstützung braucht, so sagt mir, wen ihr Euch zum attachierten Kommissär auswählen würdet, damit das Schreiben entsprechend kann ergänzt werden.«
Langustier besann sich einen Augenblick, dann fand er diesen Gedanken sehr dienlich und komfortabel. Kurz entschlossen nannte er den Namen seines jungen neuen Küchenkollegen, der ihm patent und aufgeweckt genug erschien, in einer ungewohnten Aufgabe ebenso zu glänzen wie bei der Bereitung von Gänseleberparfait. Auch würde ein gut aussehender Jüngling, der sich in seiner gerade erworbenen Stellung im unter den Köchen so genannten »Kloster von Sans Souci« ziemlich schnell langweilen könnte, gegen kleine gelegentliche Ausflüge, egal ob nach Potsdam oder in die Spreemetropole, sicher nichts einzuwenden haben. Egal wie – nützlich könnte ihm Conrad auch mit einfachen Erkundigungen sein.
»Seid gewiss, dass ich mich nicht lumpen lasse, so Euch Erfolg beschieden ist! Die Steuer und der Bau, das seindt Kernbastionen meines Staats. In denen lasse ich mir nicht düpieren!«
Langustier seufzte und sagte schweren Herzens:
»Wenn Sie erlauben, Sire, möchte ich Ihnen die ersten und schwersten Fragen gleich hier vorlegen, denn Ihr seid, wenn ich mir die Bemerkung gestatten darf, Eurem Landbaumeister gegenüber nicht immer in der besten Laune gewesen.«
Der König, für den es eine völlig neue Erfahrung war, verhört zu werden, lachte amüsiert und entgegnete:
»Mein Lieber, seid nur getrost, dass ich es nicht habe verfüget, dass man von der Heyden malträtiert und ins Hochplümpenbecken schmeisset! Möcht' Euch ebenfalls daran erinnern, dass mein einstiger Disput mit dem verewigten Knobelsdorff mir 1748 keineswegs dazu verführt hat, ihme den Garaus zu machen. Was man mit harten Worten tun kann, mag einen anderen oft schon grausam genug ankommen, und wenn man noch ein halber Mensch ist, nach all dem Blutbad der Kriege, so schämet man sich selbst dafür bisweilen. Sollte ich Euch nun vorhin erschrecket haben, indem ich

vom Füsilieren sprach, so müsst Ihr das nicht sehr wörtlich nehmend. Es reißt einen oft im Zorn zu mancher Mordtat hin, die aber nur im Geiste stattfindet oder auf dem Papiere steht. Der Baumeister hat bei mich immer ein schweres Los, was ich keinem verhehle, der in meinen Dienst treten will. Doch feuere ich die Erzschäkers von Architekts höchstens per Dekret, doch beileibe nicht mit dem Pistol! Und ersäufe auch alle nur in Arbeit, aber nicht im Bassin. Langustier, dies muss Ihme genügen, geben Sie Ihnen nur damit zufrieden.«

Seinen König zu dieser ausführlichen Antwort gedrängt zu haben, kam Langustier recht unangenehm vor, zu große Vertraulichkeit war bei diesem Manne noch kaum jemandem auf Dauer gut bekommen. Doch im vorliegenden Fall musste er Gründlichkeit walten lassen. Er bedankte sich in aller Form, während der Monarch eigenhändig und mit schwer leserlichen Federkapriolen die Ergänzung und Verunzierung des in hübscher, gleichmäßig gezogener Kanzleischrift ausgefertigten Permissschreibens vornahm. Langustier empfahl sich mit einer gravitätischen Vorneigung und trat durch die in der Seidenbrokatbespannung schwer aufzufindende Tür hinaus. Drinnen griff der König derweil zu einem Buch über Palladio, mit feinem Lächeln die unerschrockene Akkuratesse seines Sonderermittlers honorierend.

IX

Auf königliche Ordre ging noch in der nächsten Stunde eine Kutsche nach Berlin ab. Die zu untersuchende Wasserleiche war in ihrer Wanne auf dem Dach vertäut, während die beiden Sonderermittler mit kaum größerer Bequemlichkeit im Kutscheninneren reisten. Langustier hatte Conrad nicht lange bereden müssen, ihn auf dieser Fahrt zu begleiten. Der junge Koch zeigte sich erfreut von der Aussicht, Langustiers rechte Hand in Causae criminalis zu sein. Auch gefiel es ihm, der bislang stets zu Fuß oder höchstens einmal auf einem Esel reitend gereist war, auf eine derart göttliche Weise durchgeschüttelt zu werden. Fast schien es Langustier, sein Genosse freue sich bereits auf eine Havarie. Wenn dieser Kelch nur an ihnen vorüberginge! Seit Wurmb, der Kutscher, bei seinem letzten Umfall zu Tode gekommen war, hatte Langustier das Zutrauen in die königlichen Gefährte verloren. Und der Gedanke, eine Wasserleiche in allen Einzelteilen aus einem sumpfigen Graben klauben zu müssen, erheiterte ihn keineswegs.
In Zehlendorf wurden die Pferde gewechselt. Misstrauisch beäugte der Postmeister die seltsame Bekrönung des königlichen Gefährts. Gegen sieben erreichten sie das schmale Ende des Tiergartens zwischen Potsdamer und Brandenburger Tor, ließen die Stadt rechts liegen, überquerten am Unterbaum die Spree, dann über die Zugbrücke den Schönhauser Kunstkanal und langten kurz darauf am Gebäudequarré der Königliche Charité an, das ländlich-abgeschieden außerhalb der Stadt lag, wie es sich für ein Pesthaus gehörte – denn das war die ursprüngliche Bestimmung des Spitals gewesen.
Gerädert entstiegen sie der Kutsche und folgten der Wanne mit der Restfigur des verwichenen Barons und Landbaumeisters van der

Heyden, die ihnen nun von zwei herbeieilenden Trägern ins Leichenzimmer des Herrn Generalchirurgus voran und hinuntergetragen wurde.
Interessiert besah sich Conrad das kastellartig wirkende Hausgeviert mit seinen löblichen Einrichtungen. Langustier erläuterte ihm, dass es neben den Sälen für die Siechen einen Speisesaal für einige hundert Menschen umfasste, zudem Wirtschaftsgebäude, Schlachthaus, Küche, Waschhaus, große Keller und Getreidespeicher, ein starkes Gewölbe zur Malzbereitung, eine Brauerei und Viehställe. Jährlich kämen, so der kundige Begleiter, 3000 Personen beiderlei Geschlechts hierher in Behandlung. Da für einen nicht geringen Teil von ihnen das Institut zur letzten Ruhestätte wurde, landeten jährlich viele Leichen als Studienobjekte auf den Seziertischen der Ärzte und Wundärzte des Medizinisch-Chirurgischen Kollegiums. Zwei Ärzte, zwei Pensionäre und sechs Feldschere betreuten in der Charité täglich die Kranken, die Arzneien lieferte ohne Kosten die Hofapotheke. Eine spezielle Behandlungsbaracke diente zur Austreibung der venerischen Krankheit durch eine umstrittene Therapie mit zu trinkendem und auszuschwitzendem Quecksilber.
Der Zweite Hofküchenmeister und sein Gehilfe betraten ein kleines rohes Backsteingelass, das Langustier noch sattsam bekannt war. Was in seiner Erinnerung längst einen frischen Anstrich und eine Vergrößerung bis ins Bedeutende, gar Hörsaalartige bekommen hatte, zeigte sich allerdings in der Realität unverändert klein und muffig. Mühsam schraubte er die heroische Verklärung zurück.
Auch durfte er keinesfalls hoffen, den guten Eller in diesen Räumlichkeiten noch vorzufinden – weder im Sezierraum noch im darüberliegenden privaten Labor und Studierzimmer –, denn der vormalige Leibarzt des Königs weilte schon seit sechs Jahren nicht mehr unter den Lebenden. Johann Anton von Theden hatte seine Stelle eingenommen. Als Feldscher zur Armee gekommen, bewies er schnell seine besondere Begabung und war nach glorreicher Be-

teiligung am Siebenjährigen Krieg vor drei Jahren Generalchirurgus am Lazarett der Charité geworden. Seine besondere Stärke bestand darin, medizinische Hilfsmittel zu ersinnen: Bandagen und Schienen für Knochenbrüche, angepasste Holzprothesen für abgehauene Gliedmaßen oder Katheter aus Kautschuk. Neue Medikamente und effektivere Blutstillungsverfahren hatte er entwickelt und setzte sich allgemein wie sein Vorgänger Eller für die Verbesserung der Arztausbildung ein. Aus diesem Grund hatte der versierte Mann, seines Zeichens Mitglied der Königlichen Akademie der Wissenschaften, sogar zwei gedruckte und allseits gerühmte Werke herausgebracht.

Im Gegensatz zu Eller, der eher schmächtig von Gestalt gewesen war, machte von Theden eine überaus imposante Figur. Auf schüchterne Naturen, noch dazu wenn sie auf seine ärztliche Hilfe angewiesen waren, mochte er nicht nur Respekt einflößend, sondern auch Furcht erregend wirken. Erhaben trug er den eckigen Kopf mit der hohen Stirn, und die Winkel seines breiten Mundes umspielte ein immer währendes Lächeln.

Er trat nun auf die Herren zu und sprach sie freundlich an, während er sich die blutigen Hände an seiner weißen Schürze abwischte. Von Theden schien es nicht im Mindesten unbehaglich oder unangemessen zu finden, die Spuren seiner Tätigkeit nach außen sichtbar auf dem Leib zu tragen. Langustier musste unweigerlich an den Ober-Hof-Metzgermeister Schweinhardt denken, der in seinem prall gefüllten Kittel stets ähnlich dekoriert einherwankte, unentwegt Messer wetzend und, fleischrosa im Gesicht, gute Laune zur Schau stellend.

Neben von Theden stand der Polizeipräfekt Karl Johann von Philippi und blickte den Eintretenden ernsten Auges entgegen. Nachdem sich Langustier mit dem respektierlichen Permissschreiben des Königs ausgewiesen und Conrad als seinen Gehilfen eingeführt hatte, setzte er zur Erklärung des dritten, leblosen Gastes hinzu:

»Dies im Zuber ist, in einem reichlich seltsamen Aufzug, der Baron

van der Heyden, meine Herren, gewesener Landbaumeister Sr. Königlichen Majestät in Potsdam. Er war bis vor vier Wochen mit dem Vortrieb des neuen Palastes betraut, und ich sah ihn zuletzt beim Galadiner für die Gräfin Rothenburg im Januar im hiesigen Schloss, bei dem – wie ich mich erinnere – auch Sie, Monsieur le Prefecteur, anwesend waren. Nun stimmt es mich naturellement bedauerlich, dass sich das mysteriöse Untertauchen des bauenden Barons als ein so endgültiges und eklatant feuchtes erwiesen hat.«
Während von Theden sich daranmachte, die tropfende Umhüllung des Leichnams der Einfachheit halber mit einem länglichen Schnitt zu zerteilen, wobei er sich eines Seziermessers aus dem parat liegenden Besteck bediente, kündigte sich mit schwerem militärischen Schritt ein weiterer Gast an, der die weite Strecke von Potsdam her auf dem Rücken eines Pferdes zurückgelegt hatte.
Der Berliner Polizeichef begrüßte ihn freudig als Major von Rahn, seinen Potsdamer Kollegen, was Langustier zu einer ergötzlichen Zusammenziehung animierte, die er im Verlauf des Abends verschiedentlich wiederholte, um sich und Conrad bei Laune zu halten:
»Majo – Rahn!«
Conrads Kichern war zum Glück in jenem hellen, reißenden Geräusch untergegangen, mit dem von Theden jetzt die Verpuppung des aufgeschwemmten Barons zerriss, um endlich an den Gegenstand seines gutachterlichen Interesses zu gelangen.
Das Langustier im Gegensatz zu den übrigen Herren bereits vertraute Antlitz der Wasserleiche rief eine beklommene Stimmung hervor. Allein von Theden grinste weiter unbeeindruckt vor sich hin, als sei es seine größte Freude, die weiße, schwabbelige Haut zu lange eingeweichter Mordopfer mit dem Finger auf ihre Dehnbarkeit hin zu überprüfen. Vom Resultat seiner Probe keineswegs sonderlich erstaunt, diagnostizierte er:
»Der Herr Baron liebte, scheint's, ausgiebige Bäder. Dieses letzte dauerte wohl schon etliche Tage. Genaueres lässt sich schwer

sagen, denn das Wasser kann eine Leiche gut frisch halten, wenn es den zersetzenden Kräften eine Weile widersteht, sprich kalt genug ist.«

Langustier stutzte.

»Lässt sich wohl sagen, wie viele Tage, Monsieur? Der Baron galt seit Ende Juni als verschwunden und dürfte, möchte ich meinen, auch so lange bereits in der Versenkung gewesen sein, wie es sich für ein anständiges Mordopfer ziemt.«

»Messieurs ...«, erhob nun der Berliner Polizeipräfekt Philippi das Wort, »sollten wir dem Herrn Generalchirurgus nicht Gelegenheit geben, den Corpus in Ruhe zu analysieren, um uns möglichst deutliche Fingerzeige auf die Art zu geben, wie der Herr Landbaumeister zu Tode kam? Auch haben wir im Sektionstrakt des Großen Stalles noch einen weiteren Unglücklichen zu besichtigen, über den er uns bereits etwas erzählen kann. Ihnen, Monsieur Langustier, werde ich nachher noch genau die Umstände schildern, unter denen selbiger Mann, ein Akzisebeamter namens Karl Ludwig Siedemann, Am Wasser logierend, heute früh kurz nach neun Uhr am Regieamt hängend vorgefunden wurde.«

Von Theden rief zwei Helfer, die den Baumeister notdürftig verpackten und hinaustrugen.

»Um mir einen Weg zu sparen, werde ich mir meine neue Arbeit mit hinübernehmen. Aber auch aus Gründen der Hygiene scheint dies dringend geboten, denn die Zersetzung ist schon weit fortgeschritten: Ich will keinen Kranken mit Leichengift an den Händen traktieren.«

Besucher, Chirurgus und Corpus verließen das Gebäude und begaben sich im offenen Charité-Wagen in die Letzte Straße, wo im rückwärtigen Teil des königlichen Stalles der Hörsaal für die Vorlesungen des Medizinisch-Chirurgischen Kollegiums untergebracht war. Eine Anzahl von kleinen Zellen diente als Sektionskammern. In einer davon lag bereits der Packhofinspektor. Während der Zinkbottich mit den Resten des Baumeisters im nächsten Raum abge-

stellt wurde, öffnete von Theden die erste Kammer und schlug das Tuch über Siedemanns Leiche zurück.
»Mein Gott –«, entfuhr es Conrad, »der nette Beamte vom Packhof!«
Auf erstauntes Fragen der anderen bekräftigte er, dass ihm Siedemann nach seiner Ankunft in Berlin auf dem Packhof den Koffer durchsucht hatte.
»Wo hat er logiert?«, fragte Langustier, an Philippi gewandt.
Er hatte vorhin »am Wasser« verstanden, was ihm seltsam vorkam, denn Wasser gab es in Berlin ja fast an jeder Hausecke. Philippi präzisierte:
»In der Straße Am Wasser, ganz recht, in Neu-Cölln, unweit von der Blocksbrücke und dem Holzmarkt des Prinzen von Preußen.«
Langustier irrte im Geiste ziellos herum. Philippi bot seine ganze Erklärungskunst auf.
»Wenn Ihr vom Laden Eurer werten Tocher die Roßstraße hinunter zur Friedrichsgracht geht und die Friedrichsgracht überquert, gelangt ihr genau auf die besagte Straße. Sie führt bis zur Blocksbrücke. Es ist die Kaye parallel zur Neu-Cöllner Haupt- oder Wallstraße, wo bekanntermaßen der ›Quappenkrug‹ sich befindet.«
»Bekanntermaßen – ah ja, jetzt glaube ich Euch langsam zu verfolgen.«
Philippi schüttelte den Kopf über diesen offenkundig der Hauptstadt arg entwöhnten Bewohner von Sans Souci. Er deutete auf die Gestalt, die vor dem Eintreffen des Barons die Aufmerksamkeit ganz für sich allein hätte beanspruchen können und erst jetzt zu ihrem Recht kam.
»Und unweit des Schlachthauses an der Blocksbrücke lag die Wohnung dieses Herrn. Er war gestern Abend im ›Quappenkrug‹, wie wir eruiert haben.«
»A chacun son goût«, befand der königliche Koch und verzog Mund und Nase.
Philippi dozierte:

»Wir wissen praktisch nur sicher, dass er im Wasser gewesen sein muss. Teile von Algen und Wasserpest klebten an seiner Uniform. Aber es fehlt uns noch ein Hinweis auf den genauen Ort seiner Bekanntschaft mit dem feuchten Element. Auch ist es von außen betrachtet, nicht sicher, ob er darin zu Tode kam oder auf dem Trockenen. Sollte er später im Wasser tot fortgespült worden sein, so hätte ihn, wenn diese Stelle nur weit genug gegen die Blocksbrücke hin lag, entweder eine Spreeströmung mitnehmen und zum Mühlendamm treiben oder der Sog der Friedrichsgracht zur dortigen Schleuse hin fortziehen können.«
Philippi wandte sich an den Arzt und bat ihn, noch einmal seine medizinischen Befunde darzulegen.
»Ich vermag ihre Mutmaßungen nur zu unterstützen, meine Herren«, ließ sich von Theden vernehmen. »Er ist ganz eindeutig ertrunken, wie ich aus der Besichtigung seiner Lunge ersehe. Ein sichtbares Anzeichen von vorheriger, dieses Ertrinken begünstigender Gewalteinwirkung fehlt. Was nicht heißen soll, dass er nicht doch absichtlich vom Wege gedrängt und ins Wasser gestoßen wurde. Alles deutet darauf hin, dass er des Schwimmens unkundig war, denn selbst ein etwas angetrunkener Mann hätte sich sonst wohl leicht über Wasser gehalten. Der genaue Zeitpunkt seines Todes lässt sich nicht ohne Weiteres angeben, denn der Aufenthalt im Wasser hat die Ausbildung des Rigor mortis stark beeinträchtigt. Zumindest ist aus dieser wasserbedingten Verzögerung der Totenstarre zu vermuten, dass es eine ganze Weile gedauert haben muss, bis man ihn herausgefischt hat. Aber das ist nicht sicher. Stärke und Dauer der Starre können nie mit Sicherheit angegeben werden und kaum für exakte Rückschlüsse herhalten. Deutlicheres Zeichen ist da schon die beginnende Verschrumpelung oder Waschhaut an den Beeren der Finger. Ich will nicht ausschließen, dass der Leichnam erst am heutigen Morgen angelandet wurde, da sich eine Reihe deutlicher Schleifverletzungen an Stirn, Handrücken und Unterarmen finden lassen, die für das unkontrollierte Zusammentreffen

mit Steinen oder ähnlichen harten Gegenständen kennzeichnend sind. Was das Fortspülen angeht, so geschah es sicher unbemerkbar für einen am Ufer stehenden Beobachter, denn ein Ertrunkener schwimmt nicht an der Wasseroberfläche.«

Langustier erkundigte sich nach dem Gewicht der Leiche und fragte weiterhin:

»Könnte durch die Einschnürung des Seiles am Hals denn nicht ein etwaiges Würgemal unkenntlich geworden sein?«

Von Theden verneinte entschieden.

»Da in einem Toten das Blut nicht mehr zirkuliert, kann auch kein blauer Fleck entstehen. Ein bereits vorhandener Bluterguss würde wohl eine Weile sichtbar bleiben, bis die anderen Erscheinungen ihn unter Umständen überdecken. Da es sich nicht um eine offene Wunde handelt, hätte auch ein mehrstündiger Aufenthalt im Wasser keinen Einfluss auf die Sichtbarkeit eines solchen Kennzeichens. Und überdies könnten durch einen Strick beim Erhängen – nur der Vollständigkeit halber sei dies angemerkt, meine Herren, da Siedemann ja eindeutig ertrunken ist – niemals Spuren hervorgerufen werden, die denen gleichkommen, wie sie bei einem Zutodewürgen entstehen.«

Langustier fragte mit Neugier:

»Warum seid Ihr sicher, dass er ertrunken ist? Ich muss gestehen, dass ich mich nie gefragt habe, wie man richtig ertrinkt …«

Die Polizisten lachten gequält, doch von Theden fand diese Frage nicht im Mindesten lächerlich. Er freute sich vielmehr, etwas von seinen Kenntnissen weitergeben zu können.

»Wenn Ihr des Schwimmens unkundig seid und das Wasser sowohl tief als auch kühl ist, könnt Ihr dabei wenig verkehrt machen. Ertrinken heißt, die Lungenwege mit Wasser verstopfen. Nehmen wir an, Ihr fallt in die Spree und könnt nicht die Bewegungen vollführen, mit denen Ihr Euch an der Oberfläche haltet. Ihr seid also in Panik und taucht in die Kälte des Wassers ein, das Euch sofort völlig umgibt. Durch den Kältereiz atmet ihr noch vor dem Unter-

tauchen tief ein, bis Euch die Lungen schier bersten wollen. Dies geschieht fast von alleine und Ihr könnt schwerlich etwas dagegen tun. Selbst wenn Ihr in eine Zinkwanne mit kaltem Badewasser steigt, geschieht Euch dies.
Untergetaucht sucht Ihr nun durch Anhalten der Luft das Eindringen von Wasser so lange wie irgend möglich zu verhindern. Doch egal, wie Ihr Euch auch müht, länger als eine Minute wird es Euch kaum gelingen, weshalb Ihr – vom Lufthunger getrieben – heftig ein- und auszuatmen beginnt. Damit, mein lieber Langustier, leitet Ihr unweigerlich den Erstickungsvorgang ein. Größere Mengen Wasser werden von Euch aspiriert und Ihr verliert das Bewusstsein. Solltet Ihr betrunken gewesen sein, so vergesst das mit dem Luftanhalten getrost. Dann merkt Ihr von alledem schon nichts mehr. Und auch nichts von dem, was noch folgt: Durch heftig wiederholtes krampfartiges Luftholen werden Wasser und Luft in Euren Atemwegen zu Schaume gemischt, fein wie Eierschnee. Sollte zu diesem Zeitpunkt jemand am Wasserrand stehen, so würde er nur wenige Luftblasen auftauchen sehen. Es ist die beim Atemkrampf zuerst noch unvermischt nach oben entweichende Luft. Der in Euren Lungen verbliebene Schaum dagegen entweicht nicht. Jetzt habt Ihr es beinahe geschafft. Lähmung setzt ein und nach einer letzten Verschnaufpause –«
(Conrad fand dies witzig und ließ ein leises Kichern hören, was ihm böse Blicke aller Zuhörer eintrug)
»– erfolgen tiefe, finale Atem-, will sagen: Wasserzüge. Nun sind, je nach Randbedingungen, zwei bis fünf Minuten vergangen. Wenn Ihr es zwischendrin geschafft haben solltet, aufzutauchen und noch einmal Luft zu schöpfen, dauert das Ganze länger.«
Von Theden schöpfte Luft wie ein Auftauchender und fuhr dann fort:
»Woran ich nun erkenne, ob jemand tot ins Wasser kam oder ertrunken ist, sind vor allem zweierlei Erscheinungen: die Tiefe des Eindringens von Wasser in seine Lungenflügel und der Schaum in

seinen oberen Atemwegen. Frisch Ertrunkenen steht ein Pilz aus Schaum vor dem Mund. Bei unserem Mann waren keine Reste dieser Erscheinung, nicht einmal als eingetrocknete Spuren an Kinn und Uniform zu finden. Dies weist darauf hin, dass er länger im Wasser war. Da ich das Wasser bis in die Endäste der Bronchien vorgedrungen fand, ist auszuschließen, dass der Tod anders als durch Ertrinken stattfand. Wobei ich Ihnen –«, wandte sich von Theden an sämtliche Zuhörer seiner kleinen Privatvorlesung für die königlichen Kriminologen, »– nicht helfen kann, ist die Frage, inwiefern dies Ertrinken durch gewaltsame Nachhilfe provoziert oder beschleunigt wurde. Sie können einen nüchternen Schwimmfähigen unter Wasser halten oder einen nüchternen Nichtschwimmer ins Wasser werfen. Ertrinken werden sie beide auf die gleiche Weise wie der hilflose, schwimmfähige Betrunkene.«
Langustier dankte für diese ausführlichen Erläuterungen und fragte zuletzt nur noch:
»Sie sprachen von Verletzungen, die einen Forttransport der Leiche im Wasser naheliegend erscheinen lassen – könnten diese aber nicht auch auf einen Kampf hindeuten?«
»Es wäre möglich, aber die Verletzungen wären für sich genommen nicht weiter bedrohlich gewesen.«
Er trat von dem Steuereinnehmer zurück und bedeutete seinen Besuchern, mit ihm die Leichenkammer zu wechseln. Sorgsam schloss er hinter ihnen ab.
»Die zweite Leiche dürfte es mir weit schwerer machen, schätze ich.«
Er lächelte wieder und ging seinen Gästen in die benachbarte Sezierzelle voraus. Dort trat er, um keinen Zweifel an seinen Absichten zu lassen, entschlossen mit dem Skalpell auf sein neues Studienobjekt zu, woraufhin sich Langustier, Conrad und die beiden Polizisten bei ihm empfahlen. Als sie ihn baten, baldmöglichst Nachricht über seine Untersuchung zu geben, stellte er in Aussicht, dass dies noch im Laufe des Abends möglich sei.

Draußen wandte sich Langustier an Philippi:
»Haben Sie die Wirtin vernommen? Weiß man, wer mit Siedemann an dem Abend zusammen war und wann er die besagte Wirtschaft verlassen hat? Trug er etwas bei sich?«
»Irgendwann um die zehnte Abendstunde ging der Packhofinspektor enerviert aus dem Lokal. Wir haben außer seinem Schlüssel nur einen Bleistiftstummel und diese Zeitung bei ihm gefunden.«
Langustier hob das noch immer feuchte Doppelblatt und machte den vergeblichen Versuch, es aufzufalten. Am Rand fand er eine Bleistiftmarginalie, die sich – ein Vorteil des Bleistifts wie auch seiner Unausbleichlichkeit gegenüber der der löslichen und leicht verblassenden Tinte gleich welcher Couleur – noch lesbar präsentierte.
»Zum Memorand.: L. konfisz. N. Btzn.; ausfü.!«
Langustier dachte: »Könnten nicht auch einfachste Notizen mit der gebotenen Sorgfalt und Ausführlichkeit vonstatten gehen? *Ausfü.* mag *ausführen* heißen. Oder *ausführlich*. Na, ich werde später weiter daran bosseln, auch wenn es uns vielleicht nicht weiterbringt.«
Er wandte seine Aufmerksamkeit wieder den Erläuterungen Philippis zu.
»Die Wirtin konnte mit Einzelheiten hinsichtlich der versammelten Gesellschaft aufwarten. Sie erzählte, dass der Stammtisch der Brauer und Weingrossisten gestern Abend dort stattfand – sie nannte die Namen Sprengel, Krebel und Bötzow –, und wusste von den Versuchen einiger Jungspunde zu berichten, den ehrbaren Packhofbeamten Siedemann zu dunklen Machenschaften zu verleiten. Was die Dame da erzählte, kommt mir nicht schlecht vor. Sie konnte zwar nicht genau sagen, wer alles dabei gewesen, aber beim Sohn des Bäckers Textor war sie sich sicher.«
Der Zweite Hofküchenmeister zog die Augenbrauen hoch. Dann fragte er:
»Und was ist mit den Patrouillen, den Nachtwächtern und den Bewohnern der Häuser Am Wasser?«

»Fehlanzeige bisher. Die Patrouillen fangen mit ihrem Dienst an, sobald es finster wird, und fahren fort bis zur Reveille. Nach zehn übernehmen in der ersten Hälfte jeder Stunde die Nachtwächter ihren Dienst. Keiner von den Soldaten, die im Bezirk unterwegs gewesen sind, will etwas bemerkt haben. Die waren jedoch um zehn bereits wieder in ihrer Neu-Cöllner Wache am Gertraudenmarkt. Der Bezirksnachtwächter Sänger dagegen befand sich gegen fünf nach zehn erst am anderen Ende der Wallstraße, so dass der ganze fragliche Abschnitt der Straße Am Wasser, auch die Insel und die Strecke vor der Blocksbrücke und dem Schlachthaus, unbeaufsichtigt lagen. Die Bewohner der Häuser schlummerten wohl bereits. Doch haben wir noch nicht alle zur Vernehmung angetroffen.«
Langustier sandte einen Botenjungen zu seiner Tochter und ließ sie fragen, ob er mit Conrad und den Polizisten wohl eine kleine Abendmahlzeit bei ihr in der Roßstraße einnehmen könnte? Die Antwort nebst einer Kutsche vom Schlossplatz erbat er sich ins nahe Haus der Generalregie, wo man nun die Fundstelle der Leiche zu besichtigen gedachte.

Langustier kannte das Gebäude zwar schon von der Einweihung her, hatte jedoch die räumlichen Verhältnisse am Tag jener Veranstaltung nur am Rande wahrgenommen. Philippi öffnete die Tür zum Balkon, trat mit von Rahn, Conrad und Langustier nach draußen und wies hinauf zur Balustrade, von der Siedemann herabgebaumelt hatte. Sie kletterten zwei Stockwerke durchs Treppenhaus und kamen an eine enge Holzstiege, über die man zu einem Ausstieg auf das flache Dach des Palais gelangte. Eine Leiche dort hinaufzutragen, bedeutete für einen Einzelnen eine Tortur, vom Aufknüpfen ganz zu schweigen. Unmöglich wäre es nicht, doch bedurfte es wohl einer rechten Bärenkraft.
Langustier interessierte sich für die Lage der Hauszugänge, fragte nach der Zahl der Beamten und Amtsstuben, nach den Ergebnissen der Befragung durch Philippis Offiziere.

»Nichts. Wie sollte es auch anders sein. Pedell und Zentralarchivar haben nichts und niemanden bemerkt, als sie kamen. Da sie das Gebäude durch den seitlichen Eingang an der Straße am Gießhaus betraten, hing Siedemann bereits seelenruhig am Haus, während sie ihre Arbeit aufnahmen. Die Leiche stieg also, ohne von jemandem bemerkt zu werden, irgendwann zuvor in der Nacht oder am frühen Morgen, mutterseelenallein die vielen Treppen hinauf, legte sich die Schlinge um den Hals und sprang über die Balustrade!«
Philippi klang gereizt; es baumelten eben nicht oft Ertrunkene vor öffentlichen Gebäuden in der Berliner Luft. Wenn hier einer baumelte, dann war er behördlicherweise am Ort seiner Einbrüche oder Diebstähle gehenkt worden oder hatte sich selbst gerichtet. Der Polizeipräsident sah sich vor eine ungewohnte Situation gestellt. Doch sollte man deshalb verzweifeln – gerade in seiner Position?
Die Einladung zu einem kriminalistischen Abendessen in die Cöllnische Roßstraße kam dem Polizeipräfekten aufgrund seiner Verstimmung sehr gelegen. Etwas zu essen half meistens über die Ratlosigkeit hinweg. Marie von Quandt hatte sich ob der väterlichen Anfrage hoch erfreut gezeigt und die Herren ermuntert, doch nur alsbald bei ihr zu erscheinen. Ihr Ehemann war in Caputh, um neue Maschinen für seine Garnfabrik zu überwachen. Da sie selten genug Gelegenheit hatte, ihren Vater im Kreis interessanter Gäste zu erleben, ließ sie auffahren, was die späte Stunde erlaubte und der Keller zuließ.

Leicht reserviert nahm man an einem wunderschön gedeckten Tische Platz und stellte jetzt fest, dass man eigentlich wenig voneinander wusste. Insonderheit galt dies für die beiden Polizeioffiziere. Der Berliner Polizeichef hatte mit dem Potsdamer Verbrechen an sich genauso wenig zu schaffen wie der Potsdamer mit dem Berliner. Aber es war nun einmal so beschlossen worden, dass sich in den beiden Fällen, welche zwei Sphären allerhöchsten Interesses betrafen, aller aufzubietender kriminalistischer Scharfsinn zu gemeinsamer Schlagkraft verbände.

Das von Marie liebevoll gerichtete Büffet mit schmackhaftem kaltem Kalbsbraten, Zander- und Ententerrine, getrüffelter Fasanenpastete, süßsauer eingelegten Kaninchenschlegeln, diversen Salaten und feinem französischem Käse zerstreute die anfänglichen Berührungsängste zwischen den königlichen Ermittlern rasch. Auch trug der zu alledem gereichte weiße Champagner nicht unbeträchtlich zur Belebung der Laune bei. Insbesondere der Major von Rahn – Spross eines alten Schweizer Ärztegeschlechts – erwies sich nach dem Genuss dieses moussierenden Getränks wie ausgewechselt. Sogar dem Grund ihrer momentanen, von den tödlichen Umständen erzwungenen Zusammenkunft wusste er noch erheiternde Aspekte abzugewinnen, wie sich bei einem angeregten Geplauder über Todesarten und seltsame Leichenfunde erwies.

So erzählte er packend aus seiner Potsdamer Amtspraxis, wie einmal gegen Ende des letzten Krieges auf die merkwürdigste und tragische Weise fünf Gartenknechte im Tiefen Brunnen im Park von Sans Souci um ihr Leben gekommen waren, als sie, einander helfen wollend, im Laufe etlicher aufeinanderfolgender Tage nur desto sicherer in ihr Verderben liefen. Es hatten sich nämlich in diesem Schacht, in den seit Monaten kein Mensch mehr hinabgestiegen war, giftige, erstickende Faulgase gebildet und gesammelt, so dass ein Junge namens Hartmut beim Nachschauen, ob sich denn wieder Wasser im Schacht befände, die Sinne verlor und bald tot darinnen lag. Ein weiterer Gartenknecht, der Hartmuts Weg nachspürte, nachdem man ihn schon lange vermisst, folgte ihm in den Tod, und im Laufe ungezählter Stunden taten drei weitere desgleichen, bis endlich der Gärtner Sello klug genug war, dem nur allzu menschlichen Drange, sofort in den Schacht hinabzusteigen, um den nur bewusstlos scheinenden Gestalten umgehend zu helfen, nicht nachzugeben. Die Leblosen hatten, und darauf war es dem Major vor allem angekommen, mehrere Tage ohne die geringste Spur von körperlicher Verderbnis dort im Brunnen zugebracht, denn im kalten, gut gemauerten Steingelass hatten sie wie in einem Eiskeller gelegen.

»Das war nun eine sehr lautlose, mit wenig körperlicher Anstrengung verbundene Art des Ablebens«, sagte Langustier. »Ganz anders erging es da schon dem großen und mittlerweile seligen La Mettrie, den ich einst an Eurer Stelle, lieber Conrad, bei einem süßen Mordfall zum Gehilfen hatte. Ich sage *süß*, weil der Schokoladenhändler Petit darin eine meisterliche Rolle spielte.«*

Conrad war begierig, die Geschichte zu erfahren, und da Langustier sich auch Philippis und von Rahns Aufmerksamkeit sicher sein konnte, erzählte er diesen merkwürdigen Todesfall in allen Einzelheiten, denn schließlich war es eine von ihm verfertigte Pastete gewesen, die den Kammerherren getötet hatte.

»Es war zu Zeiten der Anwesenheit des unsterblichen Voltaire, als der französische Botschafter Graf de Tyrconnel nach seiner Genesung von schwerer Krankheit am Freitag, dem 10. November 1751, in der Berliner Wilhelmsstraße ein Festessen für den Arzt und königlichen Kammerherrn Julien Offray de La Mettrie ausrichtete, da ihm dieser durch seinen medizinischen Beistand das Leben gerettet hatte. Im schwankenden Licht der Kronleuchter und Kandelaber arbeiteten fünfzig Gäste gegen eine Armada von meinen getrüffelten Fasanenpasteten an, als ich den Raum betrat, um der stets leidigen Forderung, sich an der Tafel zu zeigen, Genüge zu tun. Mir ist dieses sinnlose Herumstehen und die Honneurs machen inzwischen doch sehr verhasst, müssen Sie wissen.

Da wurde auf einmal die markante Stimme des Chevaliers La Mettrie hörbar, der sich mit seinem Tischnachbarn Maupertuis anzulegen schien. Er sagte so etwas wie: ›Was fällt Euch bei, solches zu mutmaßen?‹ La Mettrie deutete auf die vor ihm stehenden Schüsseln und fuhr entrüstet fort: ›Ich stehe keineswegs an, diese

* Siehe »Purpurrot. Tödliche Passion«

ganze Fasanenpastete allein zu verdrücken!‹ Ich wollte ihm artig für dieses Kompliment danken, denn als solches hatte ich die Erklärung aufgefasst, doch Maupertuis, mit schulterlanger, blond gelockter Perücke und schwarzer Hornbrille, bemerkte süffisant, dass hier wohl ein kleines Missverständnis vorliege. ›Ich fürchte, es ist dem Herrn La Mettrie weniger um Komplimente für jene zweifelsohne exquisiten Pastete zu tun, sondern viel eher um den Beweis seiner Aufnahmefähigkeit! Weil bereits hinreichend bewiesen ist, welche Macht die Materie über den Geist besitzt, möchte Herr La Mettrie nunmehr demonstrieren, dass der Geist einen ebenso starken Einfluss auf die Materie ausüben könne. Behält er Recht, wird er durch bloße Anspannung seiner Gehirnfibern die Fassungskraft seines beinahe endlosen Gedärms noch mehr vergrößern und den Magen zum scheinbar Unmöglichen anspornen.‹«

Alle am Tisch lachten über diese treffliche Parodie des unvergessenen Akademiepräsidenten, wenngleich Conrad und der Major von Rahn die handelnden Personen nicht gekannt hatten.

»Ich setzte meine ganze Beredsamkeit daran, La Mettrie diese Farce auszureden, allein vergebens. Sein Kugelkopf war weinrot, als er mich bat, der Wissenschaft nicht im Wege zu stehen. Im Übrigen sei es kein standesgemäßes Verhalten für einen königlichen Koch, einem Tafelgast seine Speise auszureden. Nun verhielt es sich zwar so, dass ich hier einen Verwirrten vom Versuch abhalten wollte, sich den Magen zu verderben, doch ich war nun ebenfalls in Rage und schwieg.

La Mettrie verschlang das erste Drittel der Pastete vom größten Tortenformat im Handumdrehen. Ein weiteres Drittel des betörend duftenden Fleischkuchens war alsbald vertilgt. Die Gespräche ringsum tröpfelten eine Weile im Flüstertone fort, dann verebbten sie ganz vor dem genüsslichen Schmatzen. Das Gekreisch und Geklapper seines Bestecks sowie das gurgelnde Geräusch, das der rote Wein machte, bevor er im unergründlichen Schlund des königlichen Leibarztes, Vorlesers und Autors des ›L'Homme machine‹

verschwand, waren fortan die einzigen hörbaren Laute. Die Augen der anderen um ihn her wuchsen mit jedem seiner Bissen. Man war aufgestanden und hatte einen Kreis um den hart Arbeitenden gebildet. Ich selbst, der ich nicht eben hünenhaft an Höhe bin, musste unter dem Arm des Monsieur de Tyrconnel hindurchlugen, um noch sehen zu können. Nur selten erlebte ich – weder zuvor noch später –, wie eine so erlesene Gesellschaft von feinen Damen und Herren mit so großem, ungeteiltem Interesse einem Einzelnen beim Essen zusah. Der junge Baron von Stille, dem das Gehör durch eine vor Kunersdorf losgehende Kartätsche bis fast zum Verschwinden malträtiert worden war, hatte sogar sein Hörrohr auf den Esser ausgerichtet, um die Laute des unmäßigen Genusses besser zu vernehmen. Vorsichtig glitt das letzte Stück Fasanenpastete vor den Katarakt des La Mettrieschen Verdauungsapparates. Würde auch dieses noch zur Gänze in die dunklen Untiefen hinabstürzen? Die Geschwindigkeit seines Zuspruchs verlangsamte sich merklich von Mundvoll zu Mundvoll, sein Elan verflog, seine Lippen sahen rot und aufgetrieben aus. Der Atem ging rasselnd, die Augen des Kammerherrn traten nach Königsart hervor. Trotz und Hass regten sich offenbar in ihm, denn ich konnte ihm ansehen, was er dachte: *Maupertuis darf unter keinen Umständen triumphieren!* Das letzte Drittel war fast bezwungen. Die kalte Stirn des Kammerherren neigte sich immer öfter gegen das Weinglas, welches er ansetzte, um die verteufelt zugestopfte Maschinerie seiner oberen Speisewege freizuspülen. Der Wein brüsselte in seiner zitternden Kehle. An den Halsschlagadern war abzulesen, wie das Herz pumpte. La Mettries Unterleib zuckte, die Füße fingen an, auf der Stelle zu trappeln. Er blickte gleichmütig auf das Tischtuch und brachte einige seltsame Verlautbarungen heraus, die aus seiner Sicht vielleicht höchste Glücksentäußerungen darstellten, für die Außenstehenden jedoch nicht mehr als ordinäre Glucksl aute waren. Ein Rinnsal von Bourgogner Wein versickerte auf seiner Hemdbrust. Als er vom Stuhl zu sacken drohte, fassten ihn einige beherzte Zuschauer unter und trugen ihn zu einer Chaiselongue im Nebenzimmer, auf der er einige Zeit bewusstlos lag. Dann begann er vor Leibweh zu brüllen, während ich ihm hilflos die Hand hielt. Schließlich war es meine Schöpfung, die ihm diese Schmerzen verursachte. Das Herz kämpfte verzweifelt, setzte mitunter aus, während seine Temperatur gefährliche Werte erreichte.

Nach etwa einer Stunde – Mitternacht war gerade vorüber – schlug der Bewusstlose die Augen auf und verlangte mit schwer verständlichen Worten, man möge ihn zur Ader lassen. Cothenius, der Leibarzt des Königs, debattierte heftig mit dem seligen Eller, dem damaligen Direktor der Königlichen Charité, ob dies angezeigt oder eher schädlich wäre. Mit Todesverachtung raffte sich der Sieche auf und verkündete lauthals mit sarkastischem Lachen: ›Was auch immer dieser Wanst mir antun möchte, ich werde nimmermehr zugeben, dass du, o Völlerei, ein Übel bist; denn ich habe stets nur allzu gern geschmaust!‹ Schließlich, da sich die Ärzte nicht einigen konnten, willfahrten sie dem Wunsch des sich vor Schmerzen Krümmenden, im Vertrauen auf seine ärztliche Selbsteinschätzung. Doch nach erfolgtem Aderlass fiel La Mettrie in ein hitziges Fieber, das nicht mehr weichen wollte. Die Maschine seines Leibes, auf deren uhrwerkhaftes Funktionieren er sein Leben lang geschworen, gab bald erschöpft ihren Geist auf.«

Mit diesen Worten war Langustier zum Ende gekommen. Der Major von Rahn tupfte sich die vom Raukensalat öligen Lippen, während Marie auf den Rest ungetrüffelter Fasanenpastete schaute, der noch auf dem Tisch stand und zum Glück nicht von ihrem Vater stammte, so dass sich niemand unbedingt daran totessen wollte, auch wenn die Qualität ausgezeichnet war wie bei den meisten Waren aus ihrer Delikatessenhandlung. Die gerade gehörte Geschichte wie auch das Generalthema ihrer Tischgespräche waren vielleicht doch nicht unbedingt die richtige Begleitung eines Abendessens gewesen.

»Nichtsdestotrotz –«, rettete Langustier die Stimmung, »wird dieser Tod mit Bauchgrimm doch weitaus angenehmer gewesen sein

als jede Art des Erstickens oder Ertrinkens, die ich mir vorzustellen vermag. Für getrüffelte Fasanenpastete würde sicher mancher sterben – nun ist einmal einer an einem selbstgewählten Zuviel davon gestorben, das nenne ich einen wahrhaft kulinarischen Abgang! Maß zu halten ist zweifelsohne ein Ausweis von Klugheit und Selbstbeherrschung, ein weises, humanes Gebaren. Aber ein Gelehrter wie La Mettrie, der es schlicht einmal wissen und drauf ankommen lassen wollte – verleitet von Geschmack, Ehrgeiz oder Selbstüberschätzung – sollte wegen seines unschönen Endes doch nicht schnöde verachtet werden. Sein Name gereiche den Zügellosen zum Hemmschuh und den Zugeschnürten zur Ermunterung, bleibe jedoch den Hungerleidenden verborgen!«
Conrad und Marie prosteten Langustier für dieses schöne Schlusswort dankbar zu, bevor das Eintreffen eines Botenjungen, der die Herren unerbittlich wieder zum Großen Stall rief, die nächtliche Tafel aufhob. Sie verabschiedeten sich von ihrer großmütigen Gastgeberin mit tief empfundenem Dank.

X

Der Generalchirurgus wischte sich das Gesicht ab und wusch die Hände in dampfend heißem Wasser, das ihm ein Helfer in eine irdene Schüssel goss. Seine rot gesprenkelte Schürze landete an einem Haken an der Wand. Dann wandte sich von Theden den eingetretenen Besuchern zu und sah, dass er ihnen genau das nötige Maß an Zeit zu körperlicher Labsal und geistiger Erholung gegönnt hatte, denn sie wirkten munter und frisch, als sie sich nun seine Erläuterungen zur Leiche des Barons und Landbaumeisters van der Heyden anhörten.
»Meine Herren, ich muss Sie warnen – es könnte die Magennerven irritieren und somit der Verdauung abträglich sein …«
Der Anblick der unbekleideten Wasserleiche war in der Tat für von Rahn etwas zu viel. Von seinen Ahnen, den Medizinern, schien ihm wenig vererbt worden zu sein. Der Major stürzte aus dem Raum, ein Spitzentüchlein vor die geschürzten Lippen gepresst, während Philippi und Conrad sich pikiert abwendeten. Nur Langustier beließ es bei einem leichten Naserümpfen. Interessiert fragte er:
»Ist es das übliche Verhalten von Wasserleichen, derart in die Breite zu gehen, vom Blinddarm aus grün zu werden und zu riechen wie fauliger Salat, in ranzigen Weichkäse eingeschlagen?«
»Wenn Sie es so ausdrücken möchten – durchaus!«
Er wartete kurz mit weiteren Erläuterungen, bis sich der Major – mit einem Teint von dezentem Wasserleichengrün – ebenfalls wieder eingefunden hatte.
»Nun hat sich die Leiche des Barons und Landbaumeisters van der Heyden bemerkenswert gut gehalten. Es ist keineswegs leicht, die Dauer ihres Aufenthaltes im Wasser abzuschätzen, aber ich würde

auf den ersten Blick von etwas über einer Woche ausgehen. Allgemein hat sich, was die Auswirkung der Umgebung auf die Verwitterung eines Leichnams betrifft, folgende Regel als nicht unzutreffend erwiesen: Eine Woche Luft entsprechen zwei Wochen Wasser und acht Wochen Erde. Aus den Verfallserscheinungen des toten Körpers, so sie die Fäulnis hervorruft, ist nur bedingt auf die Dauer des Aufenthaltes im flüssigen Element zu schließen. Das Ausfallen der Haare und die Grünfärbung treten in jedem Fall nach einigen Tagen auf, ebenso die handschuhartige Ablösung der Waschhaut. Ausschlaggebend für die Schnelligkeit dieser Prozesse sind vor allem die Art des Gewässers – ob bewegt, ob unbewegt –, die Temperatur des Wassers und die Jahreszeit. Stellen wir in Rechnung, dass es seit Ende Juni viel geregnet hat und in den ersten Julitagen fast immer widernatürlich kühl war, so ließe sich der vermutliche Aufenthalt mit etwa acht bis zehn Tagen angeben. Ohne die Steinbeschwerung wäre der Leichnam aber in seinem jetztigen Zustand durch Fäulnisgasbildung schon bald an die Oberfläche gekommen. Selbst mittlere Felsbrocken hätten seinen Aufstieg bloß verzögert. Irgendwann kommen sie alle hoch, es sei denn, sie sind am Grunde vertäut oder ruhen in steinernen Särgen.«

»Ist van der Heyden ebenfalls ertrunken?«, fragte Langustier.

»Mitnichten, Monsieur! Er wurde eindeutig erst nach seinem gewaltsamen Tod zu Wasser gelassen. Wenn Sie sich an unsere kleine Vorlesung von vorhin erinnern, so müsste Ihnen das Stichwort Lungenwasser genügen, um mir zu sagen, wo ich selbiges *nicht* gefunden habe – …«

»In den feinsten Endästen der Bronchien!«

»Bravo, mein Herr. Sie haben gut aufgemerkt. Warum haben Sie nicht die ärztlichen Fächer studiert, sondern die Kochkunst gewählt?«

»Das ist gar kein so großer Unterschied, wie man denkt«, konterte Langustier. »Es ist nicht weniger Medizin, einen Menschen durch gutes Essen auf den Pfad der Besserung und Reinigung zu bringen.

Und Chirurg muss jeder Koch notgedrungen sein, sonst bekämen Sie die gebratenen Hasen mit Fell und Innereien auf den Tisch!«
Dies war eine Vorstellung, bei der es alle Anwesenden herzlich grauste.
»Was war aber dann die Ursache des baumeisterlichen Todes?«
Von Theden verwies auf einen großen dunklen Punkt auf der ansonsten verfärbten, aber fleckenlosen Haut.
»Er erlag einer Schussverletzung.«
Langustier pfiff durch die Zähne.
Philippi hatte seine Abscheu überwunden und trat näher. Forschend blickte er von Theden ins Gesicht. Auch von Rahn, Conrad und Langustier warteten gespannt auf weitere Erläuterungen.
»Da Sie offenbar aus Furcht vor unkontrollierter Auflösung des Leichnams die Taschen der Jacke nicht untersucht haben, entgingen Ihnen zwei Dinge darin.«
Er zog eine Lade am Untersuchungstisch auf und entnahm ihr eine silberne Taschenuhr und ein reichlich aufgeweichtes Papierkärtchen, das sich als Einladungskarte herausstellte, auf der nur ein Datum lesbar geblieben, der restliche Text dagegen mehr oder minder vollständig verwaschen war.
»... den 29. Junius ...«, las Langustier. »Das war der Tag, an dem Se. Königliche Majestät mittags in Berlin das neue Regiegebäude am Festungsgraben seiner Bestimmung übergaben. Ich war kochend zugegen. Aber den Herrn Baumeister habe ich dort nicht gesehen.«
»Am Abend des 29. war hier in Berlin auch eine große Redoute im Garten des Herrn von Vinzobre, welcher an den Tiergarten stößt; ich war mit einem Kärtchen geladen, das diesem im Format vollkommen gleicht«, ließ sich der Polizeipräfekt Philippi vernehmen. »Ich war bei beiden Anlässen zugegen, doch den Baumeister hab ich weder hier noch dort bemerkt. Seit wann galt er im Übrigen als abtrünnig?«
Major von Rahn fühlte sich nun auf den Plan gerufen, da der Fall in seinen unmittelbaren Zuständigkeitsbezirk gehörte:

»Am zweiten Juli schickte die Schwester des Barons nach mir, um mich auf sein unerklärliches Verschwinden aufmerksam zu machen. Am fünften ging dann vom Kammergericht der Steckbrief hinaus. Doch Se. Königliche Majestät waren bereits seit dem Monatswechsel in Sorge um van der Heyden. Freilich weniger besorgt um sein Leben als um den Verbleib seiner Schulden. Unbegründet, wie sich gezeigt hat, denn aus der Baukasse fehlte nichts.«
»Dass sich heutzutage auch alles ums leidige Geld drehen muss!«, ließ Conrad nach einem aufrichtigen Stoßseufzer verlauten.
»Es sind raue Zeiten, fürwahr!«
Langustier klopfte seinem Gehilfen begütigend auf die Schulter. Dann fragte er den Generalchirurgus:
»Was ist mit dieser hübschen Uhr? Sie scheint gehörig etwas auf den Deckel bekommen zu haben!«
Von Theden bejahte mit unerschütterlichem Lächeln.
»Ganz recht. Aber diese rostige Kugel, die ich aus der Wandung der linken Kammer des Herzens extrahierte, ist an dieser Delle schuldlos. Die Uhr wird wohl beim Sturz des Opfers zerdrückt worden sein.«
Langustier wog das talergroße, zwiebelförmige Gebilde in der Hand und befand es für recht schwergewichtig. Es war ein Londoner Fabrikat, das Gehäuse aus Silber, das Zifferblatt aus graviertem Silber und Messing mit römischen Ziffern. Auf der Rückseite stand der Fabrikhinweis »Garon London«. Ein kleiner Stift hielt den verbogenen Sprungdeckel. Interessanterweise ließ sich der Mechanismus trotz der starken Verkrümmung des Rahmens problemlos öffnen. Auf einer Innenfläche prangte die Gravur: »Für J: Ewig Dein – C«, daneben zeigte sich die Emailleminiatur einer ausgesprochen hübschen Frau.
Langustier reichte die Uhr an die Polizisten weiter, die sich nach einigem Hin und Her darauf einigten, dass es sich bei besagter Dame um die »schöne Carlotta« handeln musste – die Operndiva Carlotta Bellini, eine gebürtige Römerin, die zwar in Amsterdam

aufgewachsen war, aber dennoch ganz das lebenslustige und unstete Naturell der Italiener verkörperte.
»Van der Heyden reihte sich in die nicht abreißende Kette der Liebhaber jener flatterhaften Dame ein«, bemerkte der Major von Rahn mit einem Unterton, der offenbar besagen sollte, dass er der Bellini soviel Ungeschmack nicht zugetraut hatte. Wenn auch der momentane Zustand des Barons keinen verlässlichen Rückschluss mehr auf seine einstige physische Erscheinung gestattete, so stand zumindest ein Faktum außer Zweifel: Als eine Schönheit hatte Julian van der Heyden nicht gelten können. Er war nie ein Schwarm der Frauen gewesen und von Rahn wusste beileibe nicht zu sagen, was Carlotta an dem Baumeister gefunden haben mochte. Da er keinerlei Reichtümer sein Eigen nennen konnte und das vornehme Potsdamer Stadthaus, das ihm der König zu bauen erlaubt hatte, binnen Monatsfrist nach seiner Demission oder Entlassung wieder hätte zurückgegeben müssen, erschien seine Verbindung mit der schönen Carlotta allenfalls dadurch erklärlich, dass sie der Titel einer Baronesse verlockt haben könnte, so sich denn der König bereit gefunden hätte, in diese unstandesgemäße Verbindung einzuwilligen, wie er es früher etwa bei der weltberühmten Tänzerin Barberina getan.
Die Bellini war nun zwar mit starken Reizen ausgestattet, die sie für die Männerwelt schwer widerstehlich machten, doch an Treue und Beständigkeit gebrach es ihr vollends. Das Ableben ihres letzten Liebhabers hatte noch keine Woche zurückgelegen, da war sie bereits in die Affäre mit dem Baumeister verstrickt gewesen. Möglich natürlich, dass die Bellini der Erfahrung des schmerzlichen Verlustes umgehend durch ein stärkeres Arkanum Paroli bieten wollte. Wenn sie indes den mittellosen van der Heyden wirklich dauerhaft geliebt hatte, so wäre diese Liebe das Verwunderlichste, was man imaginieren könnte, resümierte der Major und äußerte dies auch gegen die anderen.
Gerade in Fragen der Liebe, das wusste Langustier aus eigener Er-

fahrung, ließ sich selten mit Mutmaßungen das Wahre treffen. Den Regungen der menschlichen Herzen war mit Logik und Berechnung nicht nachzuspüren. Der schmächtige Baumeister mochte vernachlässigte Seiten an Carlotta zum Klingen gebracht haben, die etwas anderes als flüchtige Liebschaft in ihr erregten. Aber es schien müßig, weiter darüber zu spekulieren, wie lange es gehalten, ob es gut gegangen oder bald wieder vorüber gewesen wäre, denn das würde nun unergründlich bleiben.

Ungleich wichtiger erschien Langustier der wundersame Umstand, dass die schöne Carlotta offenbar eine verderbliche, ja tödliche Wirkung auf sämtliche Männer ausübte, denen sie ihre Gunst schenkte. War das nicht ein in allerhöchstem Grade fragwürdiges und näher zu eruierendes Geschehen? Er nahm sich vor, diese Dame eingehend zu befragen. Natürlich bestimmten ihn bei diesem aufkeimendem Interesse auch die Erinnerung an die wenigen Auftritte der Bellini, die es ihm bisher vergönnt gewesen mitzuerleben. Der König beorderte, um seine Opernhäuser zu füllen, mitunter ganze Regimenter ab. Und wenn es aus irgendeinem Grund einmal doch nicht reichte, kamen auch die Bedienten und Köche zum Einsatz – leider viel zu selten, wie Langustier bedauernd bei sich befand.

»Doch es muss ihr mit van der Heyden wirklich etwas Besonderes begegnet sein, sonst wäre die Uhr wohl kaum in seiner Rocktasche gewesen«, fügte von Rahn hinzu. Langustier wiegte bedenklich den Kopf und besah sich den hübschen Chronometer genauer.

Das Zifferblatt zeigte einen Innenkreis aus römischen Ziffern für die Stunden von I bis XII und einen äußeren von fünf bis sechzig für die Minuten. Der Stundenzeiger stand auf elf, der Minutenzeiger hingegen auf dreizehn.

Langustier nahm den kleinen Schlüssel an der Uhrkette, zog auf, und das Werk lief mit untadeligem Ticken. Also war die Anzeige nicht von Belang. Die Feder war nach dem Tod des Uhrträgers einfach abgelaufen.

Was die Aussagekraft des Billets anlangte, das sich in van der Heydens Tasche befunden hatte, hegte er ebenso starke Zweifel. Einladungen konnte man lange und in beliebiger Zahl mit sich herumtragen, ohne einen der zahllosen Empfänge oder Bälle zu besuchen. Wusste der Kuckuck, an welchem Tag van der Heyden wirklich der tödlichen Kugel begegnet war. Vom Orte ganz zu schweigen ... Wenn er den kleinen Disput bedachte, welcher der polizeilichen Einigkeit darüber voraufgegangen war, ob das Emailleporträt tatsächlich die schöne Carlotta darstellte, so schien nicht einmal dies mit letzter Sicherheit festzustehen. »C« konnte genauso gut Carmina, Catharina, Cecilie, Cordelia oder Cynthia bedeuten. Das alles war bei Lichte besehen recht entmutigend.
»Erhebt jemand von Ihnen Anspruch auf die verhängnisvolle Kugel?«, erkundigte sich Langustier, indem er das vom Generalchirurgus extrahierte Projektil zwischen Daumen und Zeigefinger hielt und aufmerksam betrachtete.
Karl Johann von Philippi und Major Ewald von Rahn verneinten dankend. Es war ein Stück Blei wie jedes andere, was sollten sie damit? Langustier schätzte den Durchmesser der Kugel auf etwa ein Drittel Zoll. Er fragte den Generalchirurgus:
»Wenn Sie die Festigkeit menschlicher Haut einschätzen sollten – womit würden Sie sie vergleichen? Mit einer Schweineschwarte? Mit einer Rinderlende? Mit einer Pferdekruppe?«
»Eine Schweineschwarte wäre, glaube ich, schon vergleichbar. Menschliche Haut ist fester, als man gemeinhin annimmt. Selbst für eine Stichwunde muss man hart arbeiten. Kugeln aus Pistolen werden in der Regel glatt absorbiert, vorausgesetzt, man feuert sie nicht unmittelbar vor dem Körper ab. Durch die Verteilung der beim Schuss neben dem Projektile herausgeschleuderten Schmutzkörner lässt sich eine gute Schätzung der Entfernung des Schießenden vom Getroffenen abgeben. Leider leider ist dies im Falle des Herrn hier –«
(er wies auf den in starker Auflösung begriffenen Zinkwanneninhalt)

»– als Kriterium schwerlich noch dienlich.«

Langustier nahm Proben des Segeltuchs, des Jackenstoffes und der Schnur, mit denen die Leiche verschnürt worden war. Er fragte Philippi, ob man beim Strick des abgehangenen Siedemann desgleichen getan hätte, doch Philippi musste zu seiner Schande eingestehen, dass dies unterlassen worden war.

Von Theden entschuldigte sich und die vier Ermittler teilten die nächsten, dringlichsten Arbeiten unter sich auf, bevor sie sich trennten.

Der Major würde noch in der Nacht nach Potsdam zurückkehren, um am nächsten Tag mit seinen dortigen Nachforschungen zu beginnen. Es galt, die Person ausfindig zu machen, die van der Heyden zuletzt gesehen hatte. Von Philippi hätte mit dem Vernehmen der Stammgäste des »Quappenkrugs« zu tun, während Langustier noch nicht näher zu spezifizierende Proben auszuführen gedachte. Bei seiner Tochter war für Conrads und seine Übernachtung gesorgt.

Längs des Kanals strebten sie der Roßstraße zu. Aufmerksam observierte Langustier die Schleuse, die nachts unbewacht schien. An den folgenden Brücken hatte sich eine Menge Unrat verfangen. Hier kam stellenweise kein breites Boot mehr durch. Ein fetter Karpfen von nunmehr vollendet schlammgrüner Farbe trieb als willenlose Wasserleiche vorbei.

XI

Am nächsten Morgen wurde Conrad, mit dem Permissschreiben versehen, von Langustier zum Regiegebäude geschickt, um nach Überbleibseln des Seiles zu forschen, mit dem Siedemann aufgehängt worden war. Er selbst begab sich in einer Mietkutsche in die Niederwallstraße.

Zufälligerweise kannte Langustier den Vater des jungen Textor, den man mit Siedemann gesehen hatte, wegen seiner in ganz Berlin geschätzten und auch im Laden der Tochter verkauften Kräutertränke sehr gut – hatte er ihm doch erst anlässlich seiner Fischvergiftung mit einem Remedium für Magenschmerzen und Blutreinigung allergrößte Wohltaten erwiesen.

Der Sohn war für den Augenblick außer Haus, wie die Bäckersfrau Langustier im Laden gutmütig mitteilte. Er werde aber bereits zurück erwartet. Der Vater dagegen, der im gepflasterten Hof unter einem weinumrankten Vordach saß und sich vor dem Mittagsschlaf noch eine Stärkung genehmigte, freute sich, Langustier wieder gesund und munter zu sehen. Dieser begrüßte ihn mit der Frage: »Mein lieber Wunderdoktor – habt Ihr auch einen Trank, mit dem man ein Verbrechen an den Tag bringen kann?«

Textor lächelte verschmitzt. Er erwiderte:

»O – wie man's nimmt, vielleicht hab ich das sogar: Wenn Ihr ihn nur richtig anwendet, tut der billigste Branntwein diese Wirkung!«

Er stellte dem unverhofften Gast eine frische Semmel mit Butter und Braunschweiger Wurst vor und schenkte ihm ein kleines Gläschen eines sehr wohlschmeckenden Schlehenschnapses ein. Langustier biss beherzt zu und goss sich den heftig reißenden Brand hinter die weiße, seidene Halsbinde. Der alte Textor empfahl ihm:

»Macht Euren Verdächtigen nur hübsch betrunken und holt ihn dann über die angebliche Tat aus. Sollte mich wundern, wenn er nicht singt wie eine Lerche!«
»Nur leider zählt diese Art von Offenbarung vor den Richtern unseres hochwohllöblichen Kammergerichtes rein gar nichts oder doch nur soviel wie ein unter der Folter erpresstes Geständnis.«
Textor grummelte vergnügt. Doch Langustier setzte hinzu:
»Im Übrigen solltet Ihr mir diese Methode nicht schmackhaft machen, denn ich käme sonst in Versuchung, sie bei Eurem Sohn, dem Martin, anzuwenden!«
Textor erblasste. »Zur Hölle, was wirft man ihm vor?«
»Die Wirtin des ›Quappenkrugs‹ behauptet, ihn vorgestern Abend mit ein paar Freunden in ihrem Lokal dabei beobachtet zu haben, wie er den Steuerwächter Siedemann bearbeitet hätte – auf eine Eurem Vorschlage sehr ähnliche Methode: Sie flößten dem vom Tagwerk Ermatteten reichlich Fredersdorfer Bier ein und wollten ihn dann offenbar zur Begünstigung des Schmuggelhandels überreden. Auch wenn es sicher nur unter der verderblichen Wirkung des Alkohols geschah, so ist dies angesichts des nächtlichen Todesfalles des Herrn Packhofinspektors nicht gerade ein unverfängliches Gespräch gewesen. Mit Freuden würde ich von Eurem Sohn hören, dass all das reinweg erfunden sei und er dem Siedemann mitnichten derartige Anträge gemacht hätte. Dass Euer Sohn kein Mörder ist, das mag uns beiden für ausgemacht gelten, aber die königliche Polizei darf keinen Unterschied der Person anerkennen, wenn es darum geht, ein kapitales Verbrechen aufzuklären. Die Geschichte mit dem Schmuggel ist für sich genommen schon bedenklich genug. Gerade momentan, wo des Königs Kontrolleure überall nach Konterbande suchen, heißt es seinen geraden Rücken aufs Spiel setzen, wenn man in der Öffentlichkeit derartige Reden schwingt.«
Der Bäcker schüttelte den Kopf. Dann kam Leben in seine Gestalt, denn Martin Textor erschien in der Hoftür. Mit Gleichmut ließ er

die Schimpfreden des Vaters über sich ergehen, begrüßte Langustier und sagte dann in beschwichtigendem Tone:
»Ich glaube kaum, dass die alte Wachtel von Wirtin überhaupt noch einen Ton hört! Wir haben stundenlang auf unser Bier gewartet, obwohl wir Ihr alle naselang zugebrüllt. Aber es mag schon sein, dass wir dem Siedemann ein bisschen zusetzten. Im Spaße, versteht sich. Wo er doch als der Friedlichste und Ehrlichste von allen galt, die auf dem Packhof stehen. Er war noch einer von des Königs Invaliden, die der eigenen Grundversorgung wegen dort arbeiteten, wohingegen die neuen Fermiers nur um des Geldes willen auf diese Stellen drängen. Hätten wir geahnt, dass ihm einer an die Gurgel will, wir hätten ihn in Ruhe gelassen mit unseren Scherzen, die jetzt für jeden, der die Dinge von außen betrachtet, sehr übel wirken müssen.«
»Oui, Monsieur – eklatant! Was ist da abends genau abgelaufen? Warum habt Ihr Euch diesen Unfug erlaubt, wo doch heutzutage schon bei der Vorstellung des Steuerbetrugs der Spaß aufhört? Denkt daran, wie der König den armen Grollmann, einen Zunftgenossen Eures Vaters, hat auspeitschen lassen. Dabei hatte der nichts weiter als zehn Fuhren Seife in seinem Getreide nach Berlin hereingeschmuggelt – hätte man es seinem Brote nicht angemerkt, niemand wäre darauf gekommen.«
Der jüngere Textor fühlte sich unwohl in seiner Haut. Dass Langustier auf dem Hof herumschnüffelte, passte ihm noch viel weniger als der Tod des Siedemann. Freilich wusste er um die Rolle des Koches bei Kriminaluntersuchungen, denn es war sozusagen ein öffentliches Geheimnis, dass sich der König bisweilen dieses Laien als eines verdeckten Commissärs bediente. Aber wie hatte sich der so schnell auf ihre Spur setzen können? Wusste er am Ende schon mehr über ihn und seine Bande, als er vorgab? Was hatte die Kröte von Wirtin sonst noch geunkt? Kannte er die anderen? Waren sie alle bereits denunziert? Textor der Jüngere versuchte, Aufschlüsse darüber in der unergründlichen Maske des Ermittler-

gesichts zu entdecken, allein vergebens. Langustier gab sich, der ständigen Gefahr derartiger Erkundigungen ausgesetzt, längst keine Blöße mehr.
»Es war wirklich ein grober Spaß, ohne Hintergedanken und Ränke ausgeführt. Wir taten so, als wären wir bereits im Geschäft und wollten ihn als den verlässlichsten Helfer für berufsmäßige Schmuggler zu Rate ziehen. Es fing damit an, dass wir über den Lotteriebetrug redeten und ihm dann mit der Vermutung schmeichelten, er sei ein besserer Compagnon für gewiefte Gauner als jeder Postmeister im ganzen Land. Wir dachten uns nichts dabei und waren selbst bass erstaunt, wie bereitwillig er bei dem Spiele mitmachte und immer neue Pläne ersann, Contrebande zu verstecken und an seinen Kollegen – auf die er übrigens gar nicht gut zu sprechen war – vorbeizubringen.«
»Gingt Ihr im Streit auseinander? Was passierte, als Siedemann die Schankstube verließ? Wer war noch im Raum, den Ihr kanntet?«
»Na, mit Sicherheit der Hering, dieser Strolch, und Baal-Müller, der Lotterbube!«, polterte der Alte los, noch bevor Martin ihm flehentlich Einhalt gebieten konnte.
»Meine Güte, Vater – muss so einer denn alles wissen?«
»So einer ist Zweiter Hofküchenmeister des Königs und du bist ein bald ein Sträfling, wenn du in gleicher Weise fortfährst! Los, sag, ob es stimmt? Wer war bei dir? Gunkel noch und Schmecker?«
»Soll ich jetzt auf deine oder auf seine Fragen antworten?«
»Das ist gleich. Hauptsache, du lässt keine aus.«
Martin berichtete widerstrebend:
»Ja, es waren der Baal und der Hering, der Gunkel und der Schmecker. Wir haben getrunken und gealbert, mehr ist nicht gewesen. Irgendwann hat der Siedemann die Lust am Fabulieren und Pläneschmieden verloren und wiederholt furchtsam zu der versammelten Destillen-Clique rübergelinst …«
»Er meint die alteingesessenen Schnaps- und Bierbrauer – den Bötzow, den Schulthess, den Adler – und die Wein- oder Branntwein-

grossisten: den Sprengel, den Hertzberg, den Kretzer. Sie glucken jede Woche am gleichen Tag im Frosch-, pardon: ›Quappenkrug‹ beieinander und saufen sich die Hucke voll. Nur der Krebel nicht, weil er ja der Wirt vom nahen ›Zepter‹ ist und die ordinäre, garstige Quappenkrugwirtin mit ihrer Kodderschnauze nicht ausstehen kann. Irgendwas war auch mal zwischen dem Krebel und dem Siedemann, glaub ich.«

Der junge Textor fuhr fort: »... Besonders den Bötzow hat er, der Siedemann, im ›Quappenkrug‹ sitzend und zu den Brauern hinübersichernd, glaube ich, im Auge gehabt, es könnte aber auch der Sprengel gewesen sein. Jeder von denen hat ja so seine guten Beziehungen zur Regie, wenn Ihr versteht, was ich meine. Sonst gäbe es ja keinen von denen mehr bei den jetzigen Einfuhrzöllen für Wein und Bier und bei der gestiegenen Bierakzise.«

Langustier zog ein kleines schwarzes, fest eingebundenes Notizbuch aus der Jackentasche, das er sich nebst eines feinen Bleistiftes extra für seine neuen Fälle an diesem Morgen bei einem fliegenden italienischen Papierhändler namens Molesquino gekauft hatte, der sich im Laden der Tochter mitunter Spezialitäten aus der vermissten Heimat leistete.

»Gute Beziehungen? Wie darf ich das verstehen? Machen Sie, ich meine, macht man da oft krumme Dinger mit der Regie?«

»Es kann gar nicht anders sein. Schaut sie Euch nur an, die Spirituosenhändler und Brauer – wie sie im Gelde schwimmen. Eigentlich sollte statt ihrer die Akzisekasse überquellen. Ausgemergelt und leergeblutet wie unsereins sollten sie aussehen. Aber was kümmert's mich? Siedemanns Hals, war wie gesagt, voll und da hat er sich davongemacht. Seltsamerweise sind einige der Stammtischbrüder kurz nach ihm ebenfalls aufgebrochen. Er hatte aber schon einen ziemlich großen Vorsprung, trotz seines sehr wackeligen Ganges. Erst folgte ihm bloß der Sprengel mit seinem violetten Rock und dem Natternblick, kam zurück und redete etwas mit der Wirtin, bevor der Bötzow mit ihm ging und der Hertzberg. Ich

habe den Bötzow noch laut Siedemanns Namen rufen hören, bevor die Tür des ›Quappenkrugs‹ endgültig hinter ihnen zuging. Es war ziemlich genau zehn Uhr.«
»Und Ihr habt kein Interesse gehabt herauszufinden, was die von ihm wollten?«
»Interesse schon, aber ich fand es unbillig, auch noch hinter ihm herzulaufen.«
»Was meint Ihr damit?«
Martin biss sich auf die Lippe und sagte kleinlaut:
»Wegen dem ganzen Unsinn über Schmuggelei. Ich fürchtete, sie wollten ihn zur Rede stellen; vielleicht gedachten sie noch ein paar Prozent für ihre Lieferungen herauszuschlagen, falls Siedemann sie demnächst auf dem Packhof abfertigen würde. Mir war es unangenehm, ihn so hineingerissen zu haben. Gerade er, der immer so harmlos ist und nie einem gemein kommt.«
Langustier entgegnete:
»Möchtet Ihr wissen, wie ich die Sache sehe? Ihr wolltet um jeden Preis verhindern, dass der Siedemann als treuer und pflichtbewusster Beamter Euch bei der Behörde anschwärzt. Ihr werdet ihm wohl mit Euren *Scherzen* den Eindruck beigebracht haben, dass Ihr demnächst genau das tun werdet, was ihr ihm da vorgemalt habt. Ihr seid Siedemann daher gefolgt und habt ihn, der ohnehin nicht mehr ganz sicher ging, auf dem Nachhauseweg bedrängt.«
Martin fuhr empört auf.
»Wie könnt Ihr das von uns denken? Nichts dergleichen ist geschehen! Fragt die Wirtin: Wir sind den ganzen Abend geblieben, bis um Mitternacht die Lichter ausgingen.«
Langustier versprach, dies zu überprüfen. Martin trollte sich in den Laden, noch immer wütend. Sein Vater indes atmete befreiter auf. Er war Langustier dankbar, die Dinge zur Sprache gebracht zu haben, und drückte dem sich nun Verabschiedenden noch eine kleine Flasche eines Spezialgebräus in die Hand, das ihn bei seinen strapaziösen Nachforschungen sicher unterstützen würde.

»Ach, ich vergaß – …«
Langustier hatte sich noch einmal umgewendet.
»Könnt Ihr mir ein Dutzend leere Mehlsäcke und etwas Stroh überlassen? Und vielleicht einige Dachplatten, einige Schippen Sand und etwas Schnur?«
Textor konnte in der Tat mit diesen Dingen dienen, da er im Begriff stand, seine Fachwerkscheune auszubauen, doch er blickte recht verständnislos, als der feine Herr eine halbe Stunde lang Säcke mit Stroh, Sand und Steinen füllte und verschloss. Endlich bedankte sich Langustier, drückte dem abwehrenden Bäcker ein kleines Entgelt in die Hand und fuhr mit seiner seltsamen Ladung auf einem Mietfuhrwerk davon, das Martin ihm gerufen hatte.
Am Regiegebäude gabelte er Conrad auf, dessen zunächst ergebnislose Suche nach dem Strick ihn kurzzeitig daran hatte denken lassen, sich selbst einen solchen um den Hals zu legen, das eine Ende an die Brüstung der Neustädtischen Brücke zu binden und in den Festungsgraben zu springen. Doch wie durch Zauberhand hatte ihn die Nähe der Büchsenschäfterei auf den Gedanken gebracht, dort nachzufragen. Und wirklich hatte der alte Schiebkärrner Giebel, in dessen Haupt es von Flausen des unaustilgbaren Aberglaubens nur so wimmelte, den herabgefallenen und von den Umstehenden furchtsam gemiedenen Strick aufgelesen, da man einem solchen, wie allen beim Hochgericht verwendeten Gerätschaften, magische Wirkungen zutraute. Conrad wollte die Tatsache, dass Siedemann nicht erhängt worden war, dem zwielichtigen Giebel nicht auf die Nase binden. Er hatte sich nach dem Preis erkundigt, für den er ihm den Strick ablassen würde, fand ihn aber überzogen. Langustier tröstete ihn wegen dieses Misserfolgs.
»Es hängt nicht viel daran … Oder zumindest wissen wir ja, was daran hing. Was wir jetzt untersuchen wollen, ist ohnehin viel interessanter als der alte Strick. Sehen Sie diese Säcke hier?«
»Durchaus. Meine Augen haben – im Gegensatz zu mir – noch einen Funken Zuversicht behalten und klammern sich geradezu

an alles Sichtbare. Aber der Strick hatte etwas Auffälliges, das sich mir eingeprägt hat. Wenn Ihr mir verstattet, Euer kleines apartes Büchlein zu benutzen, will ich es Euch aufzeichnen, damit es nicht verloren geht.«

Siedemanns letzte Halsbinde war das Ende eines fremdländischen Taues gewesen. Langustier glaubte sich zu erinnern, derlei schon um die Kisten englischer Delikatessen geschlungen gesehen zu haben, wie sie ab und an in Sans Souci ankamen. Er klappte sein Buch zu und sagte, auf die Säcke im Fond des Wagens deutend:

»Wir werden sie in die Spree werfen und zusehen, was sich tut. Ich habe sie vom Gewicht her dem Akzisekontrolleur angeglichen und hoffe, sie werden auch in ähnlicher Weise abgetrieben. Doch zuerst gilt es festzustellen, wie weit die letzten Schritte den Herrn Siedemann wirklich trugen.«

Sie fuhren durch die Ober- und Niederwallstraße retour und kamen über den Spittelmarkt zum Anfang der Neu-Cöllner Hauptstraße. Am »Quappenkrug« stieg Langustier ab, ging vor dem langsam folgenden Fuhrwerk her und blickte dabei auf seine alte grüne Zwiebel, die mit der jüngst gesehenen Uhr des Baumeisters nur die rudimentäre Aufgabe des Zeitmessens gemein hatte.

Knappe zehn Minuten dauerte es, bis Langustier eine Stelle am Ufer des Friedrichsgrabens oder der Friedrichsgracht erreichte, die ihm verdächtig danach aussah, als ob sich dort vor knapp anderthalb Tagen ein bedauernswerter Ausrutscher ereignet haben konnte. Abgebrochene Äste im Gebüsch und eine deutliche Spur im sandigen Boden der unbefestigten Uferbrüstung machten die Vermutung mehr als wahrscheinlich. Langustier hieß den Wagen anhalten und warf mit Conrads Unterstützung sämtliche präparierten Behältnisse aus Grobleinen die Böschung hinunter ins fast unbewegt wirkende Wasser. Sie versanken nicht völlig, lagen aber sehr tief im Wasser. Langustier rieb sich die Hände. Es hätte nicht besser sein können. Er bückte sich, hob einen hübschen Hirschhornknopf vom Boden auf und gab ihn nach kurzem Betrachten an Conrad.

»Von wem er auch stammt – sicher nicht von Siedemann. Dessen Uniform hatte andere Knöpfe.«
Langustier legte einen der abgerissenen Äste gut sichtbar an den Straßenrand, um die Stelle für eventuelle spätere Nachforschungen der Polizei zu markieren. Er warf erneut einen Blick auf die Uhr, entließ und entlohnte den Kutscher – dann gingen sie das letzte Wegstück bis zur Siedemannschen Behausung nahe dem Schlachthaus an der Blocksbrücke.

Zwei vor der Tür wartende Polizeioffiziere deuteten an, dass Philippi bei der Arbeit war. Der Polizeidirektor begrüßte die königlichen Sonderemissäre und rapportierte:
»Wir haben alles umgedreht, aber nichts Ungewöhnliches gefunden. Es war ordentlich verschlossen. Siedemann lebte allein und hatte zu den anderen Bewohnern der Straße wenig Kontakt. Seine Position bei der Steuerbehörde machte ihn nicht gerade zum beliebten Nachbarn, auch wenn er ja einer der Guten war, wie sich alle bemühen zu beteuern.«
»Aber zwischen ihm und dem ›Zepter‹-Wirt Krebel soll es doch einmal weniger rosig zugegangen sein?«, forschte Langustier.
»Siedemann hat den Krebel wegen irgendwelcher Unregelmäßigkeiten angezeigt und der ist dafür abgestraft worden. Aber der Casus war nicht so erheblich, wie viele damals tönten, um böses Blut gegen die Steuereinnehmer und Packhofkontrolleure zu machen. Dem Siedemann war's eine Lehre, er hat sich gewandelt, ist menschlich geworden gegenüber denen, die er kontrolliert. Bei seinen Kollegen ist er nicht so beliebt gewesen. Ein gewisser Britzer nannte ihn bei unserem Nachfragen einen *alten Querulator*. Der Krebel hat sich später von Siedemann fern gehalten und gilt, seit wir die Regie haben, für einen der Günstlinge des Revisors.«
»Legrange?«, fragte Conrad, der sich über die Struktur dieser Steuerbehörde noch immer nicht ganz im Klaren war. Dieser Revisor wurde merkwürdig oft erwähnt, fand er, und hatte wohl über-

all in Berlin seine Nase in den Kellern und unter den Planen. Ein regelrechter Schnüffler, ein Stöberer!
Langustier informierte Philippi noch über seine Entdeckung am Kanalufer. Der Polizist versprach, sich die vermutliche Stelle des Siedemannschen Wassereintritts schnellstmöglich anzuschauen. Conrads Frage, ob Siedemanns Hut am Fundort der Leiche aufgetaucht sei, bejahte er: Man hatte ihn dem Hängenden aufgesetzt.
»Und der Schlüssel zu seiner Wohnung? Hatte er ihn bei sich?«
Philippi zuckte die Achseln.
»Gefunden haben wir ihn nicht. Er wird irgendwo im Wasser verloren gegangen sein. Wir mussten aufbrechen.«
Langustier und Conrad bedankten sich und schritten wieder retour in Richtung Inselbrücke.

Die versenkten Säcke hatten sich inzwischen klamm und heimlich auf ihren Unterwasserweg gemacht. Man durfte gespannt sein, wo sie auftauchen würden. Des Küchenmeisters Zwiebel zeigte etwa 40 vergangene Minuten seit Beginn ihres Strömungsexperiments. Conrad wurde an der Mühlendammbrücke zwischen Cölln und Berlin postiert, wohingegen sich Langustier gemütlich an der Schleusenbrücke zwischen Cölln und dem Friedrichswerder auf der Brüstung niederließ. Lustig rauschte das von Algen grünbraune Wasser aus zwei dafür vorgesehenen großen, runden Löchern der geschlossenen vorderen Flügel des Schleusentores, während das hintere Tor geöffnet war und auf einfahrende Boote wartete. Ein leicht modriger Geruch wie an allen Wehren hing in der Luft. Der Kanal maß hier 24 Fuß in der Breite und 252 Fuß in der Länge und war zu beiden Seiten mit Bohlen verschalt, mit Werkstücken eingefasst und mit einem eisernen Geländer umgeben. Nahe der Schleuse auf dem zu Cölln gehörenden Werder stand ein schönes Haus neben dem Schloss, in dem allerlei Goldmacher künstelten.
Ein Schwätzchen mit dem Schleusenmeister Köppen verkürzte dem Zweiten Hofküchenmeister die Zeit.

»Monsieur, ich habe gehört, dass bei den Alchemikern hier ein Weingrossist eingezogen ist.«
Langustier deutete zu dem reich verzierten Bürgerhaus hinter sich. »Was haltet Ihr von den Weinen des Herrn – ...«
»Sprengel heißt er. Ich kann den Gerüchten nichts abgewinnen. Es ist ein ehrlicher Mann, der mir schon mit so mancher unentgeltlichen Flasche den Dienst versüßt hat, denn er hat es dicke, trotz der Steuerlast. Versüßt nehmt bitte nicht wörtlich, denn der Wein, den ich bislang von ihm getrunken, war sicher nicht gepanscht oder über Gebühr geschönt. Es sind ausgezeichnete fremdländische Sorten, Franzosen und Sachsen vor allem, die er aber sehr wohlfeil ablässt: Lützkendorfer Schlangengraben, Naumburger Ketzer, Freyburger Meisterschuss. Auf keinen Fall findet Ihr bei ihm etwas, was unserem hiesigen Kreuzberger oder Rosenthaler an Säure und Bitternis gleichkäme. Ich kann dem Herrn Sprengel nur das Allerbeste nachrühmen. Er weiß sich wirklich Freunde zu schaffen! Sogar der Revisor Legrange, der ja doch wegen seiner Hausbesuche bei den Grossisten der gefürchtetste Mann in der Stadt ist momentan, kommt hier nie mit verbissenem Gesicht aus dem Kontor. Der Herr wird ihm schon was Tüchtiges vorsetzen! Das ist auch gut für's Geschäft, denke ich.«
Köppen lachte vieldeutig, während er mit einem langen Stabköcher schwimmenden Unrat, aber auch den einen oder anderen genießbaren Klarapfel aus der Schleuse fischte. Langustier bemerkte, dass er sich in diesem Fall die edlen Tropfen des Monsieur Sprengel auch einmal zu Gemüte führen werde. Er wies Köppen das Permissschreiben vor, das ihn als Sonderemissär des Königs in heiklen Kriminaldelikten auswies, und fragte:
»Ist Euch gestern früh Seltsames begegnet, als Ihr den Schleusbetrieb aufgenommen habt? War irgendetwas anders als gewöhnlich?«
Köppen überlegte angestrengt und wollte bereits verneinen, als er sich noch einmal besann und sagte:

»Jetzt, wo Ihr fragt, kommt es mir erst so recht merkwürdig vor – ja, es ist tatsächlich etwas anders gewesen. Dort vorne lag ein Stocherkahn, der dort noch nie gelegen hat.« Köppen deutete auf eine Stelle weiter stromaufwärts am Weg seitlich der Schleuse. »Und drinnen lag ein Hut.«
»Später habt Ihr erfahren, wem der Nachen gehörte?«
»Ja. Der Besitzer kam, weil er glaubte, sein Boot sei abgetrieben worden, und war sehr froh, es heil wiederzufinden.«
»Hat ihn der Hut erstaunt? War es sein eigener?«
»Ja, natürlich! Zumindest sagte er, er hätte ihn fast mehr vermisst als den Kahn, es hingen Erinnerungen dran. Es war aber ein ganz gewöhnlicher Dreispitz, ohne Federn oder anderen Besatz. Noch dazu schon reichlich abgeschabt. Für einen Moment dachte ich, es sei der Hut eines Beamten, weil eine rote Banderole darum lief, aber das ist kein eindeutiges Zeichen. Man bekommt sie auch ausgedient bei jedem Krämer.«
Langustier notierte sich alles pflichtschuldigst. Dann fragte er:
»Und der Bootseigner? Wer ist es?«
»Der Kahn gehörte dem Krebel vom ›Zepter‹. Er hält ihn bei der Inselbrücke verzurrt und gestern früh, als er damit zu seinem Brauhaus vis à vis vom Holzmarkt übersetzen wollte, war er verschwunden.«

Nach wenigen Schritten betrat Langustier den Sprengelschen Weinladen im Haus der Alchemisten.
Majestätisch ruhten riesige Fässer – Viertel- und Halbstücke, auch Halbfuder – entlang der Wände, die beim Betrachter augenblicklich sonnendurchflutete Rebhänge, fröhliche und braun gebrannte Winzer mit Kiepen voller reifer Trauben auf dem Rücken wachriefen. Ein gefüllter Weinkrug stand auf einem rohen Holztisch, davor ruhten einige umgedrehte Gläser auf einem Geschirrtuch.
Langustier prüfte mit Wonne die »Nase« des Tropfens. Ein Tokay d'Alsace, von Schlumperker oder Schöffit, ganz wie er ihn früher –

vor Urzeiten, schien ihm – in seinem Straßburger Gasthof, dem »Rabenhof« am Quai des Bateliers, ausgeschenkt hatte! Das war ein Anhauch von Heimat, der seinen kritischen Geist sofort auf eine unstatthafte Weise einzulullen drohte.

Diese Verzückung hatte aber auch ihr Gutes, denn so wirkte Langustier auf den nun aus den Tiefen seines Comptoirs heraneilenden Grossisten nicht im Entferntesten wie ein königlicher Kriminalkommissär. Seine Jacke war aus gelbem Moiré, seine himbeerfarbene Weste aus glatter Seide und die grauen Beinkleider aus Baumwolle. Seidene weiße Strümpfe reichten von den blauen Schuhen bis unter die Kniebünde der Hose, die mit zwei roten Bändern verschnürt waren. Er sah aus wie ein reicher, genusssüchtiger und geschmacksverwöhnter Höfling, der sich für seinen privaten Keller etwas Gutes anschaffen wollte.

Langustier seinerseits taxierte Sprengel im Näherkommen: Er hatte diesen schmalen, sehnigen Herrn, der eine schlichte grüne Weste unter einem einfachen taubenblauen Militärrock trug, dazu abgetragene Militärstiefel und braune Hosen, mit Sicherheit noch nie gesehen und war sich gewiss, dass dies auf Gegenseitigkeit beruhte. Martin Textors Anspielung auf den Schlangenblick war zu verstehen, denn Sprengel fixierte seinen vermeintlichen Kunden nicht anders als die tritonische Medusa.

»Monsieur, darf ich Euch einen Schluck zur Probe kredenzen? Es ist ein schöner Tokay-Pinot-Gris von einem gewissen Herrn Kreydewyss, der die bankerotte Fondation Schlumperker übernommen hat.«

Langustier dachte einen Augenblick an die Beeinträchtigungen seiner Aufmerksamkeit. Doch die Vorsicht wurde sofort von einer Woge der Begierde und des aufrichtigen Durstes nach den elsässischen Reben hinfortgeschwemmt.

»Aber mit dem allergrößten Vergnügen – ich hörte Eure Handlung in den allerhöchsten Tönen rühmen, Monsieur …«

(er zog behände sein schwarzes Büchlein aus der Innentasche sei-

nes Rockes, ließ es an der mit einem Faden markierten Stelle aufklappen und ergänzte betont deutsch-französisch, um den Händler in dem Glauben zu bestärken, es mit einem harmlosen Neu-Berliner zu tun zu haben:)
»… Sprän-gel! Ein Landsmann namens Legrange, der mir am Packhofe huldreich behilflich war, als ich gestern hier anlandete, hat mich an Sie verwiesen. Er sagte, dass Sie mir als einem alten Elsässer, der weit in der Welt herumgekommen ist, aber keine große Hoffnung mehr hegt, wieder den Wein der Heimat zu trinken, eventuell helfen könnten. Und siehe da: Wie wahr!«
Heinrich Sprengel witterte leichte Beute und goss tüchtig ein, wobei ein paar grobe Mineralkörner aus seinem Ärmel rieselten. Offenbar, mutmaßte Langustier, kam er gerade vom Auffüllen seines häuslichen Salzvorrates. Zum Glück ging der Segen neben das Glas und verdarb also nichts. Sprengel hatte nichts bemerkt oder wollte nichts bemerkt haben. Sollte er doch auch ein bisschen ein Alchemiste sein? Das wäre nicht weiter verwunderlich – selbst der gute Kammerdiener Fredersdorf hatte vor Jahren der Lust an den Pülverchen, Lösungen und Abkochungen gefrönt. Hauptsache, er bliebe mit undefinierbaren Pulvern und rührigen Fingern den eigenen Weinfässern fern.
Bernsteinfarben stand der sehr würzig duftende Wein in Langustiers Glas und hinterließ am Gaumen eine verschwenderische Süße, so als hätte er einen Honiglöffel abgeschleckt. Ein Wein für Bären, sinnierte der Genießer und bat um einen zweiten Schluck, der ihm nicht verwehrt wurde. Sprengel glaubte ihn sicher an der Angel oder gar schon im Netz. Würden es ein, zwei oder drei Fässer werden? Ein kleiner Rabatt für den Bekannten des Revisors wäre nicht ausgeschlossen. Wie nebenbei fragte der Prüfende, indem er die Kostprobe heftig herumwirbelte, um gleich seine Nase ins Glas zu stecken:
»Schrecklich, das mit dem Inspektor vom Packhof, nicht wahr? Das versalzt dem König seine Freude an der neuen Regie!«

Langustier vermeinte wahrzunehmen, wie Sprengels Gesichtsfarbe um einige Grade in Richtung auf das reine Salzweiß tendierte. Doch dies währte nur Bruchteile einer Sekunde.
»Nun, ich denke, es hat dies weniger mit der Steuerregie zu tun als vielmehr mit der Gegend, in der dieser Siedemann wohnte. Neu-Cölln ist ein rechtes Schlangen- und Rattennest, ein Gewusel aus kleinen und schäbigen Häusern und schlecht frequentiert von den Nachtwachen. Da kann schon so einiges Gesindel in der Nacht sein Unwesen treiben und arglose Bürger berauben. Sie werden nicht viel bei ihm gefunden und ihn aus Groll abserviert haben. Dann hingen sie ihn ans Regiegebäude.«
»Aufwändiges Späßchen!«, sagte Langustier, doch Sprengel ging nicht weiter auf das Thema ein.
»Ich hoffe nicht etwa, dass Ihr Euch in Neu-Cölln niederlassen wollt? Davon rate ich Ihnen sehr ab, Monsieur ... Monsieur ...?«
»Parmentier. O nein, ich gedenke gar nicht lange in Berlin zu bleiben. Meine Pläne richten sich eher auf Potsdam, wo ich ein schönes Haus schon anvisiert habe.«
Sprengels Hoffnungen auf einen dauerhaften Kunden stürzten in sich zusammen. Doch er ließ sich seine Enttäuschung nicht anmerken. Schließlich könnte er auch nach Potsdam liefern. Scheinbar unbeteiligt fragte er:
»Schmeckt er Euch, Monsieur Parmentier?«
Langustier schnalzte mit der Zunge und stellte den Kauf eines größeren Quantums in Aussicht. Er werde sich erst einmal erkundigen, wie es in seinem neuen zwischenzeitlichen Logis in der Roßstraße um den Weinkeller bestellt sei. Er müsse die Größe des Fasses den dortigen Gegebenheiten anpassen. Ehe Sprengel sich's versah, war ihm der seltsame Kunde wieder aus der Reuse des Verkaufsraums hinausgeschlüpft, doch statt dem Ausgang zuzustreben, verirrte er sich in den Hinterräumen der Handlung. Sprengel setzte sofort hinterher, doch Langustier reichte die Zeit immerhin für einen rundumschweifenden Blick in die Tiefen von Kontor und

Lager. Große, seltsame Fässer mit dem Wappen der Königlichen Salzfaktorei hatten sich in seinen Blick gestohlen.
»Ich glaube, ich habe mich verlaufen!«, konnte Langustier noch geistesgegenwärtig bemerken, als Sprengel aufgeregt hinter ihm auftauchte. Das Gesicht, das er dazu machte, ließ Sprengels Argwohn auf der Stelle wieder ersterben.
»Es ist verwinkelt, ich gebe es zu! Kommt nur, ich helfe Euch hinaus.«
Langustier stolzierte brav und um interessante Eindrücke reicher von dannen.

Vor der Schleuse ließ sich weder ein Boot blicken noch ein anderer schwimmender Körper, wie der königliche Sonderermittler missmutig registrierte. In bangem Fortschreiten Richtung Friedrichsgracht stieg sein Grimm über das offensichtlich ganz anders verlaufende Experiment mit den Leichenattrappen. Er zählte die Sekunden, die ein Holzspan auf dem Wasser für einen Lachter Wegs benötigte, und kam auf etwa zwei. 550 geschätzte Lachter von der Inselbrücke bis hierher ergaben knapp 18 Minuten. Stellte man in Rechnung, dass die Säcke der Strömung bedeutend mehr Widerstand entgegensetzten und tief im Wasser lagen, so sollten die gemessenen zweieinhalb Stunden hinreichen, um sie bis zur Schleuse gelangen zu lassen. Doch es waren sehr viele Unwägbarkeiten mit im Spiel gewesen, die er nicht bedacht hatte. Die Unterströmungen zogen die Säcke vom Hauptstrom weg und ließen sie an den Pfeilern der zahlreichen Brücken straucheln. Einem toten Menschen würde es nicht viel anders gehen. Im Gegenteil würden die sperrig abstehenden Arme und Beine die Passage an den Brückenpfeilern, ufernahen Büschen, Holzstegen und vertäuten Booten noch erschweren.
Drei der Attrappen fand Langustier schließlich hinter der Jungfernbrücke, zwei hatten sich an den Pfeilern der Gertraudenbrücke verkeilt, für einen war eine Fischreuse an der Grünstraßenbrücke

unüberwindliches Hindernis gewesen, vier dümpelten unentschlossen zwischen Neue Roßstraßen- und Inselbrücke. Langustier unterschied sie mit Mühe vom Ufer aus, denn sie berührten mit den Rücken nur knapp den Wasserspiegel. Einer der Säcke blieb ganz verschwunden.

Dieses uneinheitliche Bild ließ den Abtransport des toten Siedemann über den Wasserweg zu einer unergiebigen Vermutung werden. Nichts deutete darauf hin, dass er überhaupt abgetrieben worden war. Wohin er sich davongemacht und wo er an Land gezogen worden sein könnte, blieb ein Rätsel. Vielleicht hatte man ihn ganz einfach an Ort und Stelle wieder aus dem Wasser geholt.

Langustier überquerte die Insel Cölln, indem er in die Scharrenstraße einbog und zum Mühlendamm schritt, um Conrad abzuholen. Freudig zeigte ihm dieser den letzten fehlenden Sack, der dort angeschwemmt war, doch Langustier winkte ab.

»Die Probe ist schief gelaufen. Nach drei Stunden haben sie sich überall und nirgends herumgetrieben, und mit einem Zwölftel an Wahrscheinlichkeit für das Anlanden Siedemanns an dieser Mühle hier ist so gut wie nichts gewonnen.«

Sie gingen die Fischerbrücke spreeaufwärts am gewaltigen Klotz des Inselgebäudes vorbei und bogen wieder in die Friedrichsgracht ein. Einige Halbwüchsige hatten seltsame Säcke aus dem Wasser gezogen und aufgebunden. Selten schauten Gesichter wohl dümmer aus der Wäsche: Stroh, Steine und Sand!

XII

Die Wirtin vom »Quappenkrug«, der früher eine Herberge für die Angehörigen der Fischergilde gewesen war, konnte sich kaum beruhigen über den Glanz in ihrer Hütte. So war es also doch nicht gelogen, was sie über den Verbleib des Herrn Conrad gehört: Er hatte es also tatsächlich dahin gebracht, den Königs zu bekochen! Den Herrn, der ihn begleitete, kannte sie nicht und staunte über die schönen Kleider, die er trug. Einer wie der kam selten zu ihr. Selbst die Brauer, die ja doch einen gewissen Wohlstand verkörperten, wirkten dagegen schäbig.

Langustier erkundigte sich nach ihrem Stammgast, dem Siedemann, und seinen Gewohnheiten und Lebensumständen. Er brauchte ihr nicht erst sein Permissschreiben unter die Nase zu reiben oder auf seine Bekanntschaft mit dem Herrn Polizeidirektor zu verweisen, denn sie erwies sich auch ohne dies als gesprächig.

»Ooch, det war een Lieber! Der konnte keener Flieje wat zu Leide tun. Zumindest nach die Jeschichte mit den Krebel nich mehr. Det hat ihn damals für de Menschheit jerettet.«

»Was für eine Geschichte?«

»Na ja, früher war der Siedemann jenau wie alle anderen ooch: 'n scharfer Hund auf dem Packhof. Doch dann hat er einmal, direkt nach dem Kriech, vor drei Jahren, seinen besten Freund, den Krebel, der heute der Wirt vom ›Zepter‹ im Cöllnischen Wursthof drüben ist, an den Pranger jebracht. Siedemann hat seine Bestimmungen zu korrekte ausjelegt. Da war er noch sehr jung und unerfahrn. Der Krebel musste wejen versuchter Beamtenbestechung am Schandbalken aufm Hochjericht stehen und sich fünfzig Stockhiebe verabreichen lassen, wat ihn beinahe zum Krüppel jemacht hätte. Daraufhin war's mit ihrer Freundschaft vorbei, wie Sie Ihnen denken können. Aber mit Siedemanns Schärfe ooch.«

Conrad fragte:

»Kannte er denn nicht die Strafen, die auf jenes Verbrechen standen, als er seinen Freund verriet?«

»Fragt mir nicht, was in seinem jungen, dummen Koppe vorging! De Prinzipjen haben sich ihm jedenfalls nachher reichlich gelockert, als er jemerkt, dass er den Krebel nich länger zum Freund hatte.«

»Ist der Krebel vorgestern auch hier gewesen?«

»Nee – der jeht hier nich rinn! Wenijer wejen mir nich, sondern wejen dem Siedemann nich! Er könnt' ihm ja hier bejechnen, wat ihm jar nischt behajen würde.«

»Behajen?«, fragte Langustier halblaut Conrad, der übersetzte:

»Gefallen, passen, zu Pass kommen, schmecken, zusagen, angenehm sein, gelegen kommen.«

»Is det eener von die Reschissöre?«, wollte nun die Wirtin von Conrad wissen.

»Keine Bange, nein. Monsieur Langustier ist der Sonderkommissär des Königs in Mordfragen!«

Die Dame knickte förmlich ein vor Ehrfurcht. Dabei entfuhr es ihr:

»Mord? Is det schon jewiss? Der arme Mensch! Meuchlings inne Spree hinjemördert?«

Langustier setzte nach:

»In die Spree? Wie das? Haben Sie ihn hineinfallen hören, Madame?«

»Jott bewahre! Aber der Sprengel, der kurz nach dem Siedemann raus ist, kam wieder rinn und hat jesacht, der Krebel und der Siedemann lägen sich am Kanal in die Haare. Dann sind ein paar von den Brauers ooch raus. Aber da keener von denen wieder rinjekommen is und ick nischt mehr von jehört hab, war dit für mich schlichte jejessen.«

»Haben Sie das dem Polizeidirektor Philippi erzählt?«
»Ach Jott – woher denn? Der hat ja doch jarnischt nach jefracht! Der wollt' ja bloß wissen, mit wem der Siedemann jeredet hat und wann er jejangen is!«
Langustier fragte noch nach dem jungen Textor und seiner Corona, ließ sich – ohne hiermit neue Erkenntnisse zu gewinnen – berichten, was die Wirtin vom Inhalt des Gesprächs zwischen Siedemann und der Clique des Bäckersohnes aufgeschnappt hatte, und vermerkte sich die immerhin zufrieden stellende Auskunft, dass die jungen Herren nach dem Abgang der Brauer noch eine ganze Weile im »Quappenkrug« verblieben seien.
Langustier und Conrad verabschiedeten sich in der Hoffnung, die Sudelwirtschaft nie mehr betreten zu müssen. Aus der Küche strömte ein süßlicher Geruch von Fisch, der in Gärung überging. Horden von Fliegen saßen auf dem Schanktisch und wirkten, als sie sich erhoben, wie ein fliegender Teppich, der sich in die Lüfte aufmachte.
Sie überquerten die Brücke und standen vor dem gewaltigen Manufakturhaus der Insel. Die Insel war noch in der Mitte des siebzehnten Jahrhunderts ein wirklicher Werder in der Spree gewesen, auf dem sich eine Bleiche befunden hatte. Mit Errichtung des Manufakturspinnhauses wurde sie zu einem Teil des Festlandes gemacht, indem man den trennenden Wasserarm zuschüttete. Der Name Insel jedoch blieb erhalten. Ihr gegenüber führte von der Kaye rechts der Cöllnische Wursthof bis in die Fischergasse.
In der Mitte dieses Sträßchens lag die Schankwirtschaft des Brauers Krebel. Von außen machte das »Zepter« einen erheblich besseren, Vertrauen erweckenderen Eindruck als der »Quappenkrug«. Im Inneren erwies sich diese Einschätzung als durchaus gerechtfertigt: sauber die Tische, der Boden gefegt, der Schanktisch glänzte feucht und reinlich abgewischt. Aller Tabaksqualm hatte sich durch geöffnete Oberlichter über den grün verglasten Fenstern weitestgehend verzogen.

Der Wirt war ein großer, breitschultriger Mann, der selbst eine Figur wie den Siedemann wohl locker zu stemmen vermocht hätte, sinnierte Langustier. Er war offensichtlich erkältet, denn er schnaufte, schnaubte und schniefte bedenklich.
»Sind Sie nicht wohl, mein Herr?«, fragte Langustier.
»Nur eine kleine Indisposition, Messieurs. Nicht weiter tragisch.«
»Darf man fragen, wie Sie sich derlei mitten im Sommer zugezogen haben?«
»Nun, es war ja recht warm die letzten Tage. Und als ich vorgestern eine Bierladung zum Salzhof gefahren hatte und in meinen Gärkeller zurückgekommen bin, war ich offenbar so erhitzt und nassgeschwitzt vom Auf- und Abladen, dass sich die Kühle mit äußerst unguter Wirkung bemerkbar gemacht hat.«
Krebel setzte ihnen zwei Krüge frisches, helles und klares Bier aus eigener Produktion vor, ohne erst lange zu fragen, ob sie dies wünschten oder nicht. Weiß wie Pulverschnee stand der Schaum über dem goldenen, kellerkühlen Gebräu.
»Gelüstet es die Herren nach einer Stärkung? Ich könnte Ihnen ein ganz vorzügliches Schweinedickbein mit Erbspüree anbieten, Sülzfleisch mit Petersilienrahm und gebratenen Tartuffeln oder eine Cöllnische Schlachteplatte mit Sauerkohl!«
Langustier bildete sich allein bei der Vorstellung eine Pfütze im Mund.
»Ein exzellenter Gedanke!«
Er entschied sich für die Schlachteplatte, während Conrad der Sinn eher nach Sülze stand.
Wie zur Bekräftigung leerten sie ihre Humpen und bekamen anstandslos ein jeder die nächste »Molle« vorgesetzt. Aus der Küche hörten sie anheimelnde Geräusche. Langustier verschwand kurz Richtung Abtritt, was ihm Gelegenheit gab, eine Reihe von Hüten zu untersuchen, die an einigen Garderobenhaken hingen. Auf einen davon passte die Beschreibung des Schleusenmeisters. Ein »B« war in der Innenseite eingestickt. Als Langustier in die Schankstube

zurückkehrte, betrat durch die Eingangstür eine uniformierte Gestalt den Gastraum.
Conrad hatte zwar nur mit der Wimper gezuckt, doch Langustier war das Erstaunen seines Gehilfen nicht entgangen. Der Uniformierte war kein anderer als der Revisor Legrange. Er ließ sich an einem Tisch am anderen Ende des Raumes nieder und wurde von Krebel sofort bedient. Er trank bald sein Bier und schien von nichts und niemandem Notiz zu nehmen. Einige Wachleute hatten offenbar bereits Dienstschluss und füllten die Wirtsstube mit Lärmen und würzigem Tabaksqualm.
Langustier verdrückte zum dritten Krug Bier den Sauerkohl, die Blut- und Leberwurst, das Wellfleisch und die Schweineniere mit größtem Behagen.
»Exquisit, Monsieur Krebel!«, lobte er ehrlich beglückt, als Krebel ihm noch einen Krug vom feinen Bier brachte. Er fühlte sich aufs Allerwohligste gesättigt, und ein Blick auf Conrad zeigte, dass es diesem nicht anders ging.
»Verzeiht mir, aber ich muss Euch etwas fragen.«
Der Wirt kam heran und beugte sich über den Tisch.
»Ist der Steuerrevisor Legrange eigentlich ein Stammgast von Euch?«
Krebel nickte vorsichtig.
»War er auch vorgestern Abend hier?«
»Soweit ich mich entsinne, ja. Aber weshalb fragt Ihr ihn nicht selbst? Dort sitzt er ja.«
»Danke, ich werde es noch machen. Doch zuvor bitte ich Euch, mir noch etwas über Euer Verhältnis zu dem toten Siedemann zu erzählen.«
»Wie käme ich dazu? Das geht Sie nichts an, mein Herr!«
Langustier brachte seinen Erlaubnisschein zum Einsatz und konnte zusehen, wie der sich heftig regende Widerstand des Wirts wieder zusammenschnurrte. Langustier insistierte auf seiner Frage.
»Wie standet Ihr zuletzt zu Siedemann? Habt Ihr ihn vorgestern Abend gesehen? War er gar hier?«

Krebel antwortete rasch und glatt:
»Nein. Er war nie mehr hier und vorgestern schon einmal gar nicht. Ich habe seit damals kein einziges Wort mit ihm gewechselt. Aber ich stand mit ihm nicht auf Kriegsfuß, wenn Sie das meinen, Monsieur. Ich habe ihm nicht vergeben und nichts vergessen, aber ich habe nie meine Hand gegen ihn erhoben. Ihn gesehen, vorgestern? Nein, so wahr ich hier stehe!«
»Auch nicht zugesehen, wie er ins Wasser fiel, ohne ihm zu helfen? Haben Sie nicht seinen Hut auf dem Wasser schwimmend aufgelesen?«
»Pfui, wie können Sie das annehmen!«
Krebel schrie es heraus und einige der Wachen erhoben sich und machten Miene, Langustier festzunehmen. Auch der Revisor Legrange stand hinter Krebel und erkundigte sich besorgt:
»Ist sich was vorgefallen?«
Krebel beschwichtigte ihn und die Wachen. Langustier und Conrad beglichen eilig ihre Zeche, verließen die Gaststube und machten sich auf den Weg in Richtung Schlossplatz.
Mit reichlich Glück – beinahe dem einzigen, das sie an diesem Tage gehabt zu haben vermeinten – gelang es ihnen, einen Mietkutscher zur Fahrt nach Potsdam zu überreden. Als die Schlagbäume am Potsdamer Tor hinter ihnen hinuntergingen, atmeten sie beide beruhigt auf.
Das Bier hatte sie reichlich betäubt und nur mit Mühe vermochten sie sich zu sammeln. Conrad kämpfte bis Zehlendorf mit heftiger Übelkeit, doch Langustier entsann sich noch rechtzeitig des Magenbitters, den ihm der Bäcker zugesteckt hatte. Nach dem Pferdewechsel ging es dem Gehilfen wieder besser und sie konnten die Ergebnisse ihres Berliner Tages Revue passieren lassen, während sich langsam die Dämmerung herabsenkte und die letzten Vogelrufe durch die laue Abendluft tönten. Die Staffette überholte sie, mit der die Listen der Berliner Zu- und Abgänge – also auch der ihre – dem König nach Potsdam gemeldet wurden.

»Was haltet Ihr von dem aufbrausenden Herrn Krebel?«, fragte Conrad.
»Ich denke, er war reichlich in Sorge um seine Haut. Sonst wäre er nicht so aufgesprudelt wie Marmor, auf den man Essig gießt. Aber wer so gut kocht, mein Lieber, der macht beim Morden keine derart lachhaften Fehler. Wieso sollte er sein eigenes Boot, mit dem er einen Toten transportiert hat, an einer verdächtigen Stelle zurücklassen? Wieso sollte er den Toten mit demselben englischen Strick an sein Boot binden und am Donnerschen Haus aufknüpfen, mit dem die Kisten Braunbier verknotet waren, die in dem Durchgang neben dem Tresen standen?«
Conrad staunte.
»Wie ist Euch derlei aufgefallen?«
»Das Essen beflügelt Geist und Sinne. Die Schweinswurst macht die Wahrnehmung klarer, das Bratöl schmiert die Pupillen. Oder nennt es einfach einen glücklichen Umstand, dass ich den Strick gesehen und ihn im Geiste mit Eurer Zeichnung verglichen habe. Jedenfalls bin ich sicher, dass Krebel Kahn und Hut beseitigt hat, weil er sich nicht in etwas hineinziehen lassen wollte, das ihn den Kopf kosten kann. Jeder muss ihn ja als Hauptverdächtigen im Blick haben nach seiner einstigen Fehde mit Siedemann.«
Conrad klaubte unbeirrt Weiteres gegen Krebel zusammen:
»Der Siedemann fällt ins Wasser, ob mit, ob ohne Gewalt. Er ertrinkt und wird abgetrieben. Er verheddert sich an der Inselbrücke, wo ihn Krebel findet. Weiß der Himmel, warum er nachts dort unterwegs war. Er sieht sofort, was für eine Gefahr der tote Siedemann für ihn darstellt. Jeder wird zuerst ihn für den Mörder halten. Also tritt er die Flucht nach vorne an. Er bindet Siedemann an sein Boot. Er fürchtet, jemand könnte die Fracht auf der Fahrt bis zur Schleuse bemerken, und zieht den Toten hinter sich her. An der Schleuse muss er ihn dann doch herausheben. Dabei verliert er seinen Hut und vergisst ihn. Pardon, aber selbst Euch kann es einmal unterlaufen, ein Gewürz zu vergessen.«

Widerstrebend musste der Zweite Hofküchenmeister dieses bedauerliche Faktum der menschlichen Fehlbarkeit eingestehen.
Conrad fuhr fort:
»Krebels Kleidung durchweicht beim Tragen des nassen Leichnams. Das Wasser und die schweißtreibende Arbeit greifen seine Lunge an, wovon wir uns vorhin überzeugen konnten. Er knüpft Siedemann auf, weil er den Verdacht von sich fort ins Allgemeine lenken will. Jeder hasst die Regie, jeder könnte den Inspektor an das Donnersche Haus gehängt haben.«
Conrad war von seiner eigenen Kombinationsgabe fasziniert. Doch Langustier wandte ein:
»Ihr seid weit gekommen mit dem nassen Bündel. Doch Ihr vergesst entscheidende Aspekte: Die Wache an der Neustädtischen Brücke! Wie ist er da wohl unbemerkt mit seinem toten Begleiter vorbeigekommen? Der Hirschhornknopf! Auch ohne Krebels Jacken zu untersuchen, war klar: Wenn es jemanden gab, der Siedemann ins Wasser gestoßen hatte und Krebel derselbe gewesen sein sollte, dann hätte er zuvor wissen müssen, dass Siedemann im »Quappenkrug« war, um ihm rechtzeitig an dieser Stelle am Graben auflauern zu können. Krebel war aber zu der Zeit, zwei Stunden vor der Sperrstunde, noch wie ein braver Wirt beim Zapfen gewesen.«
Conrads Theorie fiel in sich zusammen.
Sterne funkelten und Grillen zirpten allüberall, als sie in der Breiten Straße in Potsdam anlangten. Conrad nahm Langustiers Angebot, bei ihm im Hause zu übernachten, dankbar an, denn gegenüber den Bedientenkammern von Sans Souci war das Gästezimmer in Langustiers Bleibe ein Palast. Beide Ermittler fielen nach den körperlichen und geistigen Strapazen des Tages in einen unruhigen Schlaf, der vom unermüdlichen Liebesgejaule etlicher räudiger Katzen nicht eben begünstigt wurde.

XIII

Der König, fand Langustier, hatte an seinen Kriegsveteranen einen rechten Narren gefressen! Nicht genug, dass in Berlin ein fast tausend Mann starkes Invalidenregiment in Garnison lag, dessen Angehörige sich vorzeiten nur mit dem Abtragen einer Sandschelle hatten beschäftigen müssen, die es möglich machte, die Zollmauer zu überreiten – nun hatte er sie auch auf der Baustelle des Neuen Palais in Potsdam Kosten senkend eingesetzt. Wenn man sich allerdings etwas genauer betrachtete, wie diese bedauernswerten Einarmigen oder Einbeinigen zu Werke gingen, konnte einem angst und bange werden. Anton Grieser, der vor Hohenfriedberg zwei Beine und sein Augenlicht verloren, rollte mit seinem hölzernen Untersatz auf einem kleinen Gerüst hin und her und rührte den Mörtel für die letzten Quadratmeter Putzfläche im Marmorsaal an. Grobe Kalkknollen und Blasen voller unaufgelösten Zements waren in den Holzeimern noch zu erkennen, mit denen einige Humpelnde zu den halbseitig Gelähmten auf die wackeligen Gerüste stiegen.

Ob die verzierten Wände und der Deckenputz des Grottensaales lange der statischen Belastung standhalten würden? Man könnte Wetten abschließen, wann die Platten an den Wänden des Marmorsaales den Halt verlieren würden. Aber auch sonst wurde gepfuscht ohne Ende. Die Bretter der Wandverschalung waren so krumm und schief aneinandergefügt, dass man Augenschmerzen bekam. An manchen Stellen der Wände zeigten sich tiefe Schrumpfrisse durch unrechte Mörtelmischung und zu rasche Trocknung. Hieß das nicht am falschen Ort gespart, hier Männer arbeiten zu lassen, die von Tuten und Blasen keine Ahnung hatten? Aber es war dem König offensichtlich ganz einerlei, wie das Ergebnis aussah, wenn der Bau nur schnellstmöglich fertig würde.

Gemeinsam mit dem Major von Rahn besichtigte der Zweite Hofküchenmeister am Donnerstag, dem 10. Juli 1766 die neuesten »gottlos infam impertinenten Saboteurs-Unterschleife« am Bau, wie der König die anhaltenden kleinen Sabotageakte mittlerweile nannte. Langustier ließ sich von Wilhelm Meister berichten. Ein kleinkindgroßer Gipsputto des Deckenstucks war zu Boden gestürzt und hatte ein Windspiel des Königs erschlagen.

»Die Hunde sollten hier nicht auch noch herumtoben«, klagte der Polier. »Es ist schon turbulent genug. Se. Königliche Majestät ist der Ansicht, es sei mit Vorsatz geschehen.«

»Habt Ihr es denn absichtlich getan?«

»Um Himmels willen, nein! Keiner von uns hat die fette Riesenkröte auch nur angerührt. Sie löste sich urplötzlich und donnerte auf die jaulende Töle herab.«

»Eine gefallene Putte auf einem weichen Windspiel – mal was anderes als immer nur gefallene Engel auf dem harten Boden!«

Langustier kamen düstere Gedanken, als er die im Raume krauchenden Gestalten betrachtete. Diese Kriegsgenossen des Königs waren nicht vom Himmel gefallen, sondern aus dem Glück der Gesundheit ins Elend des fortwährenden Siechtums gestoßen worden! Es waren die Männer, die ihre Unversehrtheit der Staatsidee des kleinen blauen Königs geopfert hatten. Und nun mussten sie auch noch diesen widerlichen Palast in Windeseile zusammenschustern – als wollte ihr König sie auspressen bis zuletzt, wo sie schon einmal angeknackst waren.

Ein paar der Invaliden kannte Langustier und wusste um ihre Schicksalsschläge. Der Lieutenant von Trotha war vor Groß-Jägersdorf in einen feindlichen Hinterhalt geraten und seither taub: Ein gegnerischer Tambour hatte ihm das Gehör mit zwei Trommelschlegeln ruiniert. Der Major von Manteuffel hatte hingegen den linken Arm im Gefecht bei Domstadtl eingebüßt. Der Griff in eine

losgehende Kanone war seine letzte Bewegung mit diesem Körperteil gewesen. Nichtsdestotrotz hatte er, wie auf der Baustelle oft erlebt, nach wie vor volles Gefühl in seiner Linken, wunderte sich nur, wenn die Bohlen, die er aufheben, oder die Karren, die er zu schieben gedachte, anders über seine körperlichen Fähigkeiten dachten.
Den Oberfeld-Webel Bährends irritierte der Umstand, ohne Unterleib auf einem befilzten Holzquadrat herumfahren und dabei, mit verschiedenen Schleifpulvern und einem Wasserkännchen ausgestattet, die Marmorböden schleifen und polieren zu müssen.
Den gelenkigen und kräftigen Lieutenant der Kavallerie von Strousberg, der gerade eine Ladung Rosso Coralino für eine nachzubessernde Stelle in der Marmorgalerie herankarrte, hatte es besonders tragisch erwischt. Man munkelte dies und das, und keiner wollte ihm recht nahe treten. Doch man vermutete, dass er am gleichen Übel wie der König litt, wenn auch aus anderer Ursache: Ein Granatensplitter hatte ihm das Vermögen geraubt, seine bildschöne, ihm bereits Angetraute fürderhin zu beglücken, was ihre Verbindung jäh beendet und den Mann in Trübsinn und unheilbaren Weltschmerz gestürzt hatte. Strousberg war neuerdings ein Protegé des Herrn de Chambois, der sich mit dem Gedanken trug, ihn als seinen Diener zu engagieren, um ihn diesem tristen Dienst zu entreißen. Da jedoch der König derlei Ansinnen, ihm einen leidlichen und billigen Arbeiter so mir nichts dir nichts zu entführen, momentan keineswegs gutheißen wollte, so behielt er sich die Wohltat noch etwas vor, bis er selbst fester in seinem Berliner Sattel säße, und unterstützte den Unglücklichen derweil mit regelmäßigen Geldzahlungen. Meister machte hierzu eine etwas ungehaltene Anmerkung, denn er verlor ungerne einen Mann, der noch hören und sprechen, laufen und mit beiden Händen zupacken konnte.
Langustier riss sich mit Gewalt aus den Fluten des Mitgefühls. Wo indes mochten sich zwei so ungleiche Personen wie der Steuerregisseur und der Invalide kennen gelernt und voneinander Notiz

genommen haben? Er entsann sich jedoch, selbst de Chambois und Strousberg auf dieser Baustelle beisammen gesehen zu haben. Was er damals argwöhnisch registriert, erschien nun wieder in einem veränderten Licht. Wahrscheinlich hatte Strousberg die Gelegenheit genutzt und den einflussreichen Mann im Vorbeigehen nach einem Posten gefragt.

»Wieso streunen die Kron-Hunde hier überhaupt herum?«, erkundigte er sich bei Meister.

»Ganz einfach: Drunten an der Königswohnung ist eine kleine Türe mit Rollgitter, durch das sie ein- und ausgehen können, wie es ihnen beliebt. Und sie haben drinnen ein kleines Wohnzimmer und darin steht …«, er senkte die Stimme, »… ein winzig kleiner Kamin, der beheizt wird für die Hunde, sobald es kalt wird im September.«

Der Major lachte lauthals, Langustier aber war befremdet. Die Männer, die hier arbeiteten, waren Kettensklaven verglichen mit diesen verzogenen Tieren, denen jeder Wunsch erfüllt, jede Unart erlaubt war. Sie zerrissen mit ihren Klauen die Polster, verschmutzten sie obendrein mit ihren Exkrementen und hatten trotzdem stets eine warme Stube! Mancher von den Kriegsversehrten litt im Winter an Frostbeulen, weil es ihm an Feuerholz mangelte. Selbst die Hunde des Königs hatten es besser als seine verdienten Veteranen!

»Wer war zuletzt auf dem Gerüst für den Stuck?«

»Du meine Güte, was weiß ich? Es ist schon vor bald zehn Tagen abgebaut worden. Wir sollten froh sein, dass es keinen Menschen getroffen hat. Es hängen noch so viele schwere Stuckelemente da oben. Im Grunde könnte der ganze Kleister noch runterkommen!«

»Dann würde ich Ihnen empfehlen, Monsieur Meister«, meinte Langustier, »dafür Sorge zu tragen, dass dies nicht geschieht.«

Er trat in den Schutz des Türrahmens.

»Und vielleicht sollten Sie auch die Marmorgalerie einmal gründlich auf lose Deckenrosen untersuchen. Da dort wohl künftig öfters gespeist wird und ich stundenlang allen Gipsmeteoren schutzlos ausgeliefert dort werde stehen müssen … Auch wenn ich nicht fürchte, erschlagen zu werden; eine Kopfnuss wäre mir gleichfalls nicht eben erwünscht.«

Langustier besah sich die kleine ramponierte Amorette aus Gips, die als Gefallene inmitten des geschäftigen königlich-preußischen Invalidenkorps auf einem Brett lag. Das pummelige Figürchen mit der Hand am schweren Kopf wartete darauf, dass sich jemand seiner annahm und es wieder an seinen luftigen Sitzplatz auf dem breiten Sims unterm gewaltigen Himmelszelt des Deckengemäldes verfrachtete. War es wirklich das Pfuschwerk der Bauleute gewesen, das seinen Absturz verursacht hatte?

»Monsieur Meister, sind die Gipsaccessoires auch von Ungelernten ausgeführt worden?«

Der Polier schüttelte den Kopf, in seiner Ehre gekränkt. Er war immerhin auch kein Ungelernter. Hätte er den König doch nur endlich davon überzeugen können, dass ausschließlich Fachleute hierher gehörten! Nun schien eine gute Gelegenheit hierzu von dem Mann vor ihm gar noch ausgehöhlt zu werden. Warum war die Putte heruntergekracht? In der Tat war das jetzt gar nicht mehr so einfach zu erklären, denn immerhin konnte die Arbeit der Stukkateure beim besten Willen von keinem der Soldaten übernommen werden.

Langustier drehte die Putte auf den krummen Rücken und schaute ihr in die leeren, schmerzverzerrten Augen. Das linke wirkte wie herausgeschossen: Der Gips hatte an der Stelle, wo es hätte sein sollen, ein klaffendes Loch. Langustier bat den Polier gebieterisch um einen Hammer. Zögernd, weil Schlimmes befürchtend, reichte ihm Meister das gewünschte Gewaltwerkzeug. Major von Rahn blickte noch skeptisch auf seinen entschlossenen Begleiter, als dieser schon ausholte und ohne Vorwarnung mit einem gezielten Schlag den Kopf der wehrlosen Putte zu weißem Gebröckel zermalmte.

»Um Himmels willen!«, stöhnten Major und Polier beinahe unisono.
»Pardon, Messieurs, aber das musste leider nun einmal sein.«
Honoré Langustier, der Putten- oder Hammermörder, blickte mit Befriedigung auf sein Zerstörungswerk. Er rührte mit den dicken Fingern in der pulverisierten oberen Extremität des Alabastermännchens, bis sich in seinen Blick etwas Triumphierendes schlich. Langsam, fast genießerisch hob er den seidenumflossenen Unterarm und hielt einen kleinen Gegenstand zwischen Daumen und Zeigefinger. Prüfend besah er die haselnussgroße Metallkugel, die im Kopf der Gipsfigur gesteckt hatte.
»Meine Herren, in diesem Raum ist ein dreifacher Mord geschehen!«
Der Polier und der Major blickten staunend auf das Kügelchen und lauschten gespannt.
»Hier sind ein Hund, ein königlicher Baumeister und ... ein Putto erschossen worden! Und die zuletzt Genannten augenscheinlich in derselben Minute. Während jedoch die Leiche des Baumeisters gezwungenermaßen einen Ausflug unternahm, wartete die treue Putte mit schmerzverzerrtem Antlitz, bis sie es nicht mehr aushalten konnte und ihr angeknackstes Rückgrat den Dienst versagte. Diese Kugel hier, die aus der Waffe des Mörders stammte, zermürbte den Draht, der die Figur oben sicherte. Der Gips hielt dem kopflastigen Übergewicht eine Weile stand, doch weil sich nach dem Einschuss Risse gebildet hatten und die Stuckumgebung aufgelockert war, purzelte das Alabasterkind herab. Zum Glück war der Hund nicht aufmerksam genug, um sich der Gefahr zu entziehen, denn sonst wäre der Kopf unseres kleinen Freundes –«
(er strich liebevoll über den Torso)
»– zerplatzt wie eine Seifenblase und sein bleiernes Geheimnis wohl irgendwo in die Tiefen des Raumes geschleudert worden. Dem weichen Hund also gilt unser Dank! Nun musste er, der er immer die Polster ruinierte, als Polster sein Leben aushauchen. Tragisch, aber gut. Welche der Kreaturen traf dies herrliche Los?«

»Mnemosyne!«, sagte kleinlaut der Polier.
»Auf die Mutter der Musen, Hüterin des Gedächtnisses! Sie ist in treuer Pflichterfüllung für ihren König gefallen, auf dem Feld der Kriminalistik, ohne dass sein Herrchen es bisher begreifen konnte. Wenn ich es Sr. Königlichen Majestät erzähle, wird ihr Zorn gemildert werden, wartet nur ab.«
Meister dankte und katzbuckelte, während ein grobschlächtiger Invalide unachtsam so knapp neben ihnen einen schweren Eichenbalken zu Boden donnern ließ, dass Langustier nur durch einen uneleganten Hüpfer sein Seidengewand in Sicherheit bringen konnte. Er fluchte und sandte dem achtlos Davonschreitenden einen Zornesblick hinterher, den der nachstürzende Polier in eine wortreiche Anklage ausmünzte. Langustier und von Rahn wandten sich zum Gehen.
Achtsam sichernd, traten sie aus den Schlünden der Bauhölle hinaus und genossen nach all dem toten Staub den warmen, lebendigen Schein des Tagesgestirns. Langustier war voller Tatendrang. Er band die Kugel in ein Spitzentüchlein ein und versenkte es in seiner Jackentasche, als enthalte es die kostbarste Perle. Dringlichst bat er von Rahn, ihn noch bei einem kleinen, halb beruflichen Spazierritt auf den Höneberg zu begleiten.
»Ist das nicht ein seltsamer, ja schlecht gewählter Ort, um einen toten Menschen verschwinden zu lassen?«, fragte der Major, als sie auf die Entengrütze im Ruinenbergbecken starrten, ohne der Angelegenheit dadurch auf den Grund zu kommen.
»Bis vor wenigen Tagen war es der absolut sicherste Ort. Wer hätte je für möglich gehalten, dass Monsieur Springnitz als Fontainier mehr Erfolg haben könnte als seine zahlreichen Vorgänger? Ich persönlich gestehe freiweg, dass ich nicht unbedingt der Vertrauensseligste gewesen bin, was dieses Ungeheuer von Feuermaschine anlangt.«
»Doch finden Sie nicht, dass es einfacher gewesen wäre, die Leiche in der Havel zu versenken? Oder einfach irgendwo zu begra-

ben? Mir kommt dieses Depot als das Widersinnigste schlechthin vor.«

»Dass es Ihnen nicht in den Sinn gekommen wäre, ist schon mal nicht schlecht für ein Versteck. Leichen werden mit Vorliebe an Orten verborgen, die auf den ersten Blick widersinnig erscheinen – so beschreibt Pitaval einmal, wie die Leiche eines Bienenzüchters im hohlen Stamm einer Kastanie verborgen steckte. Erst der Umstand, dass die zahllosen Bienen, die den Ort ebenfalls bevölkerten, lange Zeit niemanden auf die Idee der Nachsuche haben kommen lassen, gab der Wahl des Unterstandes doch seinen guten Sinn. Ich überlege schon dauernd, welcher verborgene Grund hier eine Rolle gespielt haben könnte«, sagte Langustier.

»Es würde mich nicht wundern, wenn der Täter dem König im Moment des Triumphes die Laune verderben wollte.«

»Das hieße aber, dass der Leichenversenker um die hydraulischen Kräfte abfließenden Wassers in großen Becken genauestens Bescheid wusste. Wie die fallenden Wasser den am Beckengrund aufgewirbelten Corpus zur Abflussröhre hinziehen und sie schließlich über deren Öffnung dauerhaft hinsaugen würden, hätte wohl so leicht keiner sich ausgemalt, außer einem Wasserbaumeister.«

Aufs Stichwort erschien der Oberst von Springnitz im Hintergrund an seiner Baubaracke, die nun zerlegt und an ihren neuen Standort vor der Neptungrotte versetzt wurde, wo es noch einiges an der Zuleitung zur Muschelkasakade zu schaffen gab. Er bemerkte die Herren und grüßte von fern, was sie leichthin erwiderten.

»Unser Springnitz kommt mir nicht die Spur verdächtig vor. Er hätte das verstopfende Element zweifelsohne anders platziert oder einen Gitterkorb, wie jetzt geschehen, über die Rohröffnung gestülpt. Auch ist sein Motiv sicher nicht gewesen, den König zu verprellen. Seit Wochen müht er sich doch, das große königliche Wasserwerk nur endlich in Fluss zu bringen. Auch war seine Bestürzung über das Ende der Vorführung ungespielt. Ich habe sein

ehrlich entrüstetes Mienenspiel gesehen. Das Scheitern seiner Mühen hätte er nicht verkraftet und sich wohl, wie der ehrliche, obgleich dümmliche Heintze darob zu Tode gegrämt.«
»Da mögt Ihr Recht behalten. Er ist zu quirlig, um ihn sich mit einer plumpen Verstopfung zusammenzudenken«, meinte der Major.
»A propos zusammendenken: Was kömmt Euch bei der Berliner Leichenschau anderes in den Sinn, als dass es eine Düpierung der Steuerregie hat sein sollen? Oder gar der Versuch, eine …«
Langustier blickte vorsichtig um sich, doch außer einigen Schafen, die hier frei weideten, zeigte sich kein potenzieller Zuhörer. Der Fontänenmeister war entlang der Steigleitung von der Dampfmaschine an der Mühle bereits weit hinabgestiegen.
»… Revolte anzuzetteln?«
Der Major zuckte zusammen.
»Ihr hegt gefährliche Gedanken!«
»Nicht ich, sondern der Dekorateur des Regiepalais. Ihm musste klar sein, was er damit bei der momentanen Stimmung hätte auslösen können.«
»Wenn er nicht ganz andere Absichten und Gründe gehabt hätte, die ihn an die nahe liegenden Folgen seiner Tat gar nicht haben denken lassen.«
Der Major konnte sein Pferd nur mühsam davon abhalten, in das Bassin zu springen, das keinerlei Brüstung an seinem Rande aufwies. Langustier seinerseits war abgestiegen, bückte sich und hielt die Hand ins Wasser. Als er sie wieder herauszog, klebten rundum die kleinen grünen Wasserlinsen daran. Sein Blick hatte sich entschleiert:
»Eiskalt! Ich glaube, wir sollten uns einmal den Herren mit der Leiche im Keller vorknöpfen.«
Major von Rahn dachte einen Augenblick über diese kryptisch anmutenden Worte nach, dann ging ihm ein Licht auf.
»Ihr meint den Sackträger Karle, den alten Säufer, von dem ich Euch erzählte? Ich halte die Geschichte für ein Hirngespinst. Der

Polier hat selbst gesagt, dass sie damals nichts gefunden haben bei der Nachsuche.«
»Ich will auch nicht bezweifeln, dass nichts mehr da war, als sie kamen. Aber ich glaube, der besagte Monsieur Karle könnte doch etwas gesehen haben außer seinem Bier.«
Sie ritten nach Sans Souci hinunter, um den Kellermeister Grahl zu einem Ortstermin mit dem Helfer Karl zu bewegen. Grahl versah das Amt der Sommelierie nun bereits seit etlichen Jahren und war mit Langustier bestens bekannt.

Noch am selben Nachmittag, wenige Stunden später, standen vier Personen vor dem römisch anmutenden steinernen Portal an der Nordflanke des Hönebergs, unweit der Stelle, wo sich einer Sage nach das Heiligtum der früheren Heiden dieses Landstriches befunden haben sollte. Einige Sandsteinbrocken säumten die Flanken des Geländeeinschnitts, Farnkrautwedel hielten das Sonnenlicht fern. Kalt wehte es von der dicken Eichentür her. Sand- und Natursteinhaufen, wassergefüllte Holzwannen und Verschalholz zeigte an, dass hier momentan fleißig gearbeitet wurde, wenigstens einige Stunden am Vormittag.
»Seit wann wird hier gebessert?«, fragte der Major von Rahn.
»Und wie hält man es für gewöhnlich mit dem Schlüssel?«, fragte ergänzend Langustier.
Kellermeister Grahl tippte an das klobige Schloss, das nicht so aussah, als wäre es einfach aufzubrechen.
»Außer mir kommt normalerweise nur der Karle her. Seit dem 1. Julius wird am Portal und im Anfang des Stollens gemauert. Da hat auch der Polier Meister einen Schlüssel, den er dem jeweils für die Reparaturen eingeteilten Invaliden übergibt. Karle schaut nach dem Rechten, bringt mir das Eis hinüber in den Weinkeller und bekommt dafür wöchentlich drei große Kannen Fredersdorfer, die er sich hier einlagert und kühl hält. Is doch so, Karle?«
Er klopfte dem leicht Angetrunkenen, der aussah wie eine etwas zu

stämmige Volksausgabe des Königs, auf die blaue, abgewetzte Leinenschulter.

Karle nickte und Langustier fragte ihn:

»Was habt Ihr am 1. Julius gesehen, Monsieur Karle?«

»Julius ist gut, denn genau den hab ich gesehen – den Landbaumeister Julius von der Heide!«

»Julian van der Heyden«, verbesserte der Major.

»Oder so. Er war es aber, der Baumeister, fast wie er leibte und gelebt. Bloß eine Spur zu weiß um die Nase. Außerdem hatte er ein Licht in der Hand. Es war ein Anblick zum Davonlaufen!«

»Warum habt Ihr ihn nicht angesprochen?«, wollte Langustier wissen.

»Der Schreck fuhr mir derart in die Knochen, dass ich keinen Ton herausbrachte. Und er rührte sich nicht, ganz wie ein Geist. Eine Erscheinung, ohne Leben, eine stumme Maschine! Ich konnte nicht anders, ich musste sofort wieder rückwärts raus und ab übern Berg, die anderen holen.«

»Wann war das? Vormittags, abends?«, fragte Langustier.

»Nee, das war noch fast mitten in der Nacht. Ja, genau um Schlag viere morgens war's. Hohle Wangen hat er gehabt und mich nur starre angeblickt, als wenn er mich vor etwas warnen wollte. Deswegen bin ich ja auch sofort wieder hinaus.«

»Ich frage Euch jetzt noch etwas, Karle, und Ihr müsst mir genau darauf antworten!«

Langustier hatte es in einem so ernsten Ton gesagt, dass der Sackträger Habachtstellung annahm, als sei er noch im Siebenjährigen Krieg.

»War dieses Tor hier zu, als Ihr kamt? War es abgeschlossen? Denkt genau nach!«

Der Karle wankte ein bisschen hin und her, als rühre diese Bewegung das Erinnern auf, wie das Herumwirbeln eines alten Weines im Glas das Aroma.

»Es war wie üblich verschlossen, Herr Languste! Da bin ich sicher.«

»Aber als Ihr mit den anderen Herrn hier wieder ankamt, war es offen. Zumindest sagen das alle, bis auf Euch.«

Karle rang mit sich. Es ging um viel. Er wollte die Wahrheit sagen, dann aber wieder nicht. Schließlich setzte er doch an:

»Ja, das kam halt, weil … Ich hab vergessen, wie mir dringend anbefohlen, es wieder abzuschließen. Es war aber nur wegen des Schrecks, dass mir solches widerfahren ist. Es ist noch niemals zuvor geschehen, und es wird auch niemals wieder geschehen, das versichere ich Euch hoch und heilig!«

Er hatte dies zu dem Kellermeister Grahl hin gesprochen und in seinem inständigen Beteuern beinahe einen Zustand erreicht, der sich als Anflug von Nüchternheit beschreiben ließe. Grahl war nicht sonderlich erbost. Wer hätte schon frühmorgens des Königs Eisvorräte antasten sollen?

»Und Euer Bier?«, fragte Langustier.

»…?«

Karle wusste nichts mit dieser Bemerkung anzufangen.

»Ich meine, waren die Kannen noch da, als Ihr mit den Kollegen zum zweiten Mal drinnen wart? Waren Sie voll oder leer?«

»Das war tragisch«, brummelte Karle, den die Erinnerung an dieses Faktum kaum weniger zu beschäftigen schien als die gespenstische Erscheinung des Landbaumeisters van der Heyden.

»Zweie von ihnen waren offensichtlich umgestoßen. Der Inhalt stand noch als Pfütze am Boden. Und die dritte …«

Karle rang um Worte, aber es wurde ihm schwer, dies auszusprechen. Der Major schnaufte ungeduldig, während Langustier interessiert im Gesicht des kleinen alten Mannes forschte.

»Sie war leer getrunken!«, presste Karle hervor und konnte nur mit großer Mühe ein heftiges aufheulen verbeißen. »Bis auf den Grund geleert: alle getrunken.«

»Van der Heydens Geist muss einen mächtigen Brand gehabt haben«, spöttelte der Kellermeister, der die Befragung nach wie vor für eine Laune des Herrn Langustier hielt, welcher diese Geschichte sicher brühwarm Sr. Königlichen Majestät überbringen würde.

»Plus interessant! Haben Sie vielen Dank, Monsieur! Der König ersetzt Ihnen die verlorenen Kannen mit Zins und Zinseszins für Eure Ehrlichkeit.« Langustier händigte dem Karle einen Taler ein, worauf dieser schier in den Staub sinken wollte vor Dankbarkeit und Ehrerbietung.

»Lasst uns noch einen Blick hineinwerfen, Monsieur le Kellerier!«

Grahl schloss auf, entzündete eine Lampe und sie begaben sich in den eisig kalten Stollen. Eine dicke Wand aus Kalksteinen folgte kurz hinter der Tür, an der nur ein paar Hacken und Schippen, Eiskrätzen und Eispicken lehnten. Mit kleinen, wie Schür- oder Feuerhaken gebogenen Metallstücken wurden die Eisbrocken bewegt, die etwa zehn Meter tiefer noch unten im Berg aufgetürmt und noch durch mehrere weitere Schutzwände sowie eine dicke Lage alter Kartoffelsäcke vor der Tageswärme abgeschirmt waren. Karle zeigte, mit Zögern nachfolgend, während ihm der Taler heiß in seiner Hand brannte, furchtsam die Stelle nahe an der eigentlichen Eiskammer, die noch einmal speziell ummauert und durch eine Eichentür verschlossen war, wo er seine Kannen deponiert hatte. Sie lagen noch immer so, wie er sie damals vorgefunden, denn er hatte um keinen Preis den Weg hier herein wieder gefunden. Langustier fragte sich unwillkürlich, wo er seither sein Bier gekühlt, aber das war nun weiß Gott egal.

»Wo habt Ihr den Baumeister oder seinen Geist gesehen?«

Karle zeigte auf die innerste Eiskammer:

»Dort, in der offenen Tür.«

Langustier nahm Grahl die Laterne aus der Hand und suchte akribisch den gestampften Boden ab, der aus Sand und kleinen Kalksteinsplittern bestand. An einem Holzspan, der von der Tür zum innersten Eislager abstand, hatte sich ein schwarzer Faden verfangen, den er in sein kleines Notizbuch einlegte.

»Diese Tür ist immer unverschlossen?«, fragte er Grahl.

»Ja, sie wird nur fest zugedrückt. Wir haben dies aus Sicherheit so angelegt, um einem versehentlich Eingeschlossenen das Erfrieren zu ersparen.«
Das Wort gemahnte alle daran, wieder kehrtzumachen. Doch zuvor wies Grahl den Karle noch an, eine Stange Wehrbellinseeeis zu angeln und für den Transport tüchtig in Leder und Sackleinen einzuschlagen. Als sie wieder hinaustraten und sich verabschiedeten, nahm ihnen die Hitze den Atem. Es war ihnen, als seien sie einem tiefen Bergwerk entstiegen.
Karle und Grahl verschwanden eilig in Richtung Schloss, um das Eis ohne große Schmelzverluste in Sicherheit zu bringen: Es würde des Königs Lieblingssekt der Marke »Oil de Perdix« für die Abendtafel kühlen und ein Himbeersorbet bereiten helfen. Langustier und von Rahn dagegen führten ihre Pferde langsam am Zügel den ansteigenden Weg zum Hönebergbassin hinauf, um noch ein wenig über die Eiskellergeschichte plaudern zu können, ohne Gefahr zu laufen, ungebetene Ohren zu beliefern.
»Was denkt Ihr von der Gespenstergeschichte?«, fragte der Major.
»Vielleicht hat sie etwas, was die meisten Mären dieser Art nicht besitzen – den Vorzug der Wahrhaftigkeit! Ihr werdet von mir hoffentlich nicht annehmen, ein gläubiger Anhänger der törichten Lehre zu sein, es gebe eine Pforte zwischen unserem irdischen Jammertal und den dunklen Schluchten des Jenseits, die es den abgeschiedenen Seelen ermögliche, Spaziergänge im Park von Sans Souci zu unternehmen. Und schon gar nicht werdet Ihr mir die Auffassung unterstellen, es könnte sich bei jener Geisterpforte justament um die Tür zum königlichen Eiskeller handeln!«
Von Rahn lachte.
»Dem Marquis d'Argens würde ich derlei Glaube schon zutrauen.«
Langustier nickte.
»In der Tat, wenn es am Hofe des Königs jemanden gibt, der sich mit dem Aberglauben und der Geisterwelt ernsthaft beschäftigt, so ist es der Marquis. Wie er diese Kindereien unbeirrbar mit der

Würde eines Direktors der philosophischen Klasse der Königlichen Akademie der Wissenschaften, der er ja ist, zu vertreten sucht, ist wirklich lächerlich. Vielleicht sollte ich ihn um seine Meinung befragen? «

Von Rahn griente.

»Ihr habt Recht, lieber nicht. Man sollte ihn in seinem Wahn nicht bestätigen. Dass er durch eine verschlossene Tür geht, sollte ihn eigentlich der materiellen Welt für hinreichend unzugehörig ausweisen! Ich denke aber, dass der Marquis auch Schwierigkeiten hätte, einen Geist zu erklären, der Bierkannen umstößt und sogar eine austrinkt. «

Der Major fragte:

»Woher hatte der nächtliche Besucher, sei es nun der Baumeister oder wer auch immer gewesen, den Schlüssel?«

»Wer immer es auch war, vorausgesetzt, es war nicht Grahl oder eine bloße Vorspiegelung der betrunkenen Phantasie im Geiste des Monsieur Karle – so wird er sich eines Dietrichs bedient haben, was bei den alten, gewöhnlichen Schlössern keine große Kunst ist.«

»Aber was hat er hier gesucht?«, marterte sich der Major. »Bier hätte er auch woanders bekommen können.«

»Aber schwerlich so gut gekühltes!«

»Allerdings. Monsieur Langustier, das ist ein Argument. Aber dann sollte er nicht die Tolpatschigkeit besitzen und eine Kanne umwerfen.«

»Wenn ich herausgefunden habe, von welcher Jacke der Faden stammt, den ich an der Holztür fand, so könnten wir vielleicht Sicherheit in der Frage gewinnen, ob in der Nacht wirklich jemand in diesem Eiskeller war – tot oder lebendig!«

Der Major sinnierte einen Moment und resümierte skeptisch:

»Also glaubt Ihr doch an Gespenster?«

»Zumindest auf der Theaterbühne wirken sie gut, wo sie mit Rauch, Blitz und Knall erscheinen. In Eiskellern und Kältegruben dagegen haben sie, finde ich, etwas Zittrig-Verkniffenes, Kühles …

Und bisweilen begehen sie trefflich einen Mord, so wie dasjenige, das dem ersten König Friedrich in Charlottenburg erschien und sein Herz zum Stillestehen brachte. Wen kümmert's, dass jener todbringende Geist eigentlich seine verrückte Frau Sophie Louise gewesen ist ... Die Grauen bringende Erscheinung kam ihm als eine große, weiss verhüllte Gestalt mit wirrem, medusenhaftem Haar vor, welche ihre nackten, bluttriefenden Arme zum Himmel reckte und Anstalten machte, sich auf ihn zu stürzen. Grund genug für ihn, den Geist aufzugeben.«

Oberst Springnitz, den sie im Vorbeireiten noch befragten, hatte am Morgen des 1. Juli keine Gespenster gesehen, sondern nur die zur Ausbesserung der Eisgrube vom Neuen Palais abkommandierte Invalidentruppe, darunter so verdiente Versehrte wie von Schlichtegroll, von Oertzen von Strousberg.

XIV

Der Waffenmeister des Königlichen Garderegiments hatte Langustier eine hübsche Pistole geliehen, mit der dieser nun vor der neuen Treibemauer im Marlygarten – dem Küchengarten von Sans Souci – Stellung bezog. Nur wenige Pistolen-Typen hatten zur Auswahl gestanden, doch seine Wahl war auf die Kavalleriepistole Modell 1731 gefallen, die nach wie vor gebaut wurde. Warum sich Langustier für diese Waffe entschieden hatte, lag auf der Hand: Sowohl die Kugel aus dem gefallenen Putto als auch die aus dem Herz des Barons und Baumeisters van der Heyden geschnittene, die ihn getötet hatte, passten haargenau in ihren Lauf.

Mit einer Gesamtlänge von einundzwanzig Zoll und einer Lauflänge von vierzehn Zoll war das Handgewehr schwerlich in der Jackentasche zu transportieren. Allenfalls in einer Kiepe mit französischen Weißbroten würde dieser Schießprügel bei Tage nicht auffallen. Die Schlossplatte trug den Stempel »POTZDAMMGAZ« und »S&D«, die Daumenplatte ein überkröntes »FR«.

»Schon wieder Abkürzungen!«, dachte Langustier.

In diesem Fall waren sie leicht zu durchschauen: »POTZDAMMGAZ« bedeutete Potsdamer Magazin, »S&D« hieß Splitgerber und Daum und war die Herstellerfirma, und »FR« verstand sich von selbst. Die Waffe gehörte, wie alles im Arsenal befindliche Kriegsgerät, Friedrich, dem König – Fridericus Rex.

Mit Hilfe des Ober-Hof-Metzgermeisters hatte der Zweite Hofküchenmeister eine dünne, zehn Quadratzoll messende Holzplatte mit einer achteinhalb Zoll starken Schicht Schweineschwarte belegt. Selbige ruhte nun auf einem Postament an der gegen Mittag gekehrten neuen Treibmauer des Küchen- oder Marlygartens am

Fuße des Weinbergs von Sans Souci. Langustier indes stand, die fast ellenlange Schusswaffe mühsam nach vorne gereckt, in einem überaus beträchtlichen Abstand von diesem Ziel. Am Boden waren im Fußabstand Linien in den feinen Kies gezogen, daneben römische Zahlen eingeritzt. Der Unterkoch Conrad hatte hinter Langustier Stellung bezogen. Zudem waren, als Beobachter im Schutze aufgestapelter Leinensäcke mit Blumenerde postiert, der Hofgärtner Sello und der Polizeichef von Rahn zugegen.

Der erste Schuss ging weit daneben. Gravitätisch neigte sich die voluminöse Blüte einer schwer am Stiel getroffenen Edelrose zu Boden. Der Hofgärtner sandte einen Klagelaut aus, der von der Mauer seufzend erwidert wurde.

Langustier setzte die schwere Waffe ab, entäußerte sich murmelnd eines Mitteldinges zwischen Fluch und Entschuldigung und wischte sich mit einem quadratellengroßen Schnupftuch den Schweiß vom Gesicht, der ihm vor Anstrengung schmerzhaft in die Augen lief. Er säuberte den Lauf, füllte Pulver aus der umgehängten Pulvertasche ein, stopfte, gab eine neue Kugel hinzu, stopfte erneut, legte wieder an, zielte und schoss mit hellem Knall. Nebel und Pulverrauch verzogen sich, so dass Conrad zur Zielschwarte treten und mit einem Krayon von feiner weißer Schlämmkreide den glücklichen ersten Treffer am linken oberen Eck des Fleischquarrées einkringeln und mit einer zierlichen römischen Eins versehen konnte. Langustier trat zwei Schritte vor an die nächste, mit römisch zwei beschriftete Linie und schoss. Die kleine Regentonne an der Mauer gab ein Scheppern von sich, dann strahlte sie in dünner, eleganter Parabel Wasser ab. Sello stürzte aus seiner Deckung und verschloss das kleine Loch mit dem Stiel der Rosenleiche. Er sagte nichts, doch der Blick, den er Langustier angedeihen ließ, genügte völlig, diesem den Ausdruck verlegener Zerknirschung ins vor Anstrengung gerötete Antlitz zu treiben.

Die nächsten fünf Schüsse saßen alle, was von dem Umstand begünstigt wurde, dass sich der Abstand des Schützen nach und nach so weit verringerte, dass das vordere Ende des Laufs beinahe das Schwartenquadrat berührte. Die drei letzten Kugeln durchschlugen fröhlich die Zielscheibe und versanken in dem gebrannten Lehm der frisch aufgezogenen Treibemauer, deren zivile Aufgabe es war, den vor ihr aufgepflanzten Gewächsen Wärme zu besserem Wachstum zu spenden. Conrad hatte alles säuberlich beschriftet, so dass der Auswertung nichts mehr im Wege stand. Er vermaß die Längen der verschiedenen Einschüsse. Im Vergleich mit der vom Generalchirurgicus ermittelten Länge des tatsächlichen Schusskanals ließ sich somit festhalten, dass der Schuss auf den Baumeister van der Heyden aus einer Entfernung von anderthalb Rheinländischen Ruten oder achtzehn Fuß abgefeuert worden sein musste. Um auf diese Entfernung einen Menschen ins Herz zu treffen, bedurfte es schon eines geübten, hervorragenden Schützen. Man beriet sich über die in Frage kommenden Kandidaten, und Major von Rahn versprach, sich bei den in Potsdam stationierten Kavallerieregimentern nach den treffsichersten Waffenträgern der vergangenen Jahre umzuhören. Natürlich waren auch alle Berliner Schützenkönige verdächtig, von den auswärtigen und den außer Dienst gestellten ganz zu schweigen. Eine Nachfrage in den Arsenalen nach unlängst in Gebrauch befindlichen Waffen konnte man sich jedoch – angesichts der regelmäßigen Übungstätigkeit – gleich sparen, ebenso sinnlos wäre es wohl, nach abgängigen Pistolen zu forschen. In den Kriegen war Material ohne Ende verschollen, wer wusste, wie viele als Kriegsverlust ausgemusterte Waffen in zivile Hände gelangt waren? Langustier seufzte. Es war ein Fall ohne Boden.

Conrad wurde zum Abenddienst in die Küche geschickt, während sein Chef sich ohne sonderliche Begeisterung, beinahe missmutig, zu zwei bereits tagelang überfälligen Damenbesuchen aufmachte.

XV

Major von Rahn hatte es gleich nach dem Wiederauftauchen des Baumeisters unternommen, Carlotta Bellini nach ihrem vermuteten Verhältnis zu van der Heyden zu befragen, und so wurde die anfangs geäußerte Vermutung zur Gewissheit: Das Emaillebildnis in der beim Toten gefundenen Uhr stellte ihr Konterfei vor. Es war allerdings schon einige Jahre alt, denn das Chronometer gehörte ihrem im Feld gebliebenen Bräutigam namens Justus von Forst. Sie hatte angeblich keine Erklärung dafür, wie sie in van der Heydens Tasche gelangt sein konnte – den unwahrscheinlichen Zufall unerwähnt, er könnte sie ohne ihr Wissen bei einem Trödler gekauft haben, der sie auf abenteuerlichem Pfade von einem Kriegskameraden des Rittmeisters von Forst erschachert hatte. Wie jedoch dieser Kriegskamerad darangekommen sein sollte, war ungeklärt.
Langustier wollte nicht zu viel vom Schlamm der früheren Liebesaffären dieser Dame aufwirbeln, weil er sich ohnehin schon munter genug im Trüben fischen sah, und versagte es sich daher tunlichst, hier vorerst weiter zu fragen. Denn was ihn eigentlich interessierte, lag in noch nicht allzu ferner Vergangenheit. Allerdings würde er über von Forst mit Hilfe des Potsdamer Polizeichefs schon noch etwas herausfinden. *Gefallen im Gefecht bei Burkersdorf, 7.2.1762* war alles, was er sich vorderhand nach den Angaben von Rahns vermerkt hatte.
Nachdem Langustier ins Haus der schönen Carlotta eingetreten war und der Zofe sein Begehr genannt hatte – das selbstredend darin bestand, von der Hausherrin einiges über den Baumeister van der Heyden zu hören –, musste er nicht lange warten. Die Bellini empfing ihn im »Königszimmer« – eine Bezeichnung, deren Sinn

sich jedem unschwer erschloss, der die dort aufgestellten Vitrinenschränke näher betrachtete. Alle nur erdenklichen Souvenirs zu Gestalt und Legende Sr. Königlichen Majestät, ihres Gönners, waren darin versammelt.
Carlotta Bellinis Augen sprühten vor Begeisterung für ihren Mäzen, der sich nach drei aufreibenden Kriegen um Schlesien in den Theatern seiner Potsdamer Residenz noch immer mit seichten italienischen Singspielen vergnügte:
»Er ist fiebernd und unruhig wie die Zeit, die er abrollt. Des Königs Leben kennt kein *moderato*, sondern stürmt *con impeto* dahin! Ich liebe das an den großen Männern. Aber an meiner Seite könnte ich es nicht ertragen. Da wünsche ich mir Ruhe und Beständigkeit.«
Langustier schenkte diesen Worten zunächst nur halbe Aufmerksamkeit. Dieses Frauenzimmer sprach von Ruhe, von Beständigkeit an ihrer Seite – das schien ihm schon recht lachhaft! Er hatte vor einem der mit geschnitzten Rocaillen geschmücken, vergoldeten Holzkästen Aufstellung bezogen und lugte belustigt durch die Glasscheiben: Da stand ein bauchiger Henkelbecher oder Worcester-Krug aus Porzellan, der die Aufschrift »The King of Prussia« nebst einer Darstellung des Kronprinzen nach Pesnes Bildnis trug, ein Schraubtaler mit einer Serie von Darstellungen der königlichen Schlachten, etliche Zierteller, die wahlweise königliche Kutschen mit den Initialen »FR« oder den reitenden König in ihrer Mitte zeigten, und es schauderte den Betrachter bei dem Gedanken, es könne ein Gegner Sr. Königlichen Majestät grob mit Messer und Gabel über das verhasste Konterfei schneiden und stochern. Eine Umhängetasche aus blauem Leinen, auf die ein silbernes, von Girlanden umflortes Reiterbildnis des siegreichen Monarchen gedruckt war, ein Schlagfeuerzeug mit dem Konterfei von »Fridericus Maximus, Rex Borussiae«, eine Iserlohner Tabaksdose mit königlichem Brustbild und Schriftzug »Fridericus Borussorum Rex« sowie ein elliptisches Medaillon, welches Se. Königliche Hoheit im Domino-

kostüm anlässlich des heimlichen Aufbruches vom Silvesterball 1740 zur Eroberung Schlesiens zeigte, lagen einträchtig nebeneinander. Am zierlichsten unter diesen friderizianischen Allotria dünkte ihn ein Fächer mit der Darstellung der Ankunft Friedrichs des Großen im Elysium, und er musste spaßhafter-, wenn auch pietätloserweise an die Anekdote über Michèle Pernauld denken, die man sich nach dessen Tod in Berlin erzählt hatte. Der heilige Petrus, so hatten die Lästerer getönt, habe Pernauld trotz seines schwarzen Adlerordens, seinem Generalleutnantsrang und seiner Eigenschaft als königlicher Oberbeamter die Himmelspforte vor der Nase zugeschlagen, weil Leute seiner Profession, die nichts weiter verständen, als anderen ihr Hab und Gut zu nehmen, nicht ins Paradies gehörten.

Die Hausherrin hatte Langustier, stolz auf die eigene Sammlung, ausgiebig Zeit gelassen, seine Betrachtungen dieser affektierten Staffage in Ruhe zu beenden, bevor sie ihm entgegenschritt. Ihr war bereits zu Ohren gekommen, welch wichtigen Part der imposante Mann bei des Königs Nachforschungen übernahm, und so empfand sie einige Neugier, ihn leibhaft vor sich zu sehen.

Sein Auftritt enttäuschte sie keineswegs, denn er verkörperte Eigenschaften, deren Verknüpfung in ihrer Umgebung selten war: wahren Geist, natürliche Eleganz und einen ungespielten Mutterwitz. Doch rief seine Gegenwart schon im nächsten Augenblick ein Gefühl der Unterlegenheit in ihr wach, das ihrem Stolz gar nicht behagte, weshalb sie sich bemühen wollte, die Begegnung nicht allzu lange dauern zu lassen.

Langustier verbeugte sich, seinen gefiederten Dreispitz höflich gelupft und geschwungen. Er befand, dass die schöne Carlotta keineswegs jenes herzlose Ungeheuer war, für das sie gemeinhin gehalten wurde. Ihre großen, braunen Augen hatten deutliche Trauerränder und von ihrer ansonsten so freizügigen Erscheinung war hinter schwarzer Seide kaum mehr etwas zu erahnen.

»Es wird Sie ennuyieren, Madame, doch ich komme nicht umhin –

in Pflichterfüllung gegenüber Sr. Königlichen Majestät –, Ihnen ein paar Fragen zu Julian van der Heyden zu stellen. Ich weiß um Ihre Trauer und werde mich bemühen, das für Sie Schmerzliche und Heikle so rasch wie möglich abzutun.«

Sie lächelte schwach und nickte. Es stand jedoch bei ihrem Anblick nicht zu vermuten, dass sie auf des Baumeisters Tod mit der gleichen Herzlosigkeit zu reagieren beabsichtigte wie auf den von Pernauld. Van der Heydens Verschwinden hatte ihr nicht nur einen Abend verdorben, es schien sie sogar ihrer Stimme beraubt zu haben. Die schöne Sängerin hatte seit Wochen kein Lied mehr angestimmt.

Aus menschlicher Rücksichtnahme war es dem Major versagt geblieben, ihr mehr als Datum und Ort ihres letzten Zusammentreffens mit Baron van der Heyden zu entlocken, was immerhin den vermutlichen Zeitpunkt des van der Heydenschen Ablebens weiter in die Enge trieb, indem es ihm eine relativ verlässliche zeitliche Untergrenze setzte.«

»Madame, Sie bewirteten nach der Phaeton-Premiere am 29. Junius eine ihrer allseits beliebten Nachtgesellschaften, von der des Königs Baumeister unvermittelt abberufen wurde – darf ich Sie fragen, wie lange Sie den Baron van der Heyden bereits kannten und wie sie zu einander standen?«

Carlotta Bellinis wunderschöne Augen wurden feucht und sie musste ein rotes Tüchlein zu ihrer Trockenlegung bemühen. Als sie anhob zu sprechen, klang ihre sonst so betörende Stimme zuerst wie ein Krächzen. Sie hüstelte, um dann in einem halbwegs gefestigten Ton zu sagen:

»Ich kannte ihn seit Michèles Sturz, denn er war es, der mich damals, nach jenem verhängnisvollen Morgen, da ich die Todesnachricht erhalten, getröstet und davor bewahrt hat, mir etwas anzutun. Julian hatte vor der Aufführung am Vorletzten des verwichenen Junius um meine Hand angehalten, und ich war einverstanden.«

Heftiger Tränenandrang schwemmte ihre Worte für einen Augenblick davon.

»Aber er kam nicht wieder zurück und ich zweifelte bis vorgestern, ob es nur eine Laune von ihm gewesen sein könnte, ob er es sich anders überlegt oder aus welchen Gründen auch immer die Flucht ergriffen hatte. Als ich hörte, Julian sei ... er sei ...«
Langustier fand nicht, dass es nötig war, die Trauernde dies aussprechen zu lassen. Daher fragte er:
»Wissen Sie noch, wann der Baron van der Heyden sich etwa von Ihnen verabschiedete?«
Sie schluchzte.
»Das Furchtbare ist – er verabschiedete sich gar nicht! Er war verschwunden.«
»Wann haben Sie ihn an jenem Abend zuletzt gesehen?«
»Vor meiner Arie. Er wünschte mir Glück. Dann suchte ich ihn vergebens im Saal und vermutete, er wolle mich durch seine Anwesenheit nicht ablenken oder etwas ähnlich Törichtes. Er stellte sich das Singen vor anderen als das Schwierigste überhaupt vor.«
»Wann und wie haben Sie erfahren, dass der Baumeister die Soirée verlassen hatte?«
»Nach meiner Darbietung fragte ich einen der Lohndiener nach Julians Verbleib. Ich weiß leider nicht seinen Namen; er stammte jedoch nicht von hier und ist – wie der Major mir sagte – inzwischen wohl aus der Stadt fortgegangen.«
»O! Das ist bedauerlich.«
Die Informationen von Rahns waren bruchstückhaft, wie es schien. Langustier bewegte sich im Geiste wieder zum ersten Toten in Madame Bellinis Vergangenheit:
»Pernauld und van der Heyden kannten sich nicht?«
»Ich denke nicht. Aber Sie verschwenden Ihre und meine Zeit, wenn Sie mich zu dem Unfall in Berlin weiter befragen wollen. Die Berliner Polizeibehörde hat sich mit den Umständen, die dazu führten, genauestens befasst. Der dortige Präfekt kann Ihnen sicher detailreiche Aufzeichnungen vorweisen.«
Carlotta hatte genug von Langustiers Fragen und bedeutete ihm

durch ihr behutsames Zurücktreten, dass die Audienz ihrem Ende entgegenstrebte. Er ließ sie merken, dass er verstanden hatte, und erkundigte sich beim Abschied noch:
»Haben Sie den Baumeister stets hier bei sich empfangen oder waren Sie auch Gast bei ihm?«
»Wir hielten es für geraten, in Anbetracht der Umstände uns bis zu einer Legalisierung unseres Verhältnisses nicht zu oft vor dem Publikum sehen zu lassen. Auch muss ich gestehen, dass mich mit seiner Schwester zu wenig Sympathie verband, als dass es mich lange in seinem Hause gehalten hätte. Guten Tag, Monsieur!«
Als Langustier die Türe schon hinter sich geschlossen hatte, tat die Zofe noch einmal auf, trat heraus und fragte ihn im Auftrag ihrer Herrin, ob er sich wohl dazu verstehen könnte, an ihrem bevorstehenden Jubelfest für sie und ihre Gäste zu kochen? Es solle sein Schaden nicht sein und es wäre ihr sicher ein Leichtes, den König zu einem Einlenken zu bewegen, wenn sich dieser wider Erwarten dem Wunsche verweigern und ihn nicht freistellen würde.
Er bat, der Dame auszurichten, dass er es als eine hohe Ehre ansähe, für sie und ihren erlauchten Kreis von Kunstliebenden tätig zu sein, und sie solle ihm nur rechtzeitig den Tag angeben, damit er sich noch mit Helfern, Geräten und Rohstoffen versehen könne.
»Mit Verlaub, Monsieur –«, ließ sich die Zofe hier kleinlaut vernehmen, das dreiste Ansinnen ihrer Herrschaft selbst tadelnd, »– das besagte 35. Wiegenfest wird in drei Tagen stattfinden. Es war bisher nicht vorgesehen, ein größeres Essen zu geben. Solltet Ihr Eure Zusage nun nicht bereuen, so gebt mir nur getreulich die Besorgungen auf, ich werde zusehen, dass nach Euren Wünschen eingekauft wird. Es sind 35 Gäste geladen und ich war bisher nur angehalten, für Getränke und kalte Speisen zu sorgen.«
Langustier schluckte. Drei Tage waren in der Tat etwas knapp bemessen für die Vorbereitung eines Festmenüs, doch wenn er selbiges dem König als erkenntnisfördernde Maßnahme darstellen

könnte, würde er vielleicht sogar etwas aus der königlichen Speisekammer entführen dürfen. Er versprach baldige Nachricht und empfahl sich eiligst.

Selbst für einen königlichen Baumeister und Knobelsdorff-Schüler machte van der Heydens Haus am südlichen Rand des Parks von Sans Souci einen monumentalen Eindruck. Er hatte es indes nicht selbst entworfen, sondern eine eigenhändige Skizze des Königs, mit der Feder gezeichnet – zwar nicht nach dem Maßstab, aber überaus schön –, ausgearbeitet und ausgeführt. Wer die Fassade des Neuen Palais gesehen, der konnte im van der Heydenschen Haus gleichsam das Modell für das Äußere dieses Prunkbaues erkennen. In der Kombination von rotem Ziegelmauerwerk und gelben Sandsteinteilen, aber auch in der Gliederung mit großen, alle Geschosse durchlaufenden Pilastern war der Bau zugleich als eine Frucht der Hollandreise des Monarchen zu erkennen.

Langustier wurde von der Schwester des gewesenen Baumeisters herumgeführt, die sich durch die Pflege seiner Hinterlassenschaften vor der Übermacht todtrauriger Gedanken zu schützen suchte. Sie bat ihren überraschenden Besucher, sich an einem kleinen Tisch im Garten niederzulassen, wo eine Teekanne auf einem Rechaud ruhte und eine Porzellanschale mit schmackhaftem Süßgebäck stand, wie Langustier unauffällig kostend bei sich befand. In einiger Entfernung konnte man durch die Bäume das königliche chinesische Teehaus im Park erkennen. Der Wind flaute ab und es schien sich ein Ungewitter über Potsdam zusammenzubrauen.

Julia van der Heyden hatte durch ihre Erziehung einen entschiedenen, unwandelbaren Hang zum Studieren und zur Aufklärung davongetragen. Sie hatte alles genutzt, was die Gelegenheit ihr nur darbot, um ihren Verstand zu bereichern, und mit geringen Hilfsmitteln die erstaunlichsten Wirkungen hervorgebracht. Trotz ihrer Beschränkung auf diese Art des geistigen Vergnügens, entsagte sie jedoch nicht der Künste. Sie spielte verschiedene Instrumente meis-

terhaft und war in keiner Wissenschaft unbewandert, sofern diese nur das Leben verschönern half.
Geist und Beredsamkeit brachten ihre Schönheit von innen heraus zur Blüte, so dass es sich bei ihr damit umgekehrt verhielt als bei Carlotta Bellini, deren Wirkung ganz allein vom schönen Scheine diktiert wurde. Julia van der Heydens ebenso jugendliche Gestalt hatte etwas Kühles, das jedoch von der Weichheit der Züge geschwächt und nahezu vollkommen harmonisiert wurde. Ein, zwei Jahre älter als die fünfunddreißigjährige Carlotta dürfte sie sein, schätzte ihr Gast. Julia van der Heyden sprach mit einer sanften, warmen, wengleich etwas rauen Stimme, die jeden Zuhörer schnell völlig für sich einnahm. Dabei bildeten die fein geschwungenen Lippen und die kastanienbraunen Haare den denkbar anmutigsten Kontrast zu ihrer hellen Haut, deren einzige Farbe von den Sommersprossen herrührte, die sich darauf tummelten.
Langustier musste sich zusammenreißen, um über seiner Verzauberung nicht den Anlass seines Besuches zu vergessen. Doch schon der nächste Augenaufschlag der nachtblau gekleideten Dame machte ihn wieder wanken in seiner Rede, weshalb das Gewitter schon bedrohlich nahe gekommen war, bevor auch nur an die Fragen gerührt war, die er der Schwester des Mordopfers zu stellen sich vorgenommen hatte.
»Was würden Sie sagen, Madame, wenn Sie ihren Bruder beschreiben sollten?«
»Er war das Unglück in Person, so sehr ich auch immer versucht habe, ihn aufzurichten und wieder auf die Bahn zu schicken, wenn er davon abgekommen war – was leider regelmäßig geschah. Seine Spielleidenschaft war eine ständige Bedrohung, und ich musste alle List und Tücke daransetzen zu verhindern, dass er unser bescheidenes Familienerbe durchbrachte. Das Landbaumeisteramt hätte seine Rettung sein können, doch es schlug ins Gegenteil aus. Julian stürzte sich nur noch ungehemmter in die Spielhöllen, starrte gebannter als zuvor auf die Glücksräder der Lotterien. Im letzten

Monat hatte er allerdings häufiger Erfolg und schon einen Teil seiner immensen Schulden abgetragen, ja er war dem Schuldenjoch beinahe entstiegen. Ich weiß nicht, ob es dem Umstand zu verdanken war, dass er dieses geistlose Wesen kennen gelernt hat. Nicht zu denken, welche Schmach, wenn er sich von ihr hat aushalten lassen! Es könnte viel banaler sein und er sich wieder Geld geliehen haben. Er hat dies begreiflicherweise öfters tun müssen.«

»Wissen Sie, bei wem er in Schulden stand?«

»So weit ich weiß bei dem Steuereinnehmer de Chambois.«

»Derselbe de Chambois, der in der Regie Berlin kontrolliert?«

»Soweit ich weiß, ja. Vorher ging Julian zum Bankier Ephraim nach Berlin, doch dort sind seine Ausstände offenbar bereinigt. Wie das gekommen ist, bleibt mir schleierhaft. Es sei denn, wie gesagt, die Bellini hätte ihre Börse für ihn geöffnet.«

Julia van der Heyden sagte es mit trauriger Bitternis.

»Sie freuten sich nicht für ihn? Ein wenig ungeistige Zuneigung kann auch beflügelnd wirken. Und sie hätte ihn vielleicht von der Spiele-Leidenschaft erlöst?«

»Sie kannten ihn nicht und sind selbst nicht von derlei Absurditäten affiziert. Dies wäre ihm durch nichts und niemanden zu nehmen gewesen. Allenfalls ein Jahrgehalt, das er nie und nimmer hätte verspielen können, wäre seine Rettung gewesen. Aber das würde selbst die Möglichkeiten einer Bellini erschöpft haben. Vielleicht hätte es gereicht, das Gehalt der vier Generalregisseure, dasjenige des früheren Kammerjunkers Voltaire sowie die Gehälter der berühmten Barberina vor und nach ihrer Flucht zusammenzunehmen. Doch selbst dann wäre es wohl zweifelhaft gewesen.«

Langustier rechnete fieberhaft. Viermal fünfzehn-, einmal zwölf-, einmal acht- und noch einmal zwölftausend: das machte zweiundneunzigtausend Taler im Jahr. Des Barons Spielleidenschaft musste in der Tat ein erkleckliches Ausmaß besessen haben. Der Kammermusikus Bach verdiente nur dreihundert Taler im Jahr. Um nicht zu verhungern, gab er Gesangs- und Klavierstunden.

Es war dunkel geworden, obwohl die sechste Stunde des Nachmittags gerade erst begonnen hatte. Die Gewitterwolken bildeten eine opake Decke über Potsdam. Langustier schob sich einen gezuckerten Keks in den Mund, trank etwas guten Heison-Tee und blickte zum königlichen Teehaus hinüber. Weiter links war die Kunstmühle sichtbar, deren Flügel ruhten, seit der königliche Fontainier die englische Feuermaschine mit Erfolg installiert hatte. Wenn es ganz still war, konnte man ihr Stampfen vernehmen, so wie sich aus der Gegenrichtung das majestätische Rauschen der Fontänen hören ließ, die nun schon seit Tagen unausgesetzt ihr lang ersehntes Wasser auf die Brunnenspiegel fallen ließen – auch des Nachts! Aus einem kleinen, filigranen Abluftlohr am Rohbau des Maschinenhauses stieg eine Rauchsäule in die Kastanien. Langustier schaute auf die schöne Frau neben sich und bemerkte den spöttischen, leidvollen Zug um ihre Lippen.

»Sie mag zwar eine Künstlerin genannt werden, doch ist sie in keiner Weise sesshaft, treu und beständig – was die unbedingten Voraussetzungen gewesen wären, um als Frau meines Bruders sein Unheil zu mindern, statt es noch zu mehren. Ein Baumeister sollte auf dem Boden der Tatsachen stehen und sich nicht an eine flatterhafte Wanderin hängen. Die Sänger gehören nun einmal zum fahrenden Volk. Die Bellini wäre Julians Untergang gewesen, dessen bin ich gewiss.«

»Wie kam er mit dem Neuen Palais zurecht? Man hörte von Unterschleifen, die sein Bauschreiber mit königlichen Baugeldern getrieben, auch von Divergenzen zwischen ihm, dem Bauleiter und den Invaliden, die als wohlfeile Dilettanten anstelle gelernter Handwerker zum Einsatz kommen.«

Ihr Blick wurde finster – sofern dies inmitten der herabsinkenden Finsternis überhaupt noch erkennbar war. Sie schien Langustiers Frage als Sakrileg, als üble Totennachrede und folglich als unstatthaft anzusehen.

»Mein Gott, wie können Sie derlei Geschwätz auch nur erwähnen?

Ich hielt Sie für weiser, was die Auswahl Ihrer Gewährsmänner anbetrifft.«

»Madame, Sie täuschen sich in mir. Hätte ich die göttliche Weisheit, mir meine Gewährsmänner auszusuchen, so gebräche es mir auch nicht an Überblick, ohne alle Befragung eine Lösung zu statuieren. Ich muss nehmen, was kommt. In Ihrer Macht indessen liegt es, mir einige Irrtümer auszureden – vorausgesetzt, ich finde plausible Gründe in Ihrer Rede, von bestimmten Ansichten Abstand zu nehmen.«

Sie lächelte, da sie, gekränkten Stolzes uneingedenk, gegen diese Betrachtungsweise wenig einzuwenden vermochte.

»Sicher hatte er verschiedene Widersacher, die gegen ihn intrigierten. Der Polier Meister etwa, eine widerliche, weinerliche Natur, der es nur nach dem Lob des Regenten gelüstet, suchte ihn durch allerlei intrigante Bemerkungen vor Sr. Königlichen Majestät in ein schiefes Licht zu setzen. Ich verhehle Euch nicht, obwohl Ihr sozusagen als ein einflussreicher Vertrauter des Königs betrachtet werden müsst, dass ich die Ansichten unseres *Großen* nicht immer teile, geschweige denn gutzuheißen vermag. Die Welt, die hier endet, und die Welt, die dort beginnt –«

(sie deutete auf den Park jenseits des Ökonomiewegs)

»– haben so wenig miteinander gemein wie ein bürgerliches und ein königliches Mittagsmahl.«

»O, täuschen Sie sich nicht, Madame! Die Zeiten der royalen Schlemmereien sind lange passé. An gewöhnlichen Wochentagen wird wohl in vielen Potsdamer Bürgerhäusern besser gespeist als drüben auf dem Weinberg.«

Er pausierte kurz, bevor er zum Gegenstand seines Interesses zurückfand:

»Sie denken demnach nicht, dass die Gründe, die der König für die Amtsenthebung und Verfolgung Ihres Bruders anführte, vor der Wirklichkeit irgendeinen Bestand gehabt hätten?«

»Nicht den geringsten! Er sollte abserviert werden, da er sich erdreistet hatte, die Pläne seines ach so unfehlbaren obersten Bauherrn zu korrigieren. Er war behutsam verfahren dabei, und was er getan, war unverzichtbar, um nicht alles zusammenstürzen oder dem unschuldigen, zufälligen Betrachter ein Gefühl von gestörten Größenverhältnissen zu vermitteln.«

»Und wie stand es mit seinem jetzigen Nachfolger, dem Monsieur de Gontard?«

Sie lachte pikiert, als sie den Namen hörte, der ihr offenbar besonders verhasst war.

»Carl von Gontard – schon der Name bläht sich wie die reine, destillierte Eitelkeit! Monsieur, dieser Herr hat nun, was er schon seit Jahren erstrebt: die Bauleitung des neuen Palazzos! Er wird genau das Zeugnis des hypertrophen Ungeschmacks liefern, das Se. überkandidelte Majestät von ihm wünschen.«

»Madame, Sie vergessen sich!«

Langustier musste die verführerische Dame behutsam daran erinnern, dass er gewissermaßen als eine Amtsperson fungierte, die unmittelbar der überkandidelten Majestät verantwortlich war – wenngleich er ihre Bemerkung nur zu gut verstehen und in der Tendenz nicht zu tadeln vermochte. Er nahm sich vor, den Herrn Gontard gleich am folgenden Morgen aufzusuchen.

»Was haben Sie am Abend jenes Festes getan, in dessen Verlauf Ihr Bruder verschwand? Waren Sie allein?«

Langustier hatte es mit der gleichen Beiläufigkeit gefragt, mit der er sich das vorletzte Stück vom Gebäck einverleibte. In Julia van der Heydens Stimme schwang Resignation:

»Ich las wie gewöhnlich. Ich saß noch lange hier draußen. Mehrmals vernahm ich Pferdegetrappel und vermeinte einmal auch meines Bruders Ross am Gang zu erkennen. Aber das war wohl nur Einbildung, denn der Reiter ritt gestrenge dem Palais zu. Als es dunkelte, begab ich mich ins Haus und fiel bald in Schlaf. Das Pferd graste morgens hier auf der Wiese. Den Bruder sah ich nie wieder.«

Langustier leerte seine Teetasse und erhob sich. Treibhausluft stand schwül im Düsteren zwischen königlichen und bürgerlichen Bäumen, doch keine Erlösung schien kommen zu wollen. Julia van der Heyden war ebenfalls aufgestanden und blickte einige Momente traumverloren ins Blattwerk. Ein Pfauenschrei tönte klagend und traurig aus dem dunklen Park. Die Tränen liefen ihr bereits über die Wangen, als sie ihr Gesicht mit den Händen bedeckte. Es bedurfte keines langen Besinnens für Langustier, die Arme beschützend um sie zu legen. Sie drehte sich in der behutsamen Umfassung und barg ihren Schmerz an seiner grünseidenen Brust. Der berückende Duft ihres Haares verdrängte alle Gedanken an Wasserleichen, Sängerinnen, Schleusen, Packhofbeamte, Generalregisseure, Baumeister, Paläste, Weingrossisten, Hirschhornknöpfe, englische Feuermaschinen, Eisgruben, Fontänen, »Zepter« und Mordio.

Sie standen so eine Weile, die nach Langustiers Geschmack auch endlos hätte sein können. Doch ein heftiges Donnergrollen deutete an, dass der Himmel hiermit ganz und gar nicht einverstanden war. Den Blitz hatten die beiden in ihrer seltsamen Verzückung nicht bemerkt.

»Bitte eilt, um nicht nass zu werden! Ich bitte Euch, mir mein törichtes Gejammer zu verzeihen.«

Sie hatte es ebenso hastig geäußert, wie sie sich nun von ihm losmachte, führte das Schnupftuch zu den Augen und war im nächsten Moment im Haus verschwunden.

Langustier stand wie begossen vor der abweisend zugesperrten Eichentür. Doch das währte nur einen Augenblick. Dann rauschte der Regen tatsächlich in solcher Wucht herab, dass der Sonderkommissär selbst unter dem Laubwerk der Kastanien keinen rechten Schutz fand und sich schließlich, nicht ohne eine wachsende Belustigung über seinen eingeweichten Zustand, schwappenden und triefenden Schrittes nach Hause in die Breite Straße begab, um sich trockenzulegen. Allein durch das Ausgießen der Schuhe konnte eine komplette Ameisenarmee dazu veranlasst werden, von ihrem Plane abzustehen, den Hausflur zur bleibenden Residenz zu machen. Das Haus war kaum ein Jahr alt und schon rieselte der Mörtel allenthalben und bot zahllosem lästigen Kleingetier überall unerlaubten Unterschlupf. Waren hier auch Invaliden am Werk gewesen?

XVI

Carl Philipp Christian Freiherr von Gontard empfing den Zweiten Hofküchenmeister am Morgen des 11. Juli im Büro der Bauleitung im ersten Stockwerk des Neuen Palais. Es sah ganz so aus, als ob er im Raume genächtigt hätte. Er war seit Tagen ohne Bad und selbst der Moschus, mit dem er sich reichlich versehen hatte, konnte ein gewisses Odeur der Überarbeitung nicht gänzlich unriechbar machen.

»Ich will Sie nicht lange aufhalten, aber mir ging seit der kleinen Besichtigung der künftigen Communs-Küche eine Frage nicht aus dem Kopf.«

Gontard stöhnte, denn er ahnte schon, dass er es nun mit einem jener berüchtigten Bauvorschläge der königlichen Hauswirtschaftsabteilung zu tun bekäme. Wo immer ein Schloss zu bauen war, konnte man mit Sicherheit darauf rechnen, dass die Bedienten, die es nicht das Geringste anging, sich in die Planung aus kleinlichen Nützlichkeitserwägungen mit einzuschalten versuchten.

»Ich höre, Herr Küchenchef?«

»Ich bin nur die Nummer zwei, glücklicherweise. Aber Monsieur Joyard denkt über das kleine Problem genauso.«

»Welches da wäre?«

»Nun, es geht um die Lage der Küche – glauben Sie wirklich, es wäre sinnvoll, eine heiße Fischsuppe, wie sie Sr. Königlichen Majestät behagt, oder auch nur einen Topf mit Hasenragout tausend Fuß durch Kälte oder Regen zu tragen, bis sie auf den Speisetisch in der Marmorgalerie, oder achthundert, bis sie in der Königswohnung abgesetzt werden können? Ich prophezeihe Ihnen, dass die Kälte dieser Speisen, die selbst mit guten Wärmeglocken nicht

hintanzuhalten sein dürfte, niemandem mehr Behagen vermitteln dürfte.«
Gontard hatte ihn nur mit unterdrückter Ungeduld seinen Sermon zu Ende bringen lassen.
»Und was, gedenken Sie, sollten wir tun, um hinsichtlich dieses sicher bedauerlichen Umstands Abhilfe zu schaffen? Fliegende Teppiche austeilen?«
Langustier gab sich den Anschein verletzten Bedientenstolzes, um seine Finte glaublicher erscheinen zu lassen.
»Nun, es schien uns sinnvoll, einen Planentwurf des Herrn van der Heyden wieder in Erinnerung zu bringen, den dieser schon in der Frühphase des Baues gemacht, aber aus Rücksicht auf die damals angegriffene Gesundheit Sr. Königlichen Majestät nicht weiter verfolgt hat. Ich sprach gestern zufällig mit der Schwester des Verblichenen, und sie erwähnte eine Zeichnung, die hier bei Ihnen liegen müsste und die wir – Joyard und ich – mit Vergnügen einsehen und dem König einreichen würden.«
Langustier bemerkte, wie von Gontard die Galle hochkam.
»Dass der Herr Baron auf die Belange Sr. Königlichen Majestät sollte Rücksicht genommen haben, das erscheint mir absolut unglaublich. Er hätte sich wohl auch in diesem Fall erdreistet, seinen Plan gleich auszuführen, ohne erst lange um Permission und Bewilligung nachzusuchen. Wir werden seine ganze, eigenmächtig aufgestülpte Kuppel wieder abtragen und neu bemessen müssen! Im Übrigen gibt es hier überhaupt keine fremden Pläne, weder von Knobelsdorff noch von Manger, weder von Bühring noch von van der Heyden. Da müssen Sie sich schon an die Plankammer wenden, wo derlei Unfug meist landet.«
»Sie schätzten Ihren Vorgänger nicht?«
Langustier hatte es so en passant wie möglich gefragt.
»Ein königlicher Baumeister hat sich mit seinem König gut zu stellen. Monsieur van der Heyden wollte königlicher bauen als der König. Aber das konnte nicht gelingen. Ich hatte nichts gegen ihn

als Menschen, denn ich kannte ihn nur flüchtig aufgrund seiner Spielereien. Er hat mich einmal versucht anzupumpen, aber ich habe gesagt, er solle sich lieber an den König wenden. Daraufhin ist er zu einem Steuereintreiber, was keine große Differenz macht. Aber wir verplaudern uns – sagen Sie mir nur noch, was für eine Schnapsidee der Baron denn nun eigentlich hatte?«

Langustier konnte aus diesen Worten deutlich genug Gontards Verachtung des Abgeschiedenen ersehen und auf weitere Fragen daher verzichten. Er log:

»O – es war die Idee eines unterirdischen Ganges zwischen Palast und Communs, eines Küchentunnels!«

Gontard schlug die Tür hinter Langustier zu und warf zur akustischen Begleitung derber Flüche schwere Gegenstände durch den Raum. Dabei war seine ad hoc erfundene bauliche Lösung doch die einzige Möglichkeit, mit der fatalen Anordnung von Küche und Schloss auf halbwegs anständige Weise zurechtzukommen, fand Langustier.

XVII

Die Schwüle wurde schon am frühen Donnerstagvormittag schier unerträglich und machte van der Heydens Grablegung für alle, die ihr beiwohnten, zu einer Tortur. Aus dem mit Zinkblech ausgekleideten Sarg strömten süße, unbekannte, unerwünschte Düfte. Was für ein Glück, dass die Wasserleiche des Baumeisters auf dem Kirchhof der Nauenschen Vorstadt nun endlich unter die Erde kam. Bis Sonntag hätte man auf keinen Fall mehr zuwarten können. Der Hofprediger Sack machte denn auch – in Anbetracht der aus Hygiene gebotenen Eile – keinerlei Umschweife, wiewohl er dadurch bei der Schwester des Verstorbenen wenig Ehre einlegte, die das kurze, glücklose Leben ihres Bruders ungenügend gewürdigt sah.
Anstelle des Königs, von dem sie es aberwitzigerweise erwartet hatte, war dessen ehemaliges Reitpferd Cäsar zugegen – und selbst dieses nur aus ungnädigem Zufall. Der abgehalfterte Klepper besaß in ganz Potsdam Narrenfreiheit und durfte sowohl marschierende Regimenter in ihrem Fortkommen behindern, als auch die Blumen von den Gräbern fressen – eine Leidenschaft, der er an diesem Morgen ausgiebig frönte.
Langustier und von Rahn schlenderten durchs Nauische Tor und passierten die schmucke Holländische Straße. Von Rahn konnte das exaltierte Gebaren der schönen Carlotta insgeheim bei sich nicht genug belächeln. Die Tränenströme der Diva hätten ausgereicht, um die kleine Fontäne von Sans Souci zu betreiben. Julia van der Heyden hatte dagegen ganz die unnahbare, unerschütterliche Schwester gespielt. Sie war von beiden die bessere Schauspielerin. Langustier versuchte, sich einen Reim auf die Vorstellung zu machen.

»Was sollte dieser Zirkus der Bellini? Wieso warf sie ihren teuren Hut mit in sein Grab? Sie hat die Rolle der trauernden Soubrette perfekt gegeben! Ich glaube, sie wollte klarstellen, dass sie ihn wirklich geliebt hat, und den ehrabschneidenden Anwürfen, mit denen man sie allenthalben nach van der Heydens Verschwinden bedacht hat, ein Ende bereiten.«
»Was habt Ihr für einen Eindruck von der Schwester des Ermordeten?«, fragte von Rahn.
»Sie war heute reichlich verschlossen und kalt, nachdem ich sie gestern so gesprächig und rührselig erlebt. Es wird dies durch die öffentliche Vergleichung mit der Bellini kommen, der sie sich ausgesetzt sah. Wieso ließ sie sich weder von der Bellini noch vom Nachfolger ihres Bruders, dem Hern von Gontard, kondolieren? Sie kann den Herrn nicht im Geringsten ausstehen. Als ich sie gestern nach ihm fragte, geriet sie in einen richtigen Furor.«
Major von Rahn lächelte. »Das ist einfach zu verstehen: Er kritisierte ihren Bruder und hörte damit für sie auf zu existieren. Van der Heyden trug selbstredend auch zu dieser Verstimmung bei, da er seinen fachlichen Kontrahenten durch eine Spottschrift lächerlich zu machen suchte, was ihm auch nicht übel geriet.«
Langustier horchte auf. Der Konflikt van der Heyden – von Gontard war vielleicht tiefgreifender als gedacht.
»Ist diese Schmähpostille noch erhältlich?«
»Wo erhältlich?«
»Ich meine, gibt es davon noch ein Exemplar? Ich würde sie mit Freuden einmal lesen. Haben Sie zufällig eins?«
»Sicher – wir bekommen alle diese Schmutzadressen, Pasquills und Schandbriefe auf den Amtsstubentisch. Und ich muss gestehen, dass ich selber eine kleine Sammlung davon besitze, nennt es eine Marotte, ich habe auch noch den ›Akakia‹ des Voltaire gegen Maupertuis und die unsägliche Königsverunglimpfung des La Mettrie, der sich aber zu rasch totfraß, um noch gehenkt zu werden: *Der große Mann mit dem kleinen Stock*.«

Langustier schmunzelte.
»Ich würde mir auch letztere mit großem Vergnügen zu Gemüte führen, aber momentan bedarf es nur der Architektenschelte. Was hat man daraus für ein Verfahren gesponnen?«
»Es wurde gar nicht weiter ruchbar, da die Schwester van der Heydens sofort alles beim Drucker aufkaufte und in die Papiermühle überstellen ließ. Der Drucker jedoch hat sich, um seine Geschäfte besorgt, wiewohl die van der Heyden alles und noch mehr bezahlte, eine Kiste mit hundert oder zweihundert Exemplaren zurückbehalten und heimlich an Interessierte verkauft, so dass es doch noch zu kursieren begann. Gontard hat es bei mir angezeigt und ich habe van der Heyden zu einer Entschuldigung aufgefordert, die sein Kontrahent auch akzeptierte.
Im Wachlokal im Stadtschloss angekommen, entnahm von Rahn einer hübschen Schrankvitrine aus einzeln übereinandergestapelten Holzkästen mit verglasten Klapptüren eine kleine Schrift und überreichte sie Langustier. Dieser versprach, sie pfleglich zu behandeln, verabschiedete sich und schlenderte gemütlich Richtung Sans Souci.

Nach den jüngsten Anschlägen hatte der König die Bewachung seines Parks bedeutend verstärkt. Die Zeiten des offenen Zutritts waren vorbei und herumstreunende Bittsteller, die etwa vorhatten, sich einzuschleichen, um beim König ihr Glück zu suchen, mussten fortan schon reichlich List und Tücke anwenden.
Als Langustier an der Neptungrotte anlangte, bot sich ihm ein märchenhaftes Schauspiel: In Reihe hintereinander sah er den beeindruckenden Strahl der kleinen Fontäne, die riesige Wassersäule der Sans-Souci-Hauptfontäne, und mit etwas Fantasie konnte er weiter hinten, so die abwehende Gischt des gigantischen Schießwassers einmal zur Seite wehte und ein Blickfenster freigab, auch noch die lustig flatternde, quallenförmige Wasserhaut der Glockenfontäne ausmachen. Regenbögen irisierten in den Tropfennebeln.

Rechts des Parkwandlers indessen, in unmittelbarer, Hitze lindernd fühlbarer Nähe, rauschte mit frischem Sturzgeräusch der Doppelwasserfall der Muschelkasakade herab – ein Katarakt von wahrlich neptunischer Anmutung! Langustier trat fasziniert und Erquickung heischend näher, denn die drückende Schwüle, die an diesem Mittag über der Stadt lastete, machte auch vor dem Königsgarten keinen Halt. Aus einer unsichtbaren Austrittsöffnung sprudelte das Wasser und füllte zunächst ein umlaufendes oberes Becken. Dort waren ihm zwei Ausflüchte offen gelassen, nämlich die gewölbten Ränder zweier riesenhafter Muschelschalen, über deren Kannelierung es prunkvoll herabfiel, um jedoch sogleich von zwei weiteren, darunterliegenden Wannen aufgefangen zu werden – eine Stufung, die sich noch zweimal wiederholte, bevor der Bodenteller erreicht war. Zwischen den beiden Kaskaden öffnete sich eine Grotte, die mit unzähligen Schalen toten und versteinerten Meergetiers sowie auch glitzernden Mineralien ausgekleidet war und somit einer übergroßen Kristall- oder Schnecken-Druse glich. Antikisierende Statuen waren darin aufgestellt und eine Bank aus Kalktuff lud zum besinnlichen, gut gekühlten Verweilen ein.

Langustier haderte eine lange Weile mit sich, verzaubert von den erhabenen, kristallklaren Rocaillen der Wasserspielerei, ob er es sich nicht einfach für den Rest des Tages in dieser umtosten Meerhöhle bequem machen und den König nebst allen seinen Untertanen gute Menschen sein lassen sollte. Das Wasser rauschte munter seine Muscheltreppen herab und machte sich murmelnd in den Hasengraben davon. Langustier trottete seufzend in Richtung Hauptfontäne, ein letztes volles Quantum atmosphärische Labsal aus diesem Kühlungsborn einsaugend.

Was er sich nicht erlauben durfte, blieb dem Hausherrn unbenommen. Als Langustier die kleine Fontäne erreichte, aus deren verregnetem Brunnenbecken ihn etliche zudringliche Enten bestürmten, sah er bereits den rosa Baldachin, der im nächsten Lustgartenbezirk unterhalb der Weinbergsterrassen aufgespannt war.

»Ah – Monsieur le Cuisinier! Besehend Sie sich Ihnen diese Pracht! Seindt es nicht ein rechtes Wunder?«
Langustier hatte des Königs Stimme kaum vernommen, ebenso wenig die Laute des neben ihm am Boden stehenden und schwänzelnden Erpels, aus dessen auf- und zugehendem Schnabel man schließen durfte, dass er quakte. Das Blaugrün des Entenhalses ähnelte verblüffend dem abgewetzten Farbton des Uniformrocks, den der König auch bei der herrschenden Hitze nicht ablegte. Der Regent hatte sich in voller Montur auf eine Ottomane unter den luftigen Sonnenschutz gelagert und wirkte restlos beseligt.
In seiner unmittelbaren Nähe – etwa drei Meter maß das Brunnenbecken im Radius – fuhr die große Fontäne auf und sandte ihm ab und an einen feinen Sprühregen zur Erfrischung. Die Windspiele turnten durch das knöcheltiefe Wasser und plantschten vergnügt darin, jagten jetzt die dummen Enten davon und erfreuten ihren Herrn durch allerlei Schabernack, den sie mit dem bedienenden Kammerlakaien, Herrn Igel, trieben. Selbiger brachte gerade eine neue eisgekühlte Flasche Sekt und eine Karaffe mit frisch gepresstem Ananassaft vom Schlösschen herunter und konnte es nur durch vehemente Gelassenheit dahin bringen, nicht mit seiner Ladung baden zu gehen. Langustier umkreiste den Strahl und labte währenddessen die Augen an dem aufgepeitschten Brunnenspiegel. Rund um die Fontäne hatten die Gärtner in vier grasgesäumten sechseckigen Flächen muschel- und tropfenförmige Segmente ausgeschnitten und mit verschiedenfarbigen Kieseln ausgestreut. Kegel von Lebensbäumen markierten die Ecken, und der Zierrasen um die Beete war akkurat geschnitten, was für die armen Diener jedes Mal ein Heidengeschäft darstellte. Mit Handscheren, auf harten Bretterbänkchen kniend, wurde es einmal pro Woche, weit vor Tagesanbruch, erledigt.
Nun kam der König wieder ins Bild, in Blickachse zu seinem »Sans, Souci.« postiert, von dem sich von dort unten nur eben das Dach mit etwas Gesims erkennen ließ. Die Feigenbäume in den

Treibhausgefachen – es waren 16 verschiedene Arten, wie ihm Sello stolzgeschwellt verkündet – hatten ordentlich an Höhe zugelegt, dito die Buchsbaumpyramiden, Oleander und Pommeranzen in ihren großen Töpfen. Für einige musste beim Umtopfen schon der Gartenkran bemüht werden.

»Setzt Ihnen einmal her«, rief der König, »und trinkt einen Schluck mit mir. Dies seindt sonst nicht meine Art, die Tage verschlafend und in den Himmel starrend zuzubringen. Aber nach so vielen Jahren und so viel Geldverschleuderns wegen die Fontäns soll mich wenigstens einen Mittag lang das Wassertreiben so recht ungestört erfreuen. Lasst uns daher einmal über die Stränge schlagend!«

Der Lakai stellt eine Flöte mit »Oil de Perdix« auf einen elliptischen Beistelltisch, ganz ohne Neid, denn er würde sich oben in der Schlossküche ebenfalls schadlos halten. Langustier ließ sich ächzend auf einem einfachen Gartenstuhl nieder und genoss den Schatten, die kühle Feuchte und das kalte, herrliche Getränk, das ihm jetzt durch die brennende Kehle moussierte. Ein betörender Duft kam von den Oleanderbäumchen herüber. Langustier fühlte sich wehmütig an die einzige Reise zum mittelländischen Meer erinnert, die ihm als Lehrbursche vergönnt gewesen war.

Der Mann neben ihm hatte seine Beine ausgestreckt. Lässig übereinandergeschlagen lagen die kupferfarben verschossenen Lederstiefel auf der zerfetzten Seide des niedrigen Gartenruhebettes, die auch den Angriffen der Hunde ausgesetzt war. Seine graue Perrücke klebte ihm vom ständigen Huttragen eng am blatternarbigen Schädel, seitlich in drei große Ondulierschnecken auslaufend, an denen Brandspuren durch unsachgemäßes, zu langes Hantieren mit der Brennschere sichtbar waren. Der König liebte das ewige Gepudere mit Mehl nicht und was sich auf seinem Kragen und den Schultern sammelte, waren einfache Schuppen. Eine breite dunkelblaue Binde schützte den königlichen Hals vor dem roten rauen Baumwollkragen, während darunter in einem Dreieck, das der geöffnete oberste Uniformknopf enstehen ließ, der hellblaue Rüschenbesatz eines Hemdes mit Silberstickerei hervorsprießen durfte. Sein endlich einmal abgelegter schäbiger Filzhut ruhte jetzt auf dem Kopf eines hier aufgestellten pummeligen Amors, während sein derber Knotenstock den dazugehörigen Pfeil ersetzte. Nicht abgelegt hatte der König seine Handschuhe aus einst hellbeigem Wildleder, die längst aussahen, als seien sie aus schmutzigfleckichten grüngrauen Topflappen gefertigt.

Sie prosteten einander zu. Der verklärte Blick des Monarchen war auf seinen Lieblingshund gerichtet, der sich das Wasser aus dem Pelz schüttelte. Beim Wiederholen des Vorganges wurde aus seinem dünnen Fellbesatz nurmehr ein Dunst herausgeschleudert. Sofort ging er dazu über, die unzähligen Flohbisse kratzend zu bearbeiten, die ihm in der Hitze ungemein lästig fielen.

Der König ergriff das Wort:

»Die Tragödie mit Mnemosyne seindt Euch zu Ohren gekommen?«

Langustier, der für Hunde wenig übrig hatte, antwortete:

»Durchaus, Sire. Eine Katastrophe. Doch hat diese grässliche Sache einen unerwarteten Fortgang genommen. Es mag Ihren verständlicherweise übergroßen Schmerz wenn auch nicht verschwinden machen, so doch ein wenig mildern, wenn Sie hören, dass die treue, tapfere Kreatur sozusagen auf dem Feld der Ehre gefallen ist!«

»Sapperment! Wie das?«

Der König sog hastig am Perlwein und schien ganz Ohr. In seinem zuvor entspannten Gesicht traten die Augen schrecklich hervor. Langustier indes zog aus seinen mit Beweismaterial mittlerweile gut gefüllten Taschen zwei Pistolenkugeln.

»Der todbringende Gipsknabe verlor mitnichten wegen Bauschlamperei den Halt! Der eigentliche Grund für seine Erdenfahrt war ein Geschoss, das in seinen Kopf eingeschlagen und die Arretierung mürbe gemacht hatte. Ein paar Tage hat er sich noch auf seinem wackeligen Sitz gehalten, dann ist er hinabgesaust und hat die arme Hündin … bedauerlicherweise … moussiert.«

Der König starrte unbewegt, noch unschlüssig, was er diesem seltsamen Zufall für eine Bedeutung beimessen sollte.
»Wem fällt denn diese Amouretten-Jagd in meinen Schlössern bei? Mon dieu! Ein starkes Stück seindt das!«
»Wer es war, das weiß ich leider noch nicht. Doch ich hege den Verdacht, dass man van der Heyden auf der Palastbaustelle erschossen hat, am Abend des 29. Junius. Der Täter muss indessen zwei Pistolen bemüht haben, weil er nicht so rasch hätte nachladen können, wie sein Opfer wohl geflohen wäre. Van der Heyden war zuvor auf der Soirée von Madame Bellini und man hat ihm dort eine Nachricht überbracht. Seine Schwester hörte im Laufe des Abends, als sie vor ihrem Hause saß, sein Pferd vorüberkommen. Das würde ziemlich genau passen. Der Baumeister wurde zur Baustelle gerufen. Mitten in der Nacht. Dort wartete mit zwei geladenen Pistolen der Mörder auf ihn.«
Der König hatte die Ereignisse derweil bei sich in eine stimmige Abfolge gebracht.
»Sie bedenken, dass ihn ein Subordinierter des Sommelerie-Amts-Trägers noch zwei Tage später in der Eisgrube will gesehen haben?«
Langustier leerte sein Glas mit Behagen. Vorsichtig, um den Herrn nicht zu erzürnen, fragte er:
»Schenken Sie dieser Geschichte mit dem Baron im Souterrain denn Glauben?«
»Meine Zuträger seindt meistens glaublich. Doch in diesem Fall sollte man wohl weitere Facta zu Rate ziehend?«
»In der Tat, Sire! Ich war vor Ort und fand Spuren, denen ich mit der Hilfe des Generalchirurgus von Theden in Berlin weiter nachzugehen gedenke.«
Der Kammerlakai hatte Langustiers Sektflöte noch einmal gefüllt. Der König nippte immer noch an seinem ersten Glas und goss überdies Orangensaft hinein. Langustier fragte:
»Baut der neue Kondukteur besser als van der Heyden?«

Der Regent schnaubte unwillig, denn er hielt von Architekten generell nicht viel. Architektur war sein liebstes Steckenpferd, da ließ er nicht mit sich spaßen. Die Geschichte mit van der Heyden passte ihm gar nicht, und der Gedanke, der Nachfolger könnte beim Abgang des Holländers seine Hände im Spiel gehabt haben, erregte ihm Widerwillen.

»Gontard ist mich vor zwei Jahren von meiner Schwester aus Bayreuth verschrieben worden. Nun ist gute Gelegenheit, ihm auf die Probe zu stellend. Mir seindt es allemal lieber, wenn einer von denen Architekts spurt und ihme nicht eigene Gedanken einbildet, wie's der Heiden-Baron getan. Die Kuppel vom Palais müssen wir wieder abbrechen, so verquer will mich alles erscheinen, was er gegen meine Plane aufgeführet! Seine Schwester mag ein honettes und adorables Frauenzimmer sein, doch ihren verrückten Bruder hätte sie auf Dauer nicht aus der Bredouille gehalten. Der Regisseur Chambois hat ihme, das sagte er mich selbsten, sogar Geld geliehen. Will hoffen, dass Gontard reineren Strebens ist und man ihm nicht aus niederen Gründen Valet zu geben hat.«

Langustier fragte nun vorsichtig nach de Chambois' verhindertem Amtsvorgänger. Der König trank nun doch einen anständigeren Schluck und sagte:

»Ihr sprecht von dem Pernauld. Ihme ist doch wohl das Treppensteigen übel angekommen? Philippi wird Euch darüber mehr berichten könnend. Meint Ihr gar, die Gerüchte, die ihm wollen abserviert sehen, seien doch nicht ganz ohne?«

Langustier schluckte den Rest seines Sektes hinunter und bedeutete dem hinzutretenden Igel, es genug sein zu lassen.

»Mir schwebt da eine Theorie vor, die sich aber noch nicht hören lassen kann. Ich werde Ihnen, Sire, Neuigkeiten berichten, so bald ich sicher bin. Ich gedenke mich morgen nach der Mittagstafel auf den Weg nach Berlin zu machen, um in dem stockenden Siedemann-Casus voranzukommen. Nach meiner Rückkehr hoffe ich sicher auch mehr vermelden zu können.«

»Das wäre mich vorzüglich erwünscht, Monsieur. Die neue Regie soll jährlich zwei Millionen Zugewinn einbringen und nicht nur ein Meer an Ärger.«
Langustier erhob sich schwer, durch den Sekt eher im Gleichgewichthalten gestört als beflügelt. Er verneigte sich daher nicht gar zu tief und suchte den mangelnden Vorneigewinkel durch umso ausladenderes Hutgerudere wettzumachen. Der König ergriff die seitlich abgelegte Kopfbedeckung und wedelte ein bisschen zurück. Amüsiert verfolgte er seinen Koch einen Moment mit den Augen, als dieser sich daran machte, die Weinbergsterrassen zu erklimmen, dann verfing sich sein Blick wieder im Regenbogen der Fontäne und er ließ sich von Igel eine zweite Sektfüllung eingießen, perlenden Auges die Glasgestalt mit dem Bild des Springquells vergleichend.
Langustier grüßte en passant den zum König herabsteigenden Kunstmaler Lancret nebst Gehilfen, der für sein Gemälde »Tanz an der Fontäne« noch die Wassersäule porträtieren musste. Die Tänzerin, für die freilich niemand anders als die Bellini Modell gestanden hatte, war bereits verewigt, wie Langustier im Vorbeigehen auf der großen Leinwand sehen konnte: Die schöne Carlotta verkörperte eine Schäferin mit Tamburin, im Leopardenfell, Rosenkränze im Haar sowie um die zarten Arme und den schneeweißen, raumgreifend zur Schau gestellten Busen geschlungen, den Reifrock mit zahlreichen roten und gelben Rosen besetzt. Im Hintergrund war bereits eine Parkkulisse mit Statuen, Heckenschnitt und Nagelwerklaube angedeutet – in Silber- und Goldtönen weggedämpft, damit alles Licht auf die schwebende Figur und ihren bezaubernden Kopf konzentriert blieb. Nur Platz für den Springbrunnen hatte der Künstler frei gelassen.

XVIII

Am folgenden Nachmittag freute sich Conrad über seine Abberufung. Die Arbeit in der Küche machte nur halb so viel Vergnügen, wenn der Zweite Hofküchenmeister nicht anwesend war und mitwirkte. Da kam es geradezu einer Standeserhöhung gleich, ihn erneut in Kriminalangelegenheiten nach Berlin begleiten zu dürfen. Auf Langustiers Weisung hatte er sich in einfachste Tracht gekleidet, was auch sein Chef tat, um beim diesmaligen Hauptstadtaufenthalt nicht wieder aufzufallen wie ein Papagei. Ihre bessere Garderobe trugen sie in zwei kleinen Koffern bei sich, wenn der Ausflug auch nur kurz sein könnte.

Das Wiegenfest von Madame Bellini, für das Langustier dank königlicher Freigebigkeit als Koch abberufen war, sollte schon am Abend des nächsten Tages stattfinden. Langustier hatte bereits eine Menüfolge festgelegt und eine Einkaufsliste ins Palais der schönen Carlotta geschickt. Doch schien sich die Zeit wie feiner Sand, der durch ein grobporiges Sieb läuft, zu absentieren.

In der schlingernden Kutsche, mit der die beiden Inspektoren der königlichen Hilfspolizei gen Berlin rollten, war die Luft zum Schneiden. Das eine Schiebefensterchen klemmte ganz, das zweite gestattete nur eine winzige Öffnung, so dass den beiden Insassen die Aspiration zunehmend schwer fiel. Die Lektüre, die sich Langustier vorgenommen hatte, trug seinerseits immerhin etwas zur Ablenkung bei. Es war die Kollegenschelte des toten Baumeisters, betitelt mit: »Gontards Mondfahrt. Gewesene und inskünftige Weltenbauten des Architektenmondkalbs, beleuchtet durch einen kunstsinnigen Fach-Mann von der Heiden«.

Van der Heyden hatte in seiner Polemik gegen Gontard mit rudimentärsten Mitteln der Schmähliteratur gearbeitet. Der Text war eine einzige wüste Beschimpfung und Verunglimpfung von Gontards Gestalt, seines Kunstgeschmackes und seiner hündischen Ergebenheit gegenüber seinem königlichen Auftraggeber. Insgeheim schien van der Heydens Text jedoch weniger an den vornehmen, blasiert-harmlosen Gontard, als viel eher an den König selbst adressiert zu sein: Das Plump-Bockige, Altbacken-Behäbige und Sülzig-Schwülstige der königlichen Fassaden- und Innenraumdekorationen wurde nach Strich und Faden gegeißelt, kein gutes Haar an Materialüberfrachtung, wahllosen Antikenzitaten und blinder Farbgebung gelassen, mangelnde Proportionsbeherrschung und das Erhaschen von Effekten an den Pranger gestellt. Das unsägliche Wut- und Hass-Pamphlet gipfelte in dem Vers:

Das Bauen ist dem König hoch Pläsir.
So sollt'st auch du – Gontard – es halten:
Bau nur schön hoch, ich rat es dir,
Bau auf dem Monde deine Ungestalten!

Langustier gab die wenige Seiten umfassende Broschüre an Conrad weiter und versuchte abzuschätzen, wie sie wohl auf den armen Gontard gewirkt haben mochte. Dessen Stellung bei Hofe war zum Zeitpunkt ihres Erscheinens noch keineswegs gefestigt, und es hätte leicht passieren können, dass sich der König – dem jede Verunglimpfung seiner Person, und sei es über den Umweg eines Dritten, zutiefst verhasst war – aus der Peinlichkeit durch die simple Trennung von seinem neuen Baumeister befreit hätte. Rechtfertigte das nicht seitens des düpierten Gontard einen Anschlag auf das Leben des Pasquillanten van der Heyden, der sich so offenkundig auf dem Titel zu erkennen gab? Und welcher Ort käme hierzu eher in Frage als die Baustelle?
Als sie in Zehlendorf Station machten und den Wechsel der Vorspannpferde abwarteten, gewahrten sie unvermutet den jungen Textor, der mit einer Ladung Werderscher Graupen ebenfalls nach

Berlin hinein unterwegs war. Beim Anblick der luftigen Fuhre fassten die beiden schwer atmenden Kommissäre neue Zuversicht, die Hauptstadt noch lebend zu erreichen. In ihren Köpfen zündete im selben Augenblick der Gedanke, den Bäckerssohn um eine Mitfahrgelegenheit anzuflehen.

Nach erfreulicherweise bloß geringem Widerstreben willigte Martin Textor ein, sie zu den Säcken auf den offenen Wagen zu lassen, wobei Langustiers Angebot eines erklecklichen Fahrgelds sicher keine kleine Entscheidungshilfe darstellte. Nicht nur, dass ihnen jetzt gleich ein frischer Fahrtwind um die Nase wehte – auch die Erschütterungen des Weges wurden gedämpft: Die einfache Graupensack-Federung des groben landwirtschaftlichen Transporters schlug die marode Schwebeaufhängung der zurückbleibenden Berline um ein Vielfaches. Der erst mürrisch dreinblickende königliche Kutscher wurde mit einem reichen Salär abgefunden und eilte in den Zehlendorfer Fahrkrug, um sich sein Mütchen bei einer Molle Bier – oder auch einem Dutzend – zu kühlen.

Langustier zog sein Notizbuch aus der Jacke und besah sich die seltsame Reihe von Abbreviaturen, die er von Siedemanns Zeitung abgeschrieben hatte:

»Zum Memorand.: L. konfisz. N. Btzn.; ausfü.!«

Er wandte sich an Conrad und fragte:

»Habt Ihr mir nicht einmal von Nürnberger Batzen erzählt?«

»Natürlich, es waren Nürnberger Batzen, die mir der bissige Legrange aus der Börse wegkonfisziert hat.«

»Aha. Jetzt wäre nur noch zu eruieren, wie sich *Memorand.* und *ausfü.!* allenfalls übersetzen ließen.«

Kurz bevor der Königliche Packhof zu Berlin an diesem Freitag seine Pforten schloss, trudelte Textor mit seiner Fuhre ein. Die amtierenden Inspektoren waren nicht begeistert über diese späte Ankunft, die ihnen unter schlechten Umständen über ihren regulären Dienstschluss hinaus Arbeit machen könnte.

Der Inspektor Britzer kam ihnen mürrisch entgegen und quittierte die Anwesenheit von Reisenden auf diesem Getreidekarren mit einem ärgerlichen Brummen.
»Sind die Herrschaften Teil der Ladung? Darf ich ihnen die gleiche Behandlung angedeihen lassen wie diesen anderen mürben Säcken?« Als hätte er dies gleichsam für sich selbst gesprochen, wartete er, ohne sie eines Blickes zu würdigen, bis sie von der Ladefläche heruntergestiegen waren, was angesichts von Langustiers gehobenem Alter nicht mehr ganz so hurtig vonstatten ging.
»Nehmt die Beine unter den Arm, Gevatter. Ihr habt lange genug auf der faulen Haut gelegen. In Berlin läuft die Zeit schneller! Da weht ein anderer Wind als auf dem flachen Land, wo Ihr herkommt!«
Langustier tat – als ländlicher Großvater – beflissen alles, was der junge Städter ihm befahl. Britzer sah ihre Koffer und forderte sie auf, selbige zu öffnen. Gebieterisch fragte er, ob verzollbare Ware darin wäre? Hier konnte es sich Langustier, nachdem er die Frage verneint hatte, nicht verkneifen, nach der Notwendigkeit dieser Operation zu fragen. Der Inspektor antwortete gar nicht, sondern wiederholte die eigene Frage barsch, fast drohend. Langustier verneinte freundlich und schüchtern wie zuvor und schloss die beiden Koffer auf. Die Sachen wurden nun mit feindseliger Gründlichkeit untersucht, Kleider, Wäsche und Schuhe auf nahen Holzkisten ausgebreitet und akribisch durchstöbert. Die hohe Qualität dieser Dinge machte den argwöhnischen Britzer vollends stutzig und er ließ sich die Börsen der Herren vorweisen, was die ungespielte Entrüstung Langustiers hervorrief. In Conrad weckte all das unliebsame Erinnerungen, weshalb er halb flehentliche, halb zürnende Blicke auf den Packhofinspektor warf, welche diesen noch fuchsiger werden ließen, als er es ohnedies schon war. Vergessen der Gedanke an den hereingebrochenen Feierabend, hier waren zwei ganz schillernde Vögel in sein Netz gegangen. Geflohene Kammerlakaien des Königs? Langustier erboste sich immer mehr:

»Monsieur, ich reise unter dem Schutz meines Königs, ich habe kein Wort gesagt, das Sie beleidigen könnte, ich führe keine Contrebande, meine Persönlichkeit kann keinen Verdacht erregen, und dennoch behandeln Sie mich unfreundlich, unhöflich, ja feindselig und rauben mir kostbare Zeit, die ich besser anwenden könnte, reißen alle meine Sachen aus dem Koffer – cui bono, frage ich Sie, wem soll das dienen, was wollen Sie von mir?«
Britzer schien nicht geringe Lust zu haben, Gewalt zu gebrauchen, dem Widerspenstigen die Börse zu entreißen und sie zu erbrechen, weshalb Conrad ihm einen derben Stoß vor die Brust setzte. Der junge Bäcker Textor, der diesen sich abzeichnenden Eklat abseits wartend verfolgte, wurde blass. Alles Leben schien aus ihm zu weichen. Indessen brüllte Britzer nach Verstärkung. Diese beiden vermeintlichen Landmänner waren feindliche Spitzel, Ganoven, Verbrecher, Diebsgesindel und mussten sofort festgesetzt werden. Eine Gestalt, die Langustier und Conrad bereits kannten – der Revisor Legrange –, schoss aus dem kleinen Unterstand am Packhofgebäude und suchte mit überschnappender Stimme die sich zuspitzende Situation in den Griff zu bekommen. Er hatte die beiden noch nicht als die unbequemen Gäste aus dem »Zepter« wiedererkannt.
»Was wollen die armen Bauern hier bei uns bestellen? Was hat sisch in ihr Portemonnaie, mein Herr?«
»Die sind nicht arm, das sind keine Landleute! Spitzel oder Schmuggler sind's!«, schrie Britzer und zeigte auf die reichen Kleider auf den Kisten. Langustiers Jacke aus gelbem Moiré, seine himbeerfarbene Weste und die grauen Beinkleider schienen bei Legrange endlich eine dunkle Erinnerung wachzurufen.
»Wie kommt sisch dies zu erklären?«
Langustier kürzte die Prozedur ab, indem er dem Zollrevisor sein königliches Permissschreiben unter die Nase hielt. Legrange zuckte zusammen wie eine Auster unter einem Spritzer Zitronensaft.
»Behandelt Ihr alle Ankömmlinge in der Metropole der königlichen Lande auf diese herzlos-penetrante Weise? Es könnten durchaus

auch solche darunter sein, die so wie wir gewillt sind, Zuneigung, Liebe und die besten Kräfte ihres Lebens diesem König und dem Gedeihen seines Staatswesens zu widmen! Lassen Sie uns nun gefälligst passieren, wir wollen nicht unseren restlichen Tag hier auf ihrem öden Plan zubringen.«

Textor, der die Szene kreidebleich verfolgt hatte, öffnete bereitwillig seine Graupensäcke, in denen Britzer irritiert und lustlos herumstocherte. Die Graupen waren als Weizen zu deklarieren und mit drei Groschen je Scheffel zu veranschlagen, da Textor sie für seinen Vater, den Bäckermeister, beförderte. Ein Privatmann hätte nur einen Groschen und neun Pfennige den Scheffel zu entrichten gehabt. In jedem Fall waren sie, wie Britzer enttäuscht feststellte, frei von Schmuggelgut. Brummend hieß er den Bäckersohn seine Säcke wieder zumachen.

Legrange gab derweil Langustier das Permissschreiben zurück, nachdem er einige Momente kopfschüttelnd auf den Inhalt gestarrt hatte. Er grüßte militärisch knapp, wandte sich wortlos um und verschwand wieder dorthin, wo er hergekommen war. Auf Langustiers unstatthafte Frage war nicht die Silbe einer Antwort aus seinem Munde ergangen.

Langustier zuckte mit den Achseln und machte sich gemütlich ans Einpacken seiner Habseligkeiten. Conrad tat dasselbe.

»Eilen Sie!«, rief Britzer frech. »Sie sehen ja, dass Sie uns hier nur aufhalten! Es ist Feierabend und Sie sind noch immer da!«

Die beiden Visitierten verlangsamten daraufhin ihre Anstrengungen und nahmen Stück für Stück noch einmal aus ihren Koffern, um es auszuschütteln und erneut sorgfältig zusammenzulegen. Britzer war nahe am Überschnappen. Doch nach außen hin brummte er nur, zog seine Zwiebel, fluchte, schlug mit dem Weidenstöckchen gegen die Streben des Wagens und gegen die Graupensäcke. Textor entrichtete, bleich wie eine Leiche, Britzer den geforderten Betrag, da die Akzisekasse bereits geschlosen hatte, und erhielt eine Quittung ausgehändigt.

Endlich saßen die beiden unbequemen Fahrgäste wieder auf und Textor rollte eilig mit ihnen davon. Der Inspektor verfolgte die Bewegung des Gefährtes mit eisigen Blicken und schloss den Schlagbaum hinter der Pommeranzenbrücke, nachdem es endlich den Packhof verlassen hatte.

XIX

Philippi ließ sich nicht lange bitten, mit Conrad und Langustier bei Marie von Quandt zu Abend zu speisen. Auch Langustiers Schwiegersohn war dieses Mal anwesend und bereicherte die Unterhaltung durch Einzelheiten über die Fabrikation türkischer Garne.

»Was Sie mir da über das Gebaren der Packhofinspekteure und des Herrn Revisors erzählen, meine Herren, ist skandalös! Ich habe allerdings schon einige solcher Geschichten gehört. Auch Sie, Madame, haben ja bereits die Unverschämtheit des Herrn Legrange zu spüren bekommen.«

»In der Tat, Monsieur!«, bestätigte Marie Philippis Worte. Langustier ließ sich vernehmen:

»Bei der Gelegenheit wäre ich froh, Monsieur le Präfecteur, wenn Ihr mich einmal etwas genauer über die Rangordnung in der ominösen Zoll-und-Akzise-Behörde aufklären könntet.«

Philippi hob an:

»In Berlin sind es 40 Unterbeamte oder Inspektoren, die unter der Fuchtel des Legrange stehen. Er ist als Revisor seinerseits nur noch dem Generalregisseur für Berlin, Jean-Baptiste de Chambois, Rechenschaft schuldig. Die Unterbeamten gliedern sich in Torschreiber, Waagemeister, Kranknechte, Strom- und Schleusenmeister, Kalkulatoren, Wächter zu Fuß, Packhofinspekteure, Akzisekassierer und Akzisekassendiener.«

»Habt Ihr«, wollte Langustier weiter wissen, »von irgendwelchen Indizien für eine Ungleichbehandlung der Akzisepflichtigen, etwa der Wirte, Brauer oder Grossisten, Kenntnis?«

Philippi stöhnte.

»Ihr sprecht dies heikle Thema gelassen an. Ich wollte, ich könnte

Euch eine einfache Antwort darauf geben. Allein ist uns bislang immer alles wieder durch die Finger geronnen, wenn wir einmal glaubten, der Kontravention auf der Spur zu sein. Das vermutete Nest der Verdächtigen ist – es wird Euch nicht wundern – der ›Quappenkrug‹ gewesen, wo sich die Brauer wöchentlich zum Stammtisch treffen. Doch versandete das Rinnsal von Spur, das wir gelegentlich verfolgten, stets rasch. Sie halten alle zu gut zusammen, so dass wir ihnen nicht beikommen.«

»Diesmal könnte es eng werden für diese Herren, wenn sich die Dinge zusammenfügen, wie ich es mir vorstelle.«

Philippi hob sein Glas auf diese Langustiersche Vermutung hin und die Runde tat es ihm gleich.

»Aber bevor ich morgen früh den Obereintreiber ins Gebet nehme …«

»Generalregisseur!«, verbesserte Philippi –

»… möchte ich noch etwas über diese Pernauld-Geschichte erfahren.«

Philippi stutzte. Langustier konnte sich durch die kleine Befragung in zwangloser Runde zeitaufwändige Aktenstudien sparen. Das war sehr begrüßenswert.

»Sie meinen den Unfall des Vorgängers von de Chambois?«

»Ja. War er kein *de*? Kein Comte, kein Freiherr, kein Graf, kein Baron?«

»Nein, er war nur ein einfacher, verdienter ehemaliger Beamter des Königs von Frankreich. Im Gegensatz zu seinen Kollegen hatte er keine blaublütigen Verwandten – und war im Kontrast zu jenen zudem die Bescheidenheit selbst. Vielleicht lag es daran, dass er mit der reichen Bellini liiert war, aber ich glaube es nicht. Er begehrte als Einziger mit überraschender Uneigennützigkeit gegen das königliche Vorhaben auf, die ungünstig niedrigen Steuereinnahmen des letzten Verwaltungsjahres zum Maßstab für die Provision seiner Kollegen und sich herzunehmen. Er hatte diesbezüglich eine Eingabe an den König verfertigt und am Tag vor seinem Tod abgeschickt. Er stürzte unglücklich die Treppe des Regiepalastes hinunter und starb noch auf der Schwelle. Der König berücksichtigte seine Einwände und nahm zur Berechnung der Überschussbeteiligung das weitaus bessere vorletzte Jahr. Mit anderen Worten: Die Summe an Einnahmen, die seine französischen Steuereinnehmer übertreffen mussten, um eine gehaltsverbessernde Provision zu erhalten, war jetzt weit größer als zuvor. Und das war Pernaulds Schuld.

»Wann, wo und wie ist Pernauld abgestürzt?«

»Im Donnerschen Palast, an einem Freitagmorgen, kurz vor acht. Der Bau war noch für niemanden zugänglich.«

»Ohne Zeugen?«

»Leider, obwohl es einen gab, der etwas gesehen haben könnte. Um das zu verstehen, ist die damalige Arbeitsweise Pernaulds zu bedenken: Er sollte ja die Regie für Berlin übernehmen und es waren nur noch etwa zwei Wochen Zeit bis zum Beginn der Amtszeit. Er arbeitete schwer an seinen Generaldirektiven und Berechnungen und verließ sein Kontor nie vor Mitternacht, meistens erst weit danach. Und in der Nacht vor dem fraglichen Morgen muss er durchgearbeitet haben. Dies ergibt sich aus den Aussagen des Pedells, der ihn am Donnerstagabend kommen und bis weit in die Nacht arbeiten sah, sowie aus den Beobachtungen der Wachsoldaten und Nachtwächter, welche die ganze Nacht über das Licht in seinem Arbeitszimmer hinter dem Balkon brennen sahen.«

»Wer aber hätte der Zeuge des Sturzes sein können, von dem Sie sprachen?«, fragte Langustier interessiert.

»Nun, das ist, von heute her betrachtet, etwas kurios. Normalerweise stecken unsere preußischen Leichen nicht so enge verquickt beeinander. Das Land ist weit und es ist also für die Toten Platz genug, sich gleichmäßig zu verteilen.«

»Lasst mich nur raten, es war der Baumeister, der den Palast des Herrn Donner für die Behörde gründlich umgebaut hat – der gewesene Baron van der Heyden!«

»In der Tat. Er war an diesem Morgen schon früh ins Gebäude gekommen, hatte sich auch nach eigenen Angaben kurz mit Pernauld unterhalten, bevor er auf dem Dach verschwand, um den Baugrund für die noch aufzusetzenden Dockengeländer oder Balustraden zu inspizieren. Die Balustern wurden auf van der Heydens eigenmächtige Veranlassung aus schlesischem Marmor angefertigt, was den Umbau um etwa ein Drittel verteuerte. Auch schlug van der Heyden vor, drei der sieben Todsünden als Statuen auf diesem Dachabschlussgeländer zu postieren: Habsucht, Neid und Geiz. Für den Hauptsitz der königlichen Steuerbehörde vielleicht eine etwas merkwürdige Dekoration, nicht wahr? Der König hat sich denn auch darüber unwillig geäußert und sein Placet nicht gegeben. Das folgende Zerwürfnis mit van der Heyden hatte viele Anlässe. Die Potsdamer Kuppel, die der Baumeister dem König frech in den Proportionen korrigierte, war da schon ein viel stärkeres Stück. Nun, wie dem auch sei: Der Baron van der Heyden hat nichts gehört oder gesehen von Pernaulds Unfall, sagte er. Man kommt auch schwerlich dahin, das anzuzweifeln, denn es wäre schon kurios, wenn er den Tod des Herrn nicht gemeldet, sondern einfach das Haus verlassen und über seine Beobachtung geschwiegen hätte.«
Langustier war anderer Meinung, da es immer einen üblen Eindruck hinterließ, der Polizei oder wem auch immer eine Leiche zu servieren. Philippi fuhr fort:
»Pernauld muss gefallen sein, als er nach der Anstrengung der Nacht wie oft hinüber zur Stechbahn ins Café Wegely gehen und seinen Morgenkaffee einnehmen wollte. Der Baumeister hatte zu diesem Zeitpunkt nach eigenen Angaben das Gebäude schon wieder verlassen – angeblich durch den Hintereingang, wo seine Kutsche wartete.«
Über einen Punkt wünschte Langustier noch besondere Aufklärung. »Wie sah das Büro des gestürzten Pernauld aus? Welchen Eindruck machte es?«

Philippi konnte sich die Frage nicht erklären, weshalb Langustier präzisierte:
»Fanden Sie irgendetwas Auffälliges? War es ein einziges Durcheinander, wie man es erwarten sollte, wenn jemand mehrere Jahrgänge von Verwaltungsakten durchforstet?«
»Jetzt, wo Sie fragen – nun das ist wirklich etwas eigenartig gewesen. Ich meine, wir fanden überhaupt nichts Auffälliges, doch wenn ich es genau bedenke, war genau dieser Umstand seltsam: Der Raum mit seinen Arbeitstischen und Stauregalen fand sich nachgerade penible aufgeräumt. Nichts lag herum, alle Aktenfaszikel standen wie Soldaten in den Regalen oder lagen akkurat übereinandergetürmt auf abgezirkelten Arealen der Tische. Es wirkte ein bisschen wie auf einem Kirchhof, wo man gerade mit dem Rechen den Sand zwischen den Grabstätten frisch geharkt hat. Wenn er das immer nach der Arbeit machte, und sei es auch nur vor dem Gang ins Kaffeehaus – na, dann alle Achtung, er dürfte wohl der einzige Franzose gewesen sein, der dies in unserer Verwaltung tat. Sie sollten einmal den Tisch seines Nachfolgers sehen …«
»Wissen Sie, wann und wie er die Eingabe an den König abgeschickt hat?«
»Er übergab sie bereits am Mittag vorher dem Kommandanten der Schlosswache, der zufällig im Donnerschen Haus war, weil er in einem Fall von Zollunterschlagung aussagen musste.«
Langustiers Gestalt straffte sich.
»Monsieur, morgen werde ich mir den Schreibtisch von Pernaulds Nachfolger einmal ansehen – wie auch den Nachfolger selbst.«
Während er sich Maries gedünstete und in Danziger Likör eingelegte Birnen mit Zucker und Zimt auf der Zunge zergehen ließ, für die sie auch vom Polizeipräsidenten ehrliches Lob einheimste, suchte er innerlich nicht nur nach der Auflösung zweier Abkürzungen, sondern war zugleich bestrebt, einen Hirschhornknopf, ein Stück englische Schnur, weiße Körner, eine Erkältung, einen Stammtisch gut verdienender Brauer und Weingrossisten, einen

korrupten Revisor und einen toten Steuerinspektor in Konnex zu bringen. Van der Heydens Ermordung und seine suspekte Hintertreppenrolle beim ominösen Todessturz des Herrn Pernauld hingen möglicherweise zusammen. Aber welche mysteriösen Verbindungen gab es zwischen Siedemanns Ableben und dem allseits verständlichen Berliner Hass auf den Steuerrevisor Legrange und seinen Chef de Chambois?

Marie hatte sich hinter ihn gestellt und lugte in seine Notizen. Er fragte sie, indem er auf eine der mauen Stellen deutete:

»Was heißt wohl das hier: *Zum Memorand.*?

»Zum Memorandum«, beschied sie.

»Und das: *ausfü.*?«

»Ausführen!«

»Aha. Ich danke dir.«

So einfach war das also! Siedemann wollte seine Mitinspektoren beim König anschwärzen. Ein Memorandum, auch eine Eingabe genannt, verfertigen, ganz wie es Pernauld vorgemacht. Auch andere Leute machten Eingaben, sogar sein Gehilfe! Wie hatte Conrad die seine gleich genannt? Er hatte die nette Wendung im Gedächtnisse behalten: *ein Memorial, um dem König supplicando näherzutreten.*

Langustier trat die Gestalt Siedemanns lebhaft vor Augen. Se. Königliche Majestät hatten wohl keine gute Wahl getroffen, als sie die biederen Preußen durch die geldgierigen Franzosen ersetzten. Der einsame, treue Preuße unter lauter fremden Halsabschneidern hatte gefährlich gelebt, da er nicht mitspielte!

An Philippi gewandt, beschied er:

»Monsieur, es wäre wohl ratsam, noch einmal die Aufenthaltsorte von Siedemanns Kollegen in der Nacht seines Unterganges festzustellen.«

Philippi räusperte sich indigniert. Was dachte sich dieser Herr eigentlich über die Arbeitsweise der – in Paris geschulten! – königlichen Polizei?

»Das war eine der ersten Recherchen, die wir angestellt haben. Sie waren alle in der fraglichen Stunde im ›Zepter‹ einträchtig mit Legrange beisammen! Bis zur Polizeistunde hat keiner das Lokal verlassen. Dies bestätigt insonderheit Krebel, der Wirt, aber auch einige weitere Gäste, die als glaubwürdig gelten dürfen. So war auch von Hattstein, der Direktor der Preußischen Seehandlung, mit Henrici, dem Bankier der neuen Königlichen Giro- und Wechselbank, im Raum.«

Langustier war wie vor den Kopf geschlagen von dieser wichtigen Neuigkeit. Warum hatte er dies noch nicht früher erfahren? Nicht dass es ihn nun allerdings ad hoc recht weiter brachte. Er deklarierte unwillig, zum äußerst schweigsamen Conrad hin:

»Es sind einfach zu viele Unbekannte in diesen beiden Fällen!«

Conrad wischte sich den Schweiß von der Stirn. Die Hitze drang durch alle Poren. Er war froh, dass Philippi nun zum Aufbruch blies und sich von Gastgebern und zivilen Kollegen verabschiedete. Die Zurückbleibenden begaben sich zur Ruhe, doch Erholung stellte sich bei allen erst gegen Morgen kurz ein, als die Temperaturen auf ein erträgliches Maß gefallen waren.

XX

Man ließ den ungeladenen Gast warten, was ihn in die glückliche Lage versetzte, wenigstens eine knappe weitere Stunde tief und fest zu schlafen. Auch der Lärm, der an diesem Sonnabendvormittag – einem der drei Sprechtage, an denen das Gebäude der Akziseadministration einem Taubenschlage glich – den Gang vor dem Büro des Generalregisseurs de Chambois erfüllte, konnte Langustier nicht wecken. Erst als ihn ein Amtsdiener energisch an der Schulter packte und schüttelte, besann er sich mühsam wieder auf seine Aufgabe in der wirklichen Welt und erhob sich ächzend. Die Gelenke knackten, die Knie schmerzten und stachen beim Aufstehen. Nun war wohl die Arthritis in den Knien endlich so stark ausgeprägt wie bei seinem allergnädigsten König.
De Chambois empfing ihn mit der Fahrigkeit des Vielbeschäftigten und bedeutete ihm, es bitte kurz zu machen. Er wisse nicht, worum es ginge – wenn man ihm dies nun in knappen Worten beibringen möchte?
Langustier hatte mit Bedacht seine bäuerliche Tarnkleidung angelegt, so dass der Effekt, den sein Permissschreiben machte, nur umso stärker ausfiel.
De Chambois wusste nicht, wie ihm geschah und was das sollte.
»Ich habe der Polizei alles gesagt. Was könnte noch fehlen? Ich weiß es nicht. Sagen Sie es mir, Monsieur!«
Die beiden Männer standen sich gegenüber und waren einander in Kegelform und Haarperücke so täuschend ähnlich, dass nur die Farbe des Rockes, die Form ihrer Schuhschnallen oder der Federbesatz der Hüte nennenswerte Unterschiede markierten – vom Gesicht abgesehen, das bei Langustier weltmännische Belesenheit

zeigte, bei de Chambois jedoch nur geschäftige Blasiertheit. Auch hatte sich das leicht ovale Antlitz des Kochs mit feinen Fältchen überzogen, während de Chambois' Gesichtshaut die Glätte eines Neugeborenen aufwies.

»Monsieur, mir wäre schon mit ein paar Auskünften über Ihre Tätigkeit gedient. Was arbeiten Sie hier? Aus dem kunstvollen Durcheinander auf ihrem Schreibtisch möchte ich ablesen, dass Sie eine Menge Verantwortung tragen und viele Dinge gleichzeitig erledigen müssen, um überhaupt durchzukommen. «

De Chambois nickte.

»Das ist wahr. Die Menschen werden immer dreister in ihren Methoden, unserer Behörde ein Schnippchen zu schlagen. Da stapelt sich alles kreuz und quer. Aber wenn ich es recht bedenke, war das auch in der Vorbereitungszeit so. Schon in den ersten Wochen, nachdem der arme Pernauld mir den Sessel abgetreten hatte, noch bevor es richtig losging, verstehen Sie, gab es hier auf diesem Tisch keinen freien Fleck mehr. Ich habe es vor allem mit der ständig wachsenden Zahl von Schmuggeleien zu tun. Dieses Einschleusen von Contrebande nach Berlin hat sich mittlerweile zu einem kapitalen Problem ausgewachsen, wie ich es so noch nirgends erlebt habe.«

»Es scheint schlimm zu sein, fürwahr!«, betete Langustier nach, fügte jedoch hinzu: »Aber denken Sie nicht, dass das Betragen Eurer Inspektoren und Revisoren den Unmut der Menschen erst soweit anheizt, dass sie auf die Idee kommen, sie zu hintergehen? Ich musste es selbst leidvoll erfahren, wie man mit harmlosen Reisenden umspringt, und werde kaum umhin können, es Sr. Königlichen Majestät in den abstoßendsten Farben zu schildern.«

Der Generalregisseur verzog keine Miene.

»Wo gehobelt wird ...«

»... fallen Späne! Ich glaube, das sagtet Ihr bereits nach dem Empfang beim König und meintet damit die Unregelmäßigkeiten in Pommern. Die Frage ist nur, ob gehobelt werden muss? Glauben

Sie nicht, dass eine moderate Verfahrensweise einen Rückgang der Schmuggeleien und eine Verringerung der Unterschleife bei den Beamten mit sich brächte?«

»Unterschleife bei den Beamten? Was wollt Ihr damit andeuten, Monsieur! Ich muss Sie bitten, Ihre Zunge im Zaum zu halten. Obwohl Sie vielleicht beim König einen Stein im Brett haben, so sind sie doch momentan auf fremdem Terrain und beleidigen in mir den Vorsteher der Berliner Steuerregie!«

Er hatte sich echauffiert und im Aufbrausen eine rote Färbung angenommen. Langustier fuhr unbeeindruckt fort:

»Meine Beobachtungen legen es nahe, dass es zumindest einigen städtischen Brauern und Spirituosenhändlern besser geht, als es ihnen nach des Königs Steuererform gehen dürfte. Wie ist das möglich?«

»Sehen Sie!«, beeilte sich de Chambois, diesen Punkt abzuhaken. »Es sind gute Geschäftsleute und deswegen stehen sie besser da als die anderen.«

»Ich wage zu bezweifeln, dass dies hierfür Grund sein kann. Da vor des Königs Steuerregie alle ungleich sind ...«

»Es ist nicht des Königs Steuerregie ...«, zischte de Chambois kaum hörbar, biss sich jedoch sofort auf die Lippe.

»... müssten die Herren mit fetterer Börse auch zehnmal mehr berappen als der kleine Bäcker, doch es sieht gar nicht danach aus! Man munkelt von einer Art geheimen Unterhandels zwischen Steuereintreibern und gewissen Handelspersonen ...«

»Wer munkelt? Ich fordere Namen, Monsieur, damit diese Verleumder angezeigt werden können!«

Er begriff, dass er sich mäßigen sollte, um keinen schlechteren Eindruck zu hinterlassen als nötig, und fuhr daher etwas versöhnlicher fort:

»Monsieur, Sie müssen einsehen, dass mit der Reformation eines Steuersystem gewisse, nicht eben kleine Probleme verbunden sind und zu Anfang alles holterdipolter gehen muss, bis sich die Sache eingespielt hat. Ich will Ihnen zugeben, dass der Ton auf dem Packhof zuweilen ruppig ist, aber das ist er ebensogut auf dem Markt oder in einer Handlung, wenn viel Andrang, das Wetter heiß und drückend oder die Laune nicht so ist, wie sie sein sollte.«

»Es ist mir nicht um Ruppigkeiten zu tun. Die gibt es in der Tat überall. Aber wenn die Grobheiten dazu dienen, den Leuten mehr abzupressen, als nötig und schicklich und vor allem: mehr als vom Gesetze her geboten, dann ist das eine kriminelle Machenschaft, die sich der König von seinem Volk nicht länger wird ankreiden lassen wollen. Denn er achtet darauf, seine Berliner nicht zu vergrätzen, wenn er auch ansonsten nicht viel von Berlin hält.«

»Von einem Koch lasse ich mich nicht maßregeln! Und wenn Ihr der Koch des Kaisers von China wäret oder des Großmuftis oder des Kalifen von Bagdad, so bliebt Ihr doch ein Koch! Ich könnte hundert von Eurer Sorte beschäftigen! Ich warne Euch, treibt Euer Spiel nicht mit mir! Nicht mit mir!«

De Chambois war wieder zu Hochform aufgelaufen und blähte seine Backen wie ein Laubfrosch seine Schallblasen. Langustier hatte, fürchtete er, diesem Herrn tüchtig auf die Zehen getreten, doch er war deswegen nicht traurig. Im Gegenteil.

»Monsieur, Sie haben einen für Herz und Lunge gefährlichen Beruf und sollten darauf achten, sich nicht zu verausgaben! Wieso unterstütztet Ihr den ermordeten Landbaumeister mit Geld? Was erhieltet Ihr von ihm dafür?«

De Chambois hatte seine Fassung kaum wiedererlangt, um gleich Gefahr zu laufen, ihrer aufs Neue verlustig zu gehen.

»Was sind das für perfide Unterstellungen? Ich half ihm bei einigen Ehrenschulden, damit er nicht zum Juden liefe! Den Ephraims braucht man's nicht in den Rachen schieben! Die bedient der König schon zur Genüge!«

»Er hätte aber auch zur neuen Königlichen Giro- und Wechsel-Bank gehen und einen Kredit nehmen können!«

»Van der Heyden hatte keine Sicherheiten.«

»Nun erstaunt es mich doppelt, dass er bei Euch Gnade fand. Wie ist es dazu gekommen?«
»Ihr wollt reichlich viel wissen, findet Ihr nicht? Ich glaube kaum, dass Euer vom König signierter Wisch Euch hierzu genügend absichert. Ich gab ihm das Darlehn, weil mich eine gewisse Dame darum gebeten hat.«
»Carlotta Bellini!? Seid Ihr heute Abend übrigens geladen? Oder kommt Ihr auch ohne Einladung?«
De Chambois erwiderte nichts, sondern wies mit stummer Entschiedenheit zur Tür.
»Bon jour, Monsieur. Ich muss noch heute früh nach Potsdam abfahren, wo ich mich mit dem König berede, der mit mir über die Novellierung der Biersteuer sprechen will.«
Langustier konnte beim tapferen Davonschreiten mittels eines im Treppenhause angebrachten Spiegels de Chambois in der Tür seines Büros stehen sehen. Der Mann dauerte ihn bei aller zur Schau gestellten Macht. Die Gesichtszüge hatten jede Spannung verloren, blutunterlaufen waren die Augen, die Wangen gerötet. Dann kam die Kehre der Treppe, und die unförmige Gestalt des Generalregisseurs für Berlin kippte aus dem Bild – mit der Rasanz eines nassen Sackes.

XXI

Als Langustier am Brauer-Ufer gegenüber dem Holzmarkt des Prinzen von Preußen in der Holländischen Windmühlenstraße ankam, fand gerade eine Kontrolle durch einen der Packhof-Inspektoren statt. Es war eher ein Frühschoppen, wenn man die Bierfahne in Rechnung stellte, die Britzer als Abgesandter seiner Behörde dort hinter sich herzog. Beim Bötzow war der Kontrolleur just fertig geworden und wankte jetzt zum Konkurrenten Krebel nebenan. Im unsicheren Vorbeipassieren nahm er Langustier jedoch genau aufs Korn. Ob er ihn wiedererkannt hatte? Als einer der schrägen Vögel mit dem königlichen Freibrief vom Packhof? Schwer zu entscheiden bei seinem glasigen Blick und den leicht fahrigen Bewegungen. Die Arme schlenkerten ihm am Leib, als seien sie nur oben festgebunden.

Conrad hatte den Auftrag erhalten, sich mit dem von Langustier in der Eisgrube am Höneberg sichergestellten Faden zum Generalchirurgicus von Theden zu begeben, wozu ihm das heilige schwarze Notizbuch mit der praktischen Falttasche für Zettel (oder kleine Beweisstücke) überlassen worden war, während Langustier – inkognito, versteht sich – der Reihe nach die Brauer abzuklappern gedachte, die am Abend von Siedemanns Verschwinden im »Quappenkrug« beieinandergesessen hatten. Ihre Vernehmung durch Philippis Mannen hatte erwartungsgemäß nichts Belastendes erbracht. Er wollte sich nun für einen Potsdamer Wirt ausgeben, der nach guten Berliner Bieren Ausschau hielt, um vielleicht Kontrakte abzuschließen.

Mit diesem festen Vorsatz trat er ins Gemäuer der Bötzow-Brauerei ein. Das gewässerte Korn duftete wahrlich verführerisch! Er ließ

die aufgenommene Handvoll durch die Finger rieseln und wandte sich dem Brauer Franz Bötzow zu, der ihn misstrauisch beäugte. Für einen Potsdamer Wirt, der in seiner neuen Schankwirtschaft in der Kunstmühle an der Dampfmaschine Bötzows Gebräu auszuschenken gedachte, sah er reichlich arm aus. Doch das Auge blitzte schlau und durchtrieben. Hier war Vorsicht geboten.
»Was ist das für eine Geschichte um die Fontänen?«, fragte er lauernd, um den angeblichen Schankwirt vielleicht gleich dranzukriegen, indem er ihn bei einer plumpen Lüge ertappte.
Langustier schilderte ihm jedoch plastisch die neue englische Pumpenapparatur, die beeindruckend laut sei und eine ungeahnte Wassermenge täglich auf den Ruinenberg befördere. Dann erzählte er wahrheitsgemäß von der nun zwecklos gewordenen Mühle, die allenfalls zur Bewässerung einiger Blumenbosquetts im Park tauge, weshalb sich der König mit dem Gedanken trage, sie an einen Müller zu verkaufen. Er habe aber auch nichts dawider, einen Wirt hineinzusetzen, der etwas Müllerei nebenher bereibe, was man ja vielleicht sogar für alle Seiten erquicklich verbinden könne. Für einen Moment kam Langustier das Projekt selbst schmackhaft vor. Die angenehmen Stunden, die er vorzeiten beim Windmüller Graevenitz verbracht hatte, fielen ihm ein. Des Müllers Lust am geflissentlichen Müßiggang war nicht zu verachten. Auf dem Sonnendeck einer holländischen Galeriewindmühle zu sitzen, nebenher ein bisschen Wirt zu spielen und ab und an zum König in den Park flanieren … das wäre ein Leben so recht nach seiner Lust und Laune.
A propos König:
»Im Übrigen haben Se. Königliche Majestät auch Euer Bötzen-Bräu gelobt und tragen sich mit dem Gedanken, Sie zum Hoflieferanten zu machen!«
Auch im Lügen galt bisweilen: Viel hilft viel.
Bötzow horchte doppelt auf. Das hatten schon viele vergeblich versucht: sich dem knickerigen König als Hoflieferant anzudienern. Doch alle waren beim Katzbuckeln auf die Schnauze geflogen,

selbst der Brauer König in Potsdam war gescheitert, vielleicht wegen seines allzu anmaßlich klingenden Namens. Dass ein neuer, dahergelaufener Wirt dem Monarchen einen auswärtigen Brauer und sein Gebräu schmackhaft machte – obgleich er wirklich keinen Vergleich zu scheuen brauchte, wie er mit sich unhaltbar regendem Stolze bei sich bemerkte – schien nicht so leicht glaublich. Doch der Mann schien es ernst zu meinen, so wie er die Körner inhalierte.

»Kommt und versucht erst einmal einen Schluck, bevor Ihr dem König gut zuredet. Vielleicht kommen wir beide ins Geschäft – Herr …?«

»Äh … Strousberg!«

Langustier war am Morgen, als er sich mit Conrad abgesprochen hatte, kein besserer Name eingefallen. Aber es galt ja nichts. Der Bann war gebrochen. Bötzow führte ihn herum und erklärte dies und jenes, bevor er ihn in Richtung Gärkeller geleitete. Draußen war es eine Hitze zum Verglühen, doch dort drinnen ließ es sich aushalten.

Die Arbeit der Woche war getan, es war fleißig Malz gedarrt, geschrotet, gemaischt, geläutert und gehopft worden. Die frische Gerste keimte draußen auf dem überdachten Keimkasten, die Malzmühle erheischte Nachschub, die Sudpfanne glänzte kupfergolden und wartete auf den nächsten Brautag.

Der landmännisch braun berockte Langustier ließ sich nicht lange bitten und setzte sich zu dem stiernackigen, strohhaarigen und rotnasigen Mann mit seiner verschlissenen blaugrünen Uniform in den Gärkeller. Der Bauch sprengte fast die Weste, die Jacke indes hatte sämtliche Knöpfe verloren.

»Was hat sich eigentlich für Euch geändert, seit die Regie am Werke ist?«, fragte Langustier, auf seinem kleinen Holzdreibein vorsichtig näher an den groben Eichentisch heranrückend.

»O je, Herr Strousberg, was soll ich da sagen? Das Oberste ist zuunterst gekehrt! Doch am Schlimmsten ist's, dass die Herren da oben selbst nicht wissen, was sie wollen. Früher konnten wir starke oder schwache Biere brauen, Nachbiere, Halbbiere, ganz wie wir lustig waren und wie es unsere Abnehmer verlangten. Aber jetzt lautet die Regel: eine Tonne Bier von einem Scheffel Weizen oder anderthalb Scheffel Gerste. Weiter nichts. Was nutzt es da, dass wir zum Nachfüllen von der vorab versteuerten Menge Malz auf ein Gebräude von 32 Scheffeln Weizen noch anderthalb Tonnen gutes Bier brauen dürfen, oder eine Tonne bei Gerste?«

Das nutze sicher nichts, pflichtete Langustier eifrig nickend bei und schüttete sich den Kruginhalt hinter die vor Urzeiten weiße, jetzt hellbraune Halsbinde. Brauer Bötzow goss aus der emaillierten Schleifkanne nach.

»Aber das Konvent- oder Nachbier bleibt Euch steuerfrei?«, konnte der Gast immerhin fragen, da ihm der frühere Kammerdiener Fredersdorf, der nicht nur als Alchemist, sondern auch als Brauer einen nachwirkenden Namen besaß, des Öfteren von den Geheimnissen der Bierwelt erzählt hatte.

»Aus fünf Scheffeln Weizen oder siebeneinhalb Scheffeln Gerste dürfen wir eine Tonne steuerfreies Nachbier aufgießen, welchem indessen kein gutes Bier zugemischt werden darf, um etwa Halbbier zu gewinnen. Ich sage Euch: Die bloße Nachbrühe würde ich nicht mal nehmen, um einen drin zu ersäufen! Selbst das gute Bier ist mir noch viel zu schwach. Was für ein erbärmliches Land, in dem alle Biere gleich verabscheuenswürdig schwach sind.«

»Bei der Gelegenheit gefragt – der Stoff hier hat doch mehr Stärke, als die Polizei erlaubt, oder täusche ich mich da?«

Langustier zwinkerte dem verschmitzt lächelnden Bötzow zu, der ihm den Krug nachfüllte.

»Worauf Ihr wetten könnt! Es ist nämlich ein kleiner Unterschied, was auf dem Gesetzblatt steht und was der Revisor sieht. Jetzt will der Generalregisseur aber eine neue Regelung einführen, nach der die Steuer schon beim Mahlen des Korns, will sagen beim Schroten des Darrmalzes, gezahlt werden soll. Freilich soll der Kontrolleur sowohl das Mahlen beaufsichtigen als auch das Einmaischen in die Bottiche. Deren Rauminhalt genau vermessen und so fort, damit alles seinen rechten – schwachen – Gang geht. Diese Mühe wird sich kaum einer von den Kontrolleuren jemals machen, wenn die Steuer schon entrichtet ist. Deswegen zanken sie sich jetzt fleißig – der de Chambois von der Generaladministration und die Tarifkommission des Generaldirektoriums –, aber der Berliner Generalregisseur sitzt am längeren Hebel, weil der König seinen preußischen Beamten nicht traut. Weswegen hätte er sich sonst die Franzosen geholt, wenn die's nicht besser verstünden? Ihr seid doch auch Franzose? Schon länger hier, nicht wahr! Man merkt es ja kaum noch.«

»Elsässer!«, verbesserte Langustier, der spätestens nach Bekanntschaft mit de Chambois Wert darauf legte, hier eine feine Unterscheidung zu treffen.

»Und was macht Ihr mit dem starken Gebräu? So wie es ist, werdet Ihr Schwierigkeiten haben, es abzusetzen? Es gibt doch sicher Brauer und Wirte, die sich penibel an die Vorschriften halten und Euch anzeigen könnten?«

»Die zeigt mir erst einmal! Doch habt Ihr schon Recht. Das Starkbier wird unter der Hand nur einigen verlässlichen Abnehmern verkauft und von ihnen zum Ausschank selbst verdünnt – oder auch nicht, versteht sich. Mein Nachbar Krebel hat es mit da mit der eigenen Wirtschaft noch einfacher.«

Bötzow blickte theatralisch um sich und legte beschwörend den rechten Zeigefinger vor die zusammengepressten Lippen, bevor er sagte:

»Aber ich kann Euch doch vertrauen? Ihr habt doch nichts hiervon gehört?«

Bötzow durfte sich Langustiers Verschwiegenheit nach einer halben geleerten Kanne wohl mehr als sicher sein. Mit ungespielt schwerer Zunge fragte der selige Zecher:

»Und die Brüder von der Akzise? Der Legrange soll doch ein so scharfer Hund sein? Hat der nicht seine Nase in jedem Gärbottich?«

Über Bötzows Gesicht huschte ein Schatten.
»Auch die schärfsten Hunde fängt man mit Speck und Wurst. Mit dem richtigen Futter macht man sie sich schnell zu Eigen.«
»Sind sie alle bei der Packhof-Bande so kulant und dankbar im Nehmen? Mir ist bei meiner Ankunft noch schier das Halstuch umgedreht worden!«
»Die undankbaren, allzu korrekten, preußischen Paragrafenreiter werden schon kurz gehalten. Für irgendetwas muss der Revisor ja schließlich sorgen!«
Bötzow lachte sein stiernackiges, bierfahnenschwenkendes Bötzowbrauerlachen.
Es klopfte an der Tür, der Brauherr entschuldigte sich und verschwand nach draußen. Langustier hörte halblautes Reden, ohne ein Wort zu verstehen.
Eine Reihe großer Fässer stand hinter dem Gärbottich, deren Brandstempel Langustier bereits andernorts begegnet waren: bei Sprengel nämlich! Kleinere Fässer standen seitlich davon, neben einer Kiste voller grober, schmutzigweißer Kristalle und einer darin steckenden Schaufel.
Klarheit wollte sich einstellen. Die Brauer und die Leute vom Zoll machten gemeinsame Sache. Beide Seiten profitierten – und wenn man es genau besah, gewannen auch die Freunde des Gerstensafts dabei, sei's in Berlin, sei's in einer der auswärtigen Provinzen. Aber wer verlor? Wer hatte verloren? Und warum?
Verloren hatte natürlich Siedemann, das war offensichtlich, und zwar wegen seiner geplanten Eingabe an den König. Sie hatten ihn in die Spree gestoßen, um ihm eine kalte Dusche zu verpassen. Bass entsetzt waren sie gewesen, als er nicht schwimmen konnte und abtauchte. Keiner hatte ihm geholfen. Wer mochte dabeigestanden und zugesehen haben? Der Bötzow? Der Sprengel? Der Krebel? Der Hertzberg? Der Schulthess?
Dann gingen vielleicht zwei von ihnen in Siedemanns Wohnung, während die anderen die Leiche wegschafften. Sauber aufgeräumt

und abgeschlossen hatten sie nach ihrer nächtlichen Hausdurchsuchung. Siedemann hatte von ihrem großen Geschäft, das sie mit Legranges und de Chambois' Billigung betrieben, gar nichts geahnt, hatte nichts weiter wahrgenommen außer der schon landesweit grassierenden Bestechlichkeit. In ihrer Verwirrung vergaßen sie, dem längst in Richtung Steuerpalais abgereisten Toten wieder den Schlüssel zuzustecken …

Der Schlag kam gezielt von hinten und war mörderisch hart. Wo gerade eben noch Langustiers Geist bierbeseelt der Aufklärung des Falles entgegengestürmt war, gähnte nun bodenlose Schwärze. Ein schwerer Körper sackte um, ein Kopf schlug hart auf den Boden.

XXII

Langustiers Gehilfe konnte sich rühmen, alles nach Wunsch erledigt zu haben. Der Faden aus der Eisgrube war unter von Thedens Mikroskop gewandert, mit der Vergleichsprobe der Van-der-Heydenschen Jacke verglichen und für identisch befunden worden. Damit durfte für relativ gewiss gelten, dass der Baumeister tatsächlich am kühlen Ort gewesen war. Warum, das mochte der Himmel wissen oder Honoré Langustier. Conrad jedenfalls konnte sich keinen Reim darauf machen. Er wartete bereits seit geraumer Zeit am »Quappenkrug«, wo sein Chef nach den beiden ersten Brauerbesuchen aufzukreuzen gedachte, doch Langustier wollte und wollte nicht erscheinen. Es hatte schon elf geschlagen.

Der königliche Unterkoch hatte vor dem Lokal auf einer rohen Holzbank Platz genommen und registrierte jeden Passanten und jedes Fuhrwerk. Gerade kam von der Blocksbrücke aus eine Ladung für den königlichen Salzhof hinter dem Splitgerberschen Garten heran, wo man in windmühlengroßen Speichertürmen sämtliches Salz für die Kur- und die Neumark, für Ost- und Westpreußen lagerte, bevor es weiterverschifft wurde.

Der Revisor Legrange saß auf dem Wagen neben dem Rosselenker und zog eine säuerliche Miene, als er Conrad beim Abbiegen vor dem »Quappenkrug« erblickte. Mit lautem Peitschenknall mühte sich der von der Sonne braunrot gebrannte Kutscher, seine Zugpferde zu Höchstleistungen anzuspornen. Die vier mit dem weithin sichtbaren Wappen des Königlichen Salzkontors versehenen Fässer auf der Ladefläche rumpelten und hüpften leicht, wann immer das Fahrzeug auf dem harten, holperigen Grund einen Stein überfuhr, was alle paar Schritte der Fall war.

Schließlich entschloss sich Conrad, wenn auch schweren Herzens, da es zum Umfallen heiß war, über die Blocksbrücke in die Stralauer Vorstadt zur Holzmarktstraße zu wandern. Vielleicht war Langustier ja immer noch bei einem der Brauer. Möglicherweise saß er bei kühlem Bier und wartete nur darauf, dass sein Helfer Lunte röche und sich herüberbequemte.

Der Brauer Krebel hatte ein kleines Fässchen Bier auf seinen Stocherkahn geladen, um damit zur Inselbrücke zu fahren und es in seine Schankwirtschaft zu bringen. Er erwiderte nicht Conrads Gruß, sondern blickte – betreten, wie es diesem vorkam – zu Boden.

»Hatten Sie Besuch von Monsieur Langustier, mein Herr?«, fragte der Fußgänger, doch Krebel, nunmehr Bierschiffer, schüttelte bloß den Kopf.

»Dann ist er wohl noch bei Ihrem Nachbarn Bötzow?«

Aber Krebel hatte sich bereits abgewendet und stocherte davon. Einige kräftige Anschübe und der Schwung reichte aus, die Untiefen in der Spreemitte zu überbrücken, um wieder in hinreichend flaches Wasser für diese Fortbewegungsart zu kommen.

Conrad ging zur Bötzow-Brauerei, aus der ihm eilig der Brauer entgegenkam.

»Wollt Ihr Bier kaufen? In diesem Fall habt Ihr heute Pech – ich muss wegen dringender Geschäfte weg. Kommt ein andermal, morgen vielleicht!«

Bötzow rückte seinen Dreispitz mit der roten Banderole zurecht, während ihm der Schweiß vom Gesicht lief. Selbst die kleinsten Bewegungen reichten an diesem Tag, um ins Schwitzen zu kommen.

»Ich suche meinen Arbeitgeber, den Wirt, der heute morgen sicher auch bei Euch war, um vielleicht einen Handel abzumachen. Ist er noch hier?«

»Wie war noch gleich sein Name?«

»Strousberg, Monsieur! Monsieur Strousberg!«

Conrad deutete mit Armen und Händen eine ziemliche Korpulenz an, doch Bötzow, wiewohl er kurz überlegt zu haben schien, erklärte bestimmt:
»Ein Wirt dieser Größenordnung ist mir heute nicht untergekommen. Tut mir Leid! Habt ihr schon beim Nachbar Krebel gefragt?«
Conrad dankte verunsichert. War Langustier vielleicht schon zur Schulthess'schen Brauerei hinausgefahren? Diese lag ziemlich weit im Süden Berlins, noch außerhalb der Akzisemauer vor dem Hallischen Tor. Er hatte sich dies eigentlich für ihren gemeinsamen Rückweg vorgenommen. Ebenso einen Besuch beim Adler und bei den Grossisten Hertzberg und Kretzer. Dass Langustier seine Pläne derart umgestoßen haben könnte, glaubte er nicht.
Bötzow hätte ihn auf seiner Bierkutsche mitnehmen können, doch es war zu spät, ihn darum zu bitten. Der Wagen rollte schon munter über die Blocksbrücke davon. Conrad schleppte sich mühsam in die gleiche Richtung zurück. Vielleicht fand er Langustier bei seiner Tochter? Einen Versuch könnte er machen. Und vorher noch einmal beim »Quappenkrug« vorbeischauen.
Aber es blieb alles vergebens. Die Nachricht, die er im »Quappenkrug« hinterlegt hatte, fruchtete nichts. Conrad hockte resigniert, durch Marie von Quandt kaum sichtlich aufgemuntert, indes mit einem Imbiss bewirtet, auf dem Balkon in der Roßstraße und beobachtete aus luftiger Höhe teilnahmslos das innerstädtische Treiben. Gegen drei Uhr kam der Polizeipräsident Philippi, den Langustier auf der Wache hierher eingeladen hatte. Marie, die nichts von dieser Abrede wusste, begann sich nun – wie Conrad – ernsthaft Sorgen zu machen. Das entsprach so gar nicht der Art ihres Vaters, Termine zu versäumen und Verabredungen in ihrer Wohnung zu treffen, ohne ihr vorher rechtzeitig Bescheid zu geben. Allen war mit einem Male in erschreckender Deutlichkeit bewusst, dass etwas geschehen war – wie schlimm es war und mit welchen Konsequenzen verbunden, das vermochte keiner unter ihnen zu diesem Zeitpunkt abzuschätzen.

Marie riet Conrad, noch einmal zu von Theden zu gehen, auch zum Bäcker Textor in die Wallstraße, um alle Adressen abgeklappert zu haben, die Langustier beim letzten Aufenthalt angesteuert hatte. Conrad nickte halbherzig und blätterte in Langustiers schwarzem Büchlein, das er bei sich trug. Er hielt diese Gänge für verschwendete Zeit. Was sollte Langustier noch einmal bei von Theden, wo er doch ihn dorthin geschickt hatte? Beim Bäcker hätte er sich allenfalls etwas stärkenden Kräuterschnaps holen können ... Er besah sich Langustiers übersichtliche Tabelle zu den Verdächtigen im Berliner Fall Siedemann und die Notizen, die er sich bei ihren Befragungen gemacht hatte.

»Hat Erkältung« stand bei Krebel, »Fallen weiße Körner aus dem Jackenaufschlag (= Salz!); Fässer???« las er etwa bei dem Weinhändler Sprengel. Er, Conrad, hätte hierzu noch einsetzen mögen: »Bötzow: Trägt Hut mit roter Banderole«.

Er rief sich das gespielte Desinteresse Krebels und das Zögern des Brauers Bötzow vor Augen, als er sie nach dem Verschwundenen gefragt hatte. Der Wagen mit Legrange an Bord rasselte am »Quappenkrug« vorbei. Mit einem Mal glomm ihm in aller Trübnis ein zitternd blakendes Licht auf. Er erhob sich und trat in die Wohnung, wo Marie und der Berliner Polizeipräfekt noch immer beieinander saßen. Gerade sagte Langustiers Tochter zu Philippi:

»Ich bitte Sie herzlich – wenn er in der nächsten Stunde nicht auftaucht, so lasst die Wachen nach ihm suchen und weist vielleicht auch die Nachtwächter an, besondere Umsicht walten zu lassen!«

Philippi bemühte sich, nicht allzu aufgeregt zu klingen, als er ihr versicherte:

»Madame von Quandt, ich werde alles tun, was in meiner Macht steht. Lassen Sie mich jedoch gleich damit beginnen und nicht erst eine Stunde zuwarten. Wir wollen hoffen, dass sich die Sache als harmlose Verspätung herausstellt. Wie ich ihn kenne, hat er einen seiner Geistesblitze gehabt und ein weiteres Experiment angestellt oder eine unvermutet sich zeigende Spur weiterverfolgt.«

»Aber er hätte in diesem Fall eine Nachricht an uns abgesandt«, wandte Marie ein.
Conrad stimmte ihr zu.
»Wenn er nun aber nicht die Zeit hatte, sie abzuschicken? Oder nicht die rechte Gelegenheit?«, versuchte Philippi Langustiers Tochter weiter zu beruhigen. Conrad schloss sich dem Polizeipräfekten an:
»Monsieur Philippi, habt Ihr etwas dagegen, wenn ich Euch begleite?«
Sie verabschiedeten sich von der besorgten Marie von Quandt und schritten acht Treppen hinab. Conrad wartete, bis sie in Philippis Kutsche saßen, bevor er mit der Sprache herausrückte.
»Mir ist da eine Beobachtung aufgeschienen, die uns vielleicht nützen kann.«

Ein allumfassender Schmerz zwang ihn, die Augen zu öffnen. War er noch am Leben? Bis auf den Schmerz sprach alles dagegen. Langustier bezweifelte zumindest, dass es ein anderes Leben sein mochte als dasjenige eines durch den Wolf gedrehten Fleischstückes. Sie hatten Hackfleisch aus ihm gemacht! Und jetzt würde er erleben, wie es wäre, mit Eiern, Zwiebeln, eingeweichten Semmeln und Salz vermengt, in ranzigem Fett gebraten und als Boulette auf irgendeinen schmutzigen, fettverkrusteten Tisch geknallt zu werden!
Es blieb dunkel, doch er lag eindeutig nicht in seinem Potsdamer Himmelbett. Überhaupt konnte vom Liegen nicht einmal die kleinste, schmalste Rede gehen. Vergebens versuchte er sich zu bewegen, er saß, klebte, hing, steckte, klemmte bis zur Nase in einer festen, weich ausgeschlagenen Hülle – siedendheiß überrann es ihn: Er war nicht aus dem Bett gefallen und in den Zwischenraum zur Wandtäfelung gerutscht, nein, er steckte auch nicht im Kleiderschrank oder in der Wäschetruhe – zwei großen, geräumigen Möbeln, in die er sich am Abend zuvor übernächtigt und seiner Sinne

nicht mehr mächtig durchaus eventuell hätte versehentlich hineinund zur Ruhe begeben haben können: Er war viel eher lebendig begraben!
Langustier spannte alle Kräfte an, was zum Gesamtschmerz eine neuerliche, nun aber konzentrisch nach innen gerichtete traumatische Woge auslöste, die von Füßen, Beinen, Gesäß, Rücken, Händen, Armen, Nacken ausging, sich im Magen selbst begegnete und in den jeweils gegenüberliegenden Enden des Leibes dräuend auslief – als pumpe man Luft in einen zu kleinen Ballon. Er erwartete folgerichtig das eigene Platzen, allerdings drängte es ihn, vorher noch einmal zu schreien.
Doch der Schrei wollte partout nicht aus dem Halse heraus! Das weiche, eng gepresste Kissen, das er vor dem Mund unglücklich verheddert wähnte, dämpfte die Druckentäußerung nicht nur, sondern gab sie mit unverhofften Zinsen zurück. Neben dem erstickten Schrei steckte somit noch etwas anderes in seiner Kehle. Er spuckte, würgte, krächzte, doch das machte es nur noch schlimmer: Salz, überall Salz! Was er ausspie, steckte nach dem Einatmen doppelt in ihm! Überhaupt: das Einatmen! Es war schwer, erforderte seine ganze Kraft, und alles, was er sicher wusste oder vermeinte zu wissen, in dem Augenblick, als ihm die unseligen Sinne gnädig zum Schwinden gebracht wurden, war, dass er gerade im Begriffe war zu ertrinken, in einem Meer von Salz. Ein eingepökelter Koch. Wie ertrank man im Salz? Oder erstickte man? Was machte das schon für einen Unterschied … Er spürte, wie es ätzend, brennend, hart, dunkel und schal in seinem Hals abwärts rann. Die Nase war, schien es, noch frei, doch die Luft im Hohlraum drohte knapp zu werden, dünner und dünner. Also würde er jetzt wohl ersticken. Aber er wehrte sich, da er keine Kraft mehr verspürte und die Arme keinesfalls über den Salzspiegel erheben konnte, überhaupt nicht dagegen.

XXIII

Seife? Sprengel, der ihm fest zugesichert hatte, die Schmuggelware zu einem vernünftigen Preis abzunehmen, schüttelte fassungslos den Kopf.

»Seid Ihr verrückt geworden? Sehe ich aus wie ein Seifenhändler? Sieht das hier aus wie eine Seifenhandlung?«

Martin Textor wusste sich vor Verlegenheit kaum zu helfen.

»Sicher nicht. Es ist nur so, dass wir nicht bekamen, was wir wollten. Wir dachten, ›Huilles de Tosca‹ wäre Wein, aber es war Seife. Unsere Lieferanten hatten da wohl etwas missverstanden.«

»Und was soll ich jetzt machen? Soll ich noch ein bisschen Seife neben meinem Wein anbieten? Findet Ihr nicht, dass das leicht verdächtig aussehen könnte? Ganz unter uns: Auch wenn mir der Revisor nicht gerade übel will – was seinen Preis hat –, so wird es mir schwer fallen, ihm das zu erklären.«

Er frohlockte innerlich, denn würde es ein Leichtes sein, für diese wohlriechende Pracht erfreute Abnehmer zu finden, aber das brauchte dieser dumme Bäckerjunge nicht zu wissen. Und so nannte er einen Preis, der lächerlich gering war und nicht einmal die Kosten deckte, die Martin und seine Freunde bei der »Lieferung« zu verbuchen hatten. Textor war aufrichtig entsetzt.

»Das geht nicht, wir haben weit mehr gezahlt als das! Glaubt Ihr denn, das Zeug wäre uns geschenkt worden? Wenn Ihr nicht doppelt so viel herausrückt, kommen wir nicht ins Geschäft.«

Er machte Anstalten, die kostbaren Stücke wieder zu verpacken.

»Und wenn Ihr meinen Preis nicht akzeptiert, werdet Ihr bei der Sache auffliegen – dann wird der Revisor Legrange von mir einen kleinen Tipp bekommen.«

Martin Textor fühlte sich wie vor den Kopf gestoßen. War das die viel beschworene Gemeinschaft der Gesetzlosen? Machte man nicht einheitlich Front gegen die Schmarotzer der königlichen Steuerbehörde? War das eine Art, einander über den Tisch, statt am gleichen Strange zu ziehen? Er überlegte fieberhaft, was er in der Hand hatte. Allein der Verdacht, mit Contrebande zu handeln oder handeln zu wollen, ja allein schon der Verdacht, sie bei sich zu verbergen, bedeutete Visitation. Sein Vater würde es ihm nicht verzeihen, wegen seiner Dummheiten von der Behörde heimgesucht zu werden. Er hätte sein Anrecht auf die Bäckerei verspielt, wegen ein paar Stück Seife. Zähneknirschend ging er auf den Handel ein.
»Es ist das einzige, alleinige und zugleich letzte Mal. Gebt mir, was Ihr geboten, und wir sind quitt für alle Zeiten.«
Sprengel grinste. Er schob Textor zwei Rollen Taler über den Tisch, nahm das Leinensäckchen mit der Ware entgegen und verstaute es unter dem 1765er »Rosso Toscana«. Wie passend. Er freute sich dieses guten Geschäfts, denn er würde für hundert Taler verkaufen können, was er für zwanzig erhandelt hatte, und blickte dem abziehenden Grünschnabel nach. Schade eigentlich, dass er dieses tumbe Bäckersöhnchen nicht ein zweites Mal würde ausnehmen können.

Conrad fragte den neben ihm sitzenden Philippi:
»Welchen Weg, Monsieur, nimmt für gewöhnlich das Salz, nachdem es aus den Bergwerken wie auch immer nach Berlin gekommen ist und an den Königlichen Salzhof adressiert wird?«
Conrad hatte es mit leichtem Bangen gefragt, und Philippi, der nicht wusste, worauf sein Begleiter hinauswollte, entgegnete:
»Vom Packhof über die Pommeranzenbrücke, durch den Lustgarten, die Schlossfreiheit, die Brüderstraße, wahrscheinlich die Gertrauden- und Roßstraße, über das Wasser und über die Wallstraße bis zu den Speichertürmen am Splitgerberschen Garten, neben der Zuckersiederei in der Sirupgasse.«

Obwohl die Lage ernst war und für Scherze eigentlich weder Zeit noch Anlass, konnte es sich Conrad nicht verkneifen zu lächeln: Salzhof und Zuckersiederei in unmittelbarer Nachbarschaft – das klang wie schlecht erfunden. Er fasste sich jedoch und schloss:
»Also wäre es eher ungewöhnlich, dass sich eine Salzladung vom Brauer-Ufer, will sagen über die Blocksbrücke näherte?«
»Ungewöhnlich ist nicht das rechte Wort – es wäre nahezu ausgeschlossen! Es sei denn, der Fuhrmann hätte erheblichen Grund, einen solchen Umweg zu wählen: etwa eine Behinderung des Verkehrs durch Bauarbeiten, eine baufällige Brücke oder etwas Derartiges.«
Conrad war durch diese Antwort in helle Aufregung versetzt:
»Und – ist momentan eine derartige Unwegsamkeit zu beklagen?«
Philippi schüttelte den Kopf.
»Nicht, dass ich wüsste. Warum fragt Ihr nach diesen seltsamen Umständen?«
»Nun, so lasst uns eilen! Ich glaube, ich weiß, wo Langustier ist – oder besser, wo man ihn hingebracht hat! Und wenn mich nicht alles täuscht, weiß ich auch, wer dies veranlasst hat!«
Philippi entgegnete:
»Sie sprechen in Rätseln, Monsieur!«
Er ließ die Kutsche wenden und sie ratterten eilig Richtung Neu-Cölln.
Als sie vor den Gebäuden der Königlichen Salzfaktorei anlangten und hierzu die belächelnswerte Sirupgasse durchmessen hatten, wurde gerade eine Schiffsfracht nach Pommern verladen. Die Salzfässer kamen aus dem Frachtspeicher über Rampen aus starken Bohlen herab und rollten rumpelnd gegen schmutziggraue Sandsäcke vor einer Wand, die sie stoppte, bevor man sie in Richtung auf das Frachtschiff umlenkte, welches am Festungsgraben festgemacht hatte.
Philippi und Conrad sahen sich um: Der Wagen, den Conrad gesehen hatte, war verschwunden. Wo jedoch waren die darauf an-

transportierten Behältnisse geblieben? Unverhofft tauchte der Kopf des Revisors Legrange für einen Augenblick hinter rollenden Holzfässern und schwer schuftenden Packern auf.

»Ah – Monsieur le Reviseur!«

Als Legrange Philippi und Conrad erblickte, tauchte er so schnell ab, dass sie ihn fast verloren hätten, doch kurz darauf fanden sie ihn im quadratischen Hauptraum des Speichers vor mehreren Etagen voller Fässer unterschiedlicher Größe wieder, wo er angestrengt eine Frachtliste abhakte. Als hätte er sie zuvor nicht gesehen, begrüßte er die Ankömmlinge mit seinem üblichen Kauderwelsch:

»O, mon cher Präfecteur und ihr Gehilf! Was hat sich's Vergnügen? Isch 'ab viel zu schaffen!«

»Wir suchen Monsieur Langustier. Er müsste Ihnen beim Brauer Bötzow oder bei Krebel begegnet sein.«

»O, da isch muss Ihn enttäuschen! Nix lebendig hab isch gesehen von ihn!«

»Lebendig nicht – aber vielleicht tot?«, wandte Conrad ein.

In Legranges Gesicht zuckte etwas. Bleich und grauweiß türmte sich Salz ringsum, welches eifrige Arbeiter in Fässer schaufelten. Mit schweren Klüpfeln wurden die oben und unten durch Metallreifen armierten Fassdauben zugedeckelt, passgenau, die Deckel mit Keilen verschlossen, die Fässer mit Kreide beschriftet und dann über die Rampe nach draußen gerollt.

Der neuerliche Schmerz war mit dem letzten nicht zu vergleichen. Langustier erwachte mit einer beklemmenden Ahnung – er glaubte nun zu wissen, wo er sich befand, nämlich in einem Fass mit Salz. Den Deckel würde er kaum sprengen können, sofern er nur halbwegs fest verzapft saß. Langustier im engen Fass atmete so vorsichtig und ruhig wie möglich, vor dem vom Salz zerfressenen Mund hatte sich durch seine Atemfeuchte eine kleine Höhle aus der Masse der groben Körner herausgelöst. Langsam suchte er sich zu bewe-

gen und in der Tat gelang es ihm ein bisschen. Der Kopf ließ sich über den Salzpegel erheben, was ihm vorhin aus übergroßer Mattigkeit nicht gelungen war. Bei genauer Betrachtung war das Fass bei weitem nicht so sehr gefüllt, wie er zunächst befürchtet hatte. Er ruhte nach dieser kleinen Anstrengung wieder aus, atmete, so flach es ging, und hielt den Mund und die Augen geschlossen dabei, um den höllischen Brand der Schleimhäute nicht übermächtig werden zu lassen.
Konnte er nichts von draußen wahrnehmen? Nichts, keinen Lichtschein, keine Laute ... oder doch? Eine Stimme? Eine seltsam verdrehte, hohe Stimme, die ihm vertraut war? Indes kam sie von unten herauf. Das verhieß eine Chance. Es gab somit nur eine Hoffnung, sich zu befreien, und es war dies die letzte Möglichkeit, die dem Eingeschlossenen einfiel.
»Legrange!«
Im Fass ausgesprochen, klang es wie ein gebrabbelter, vom Salz erstickter Fluch. Der Salzgeschmack und die dumpfe Ahnung der verhassten Stimme bestärkten ihn, das Äußerste zu versuchen, und verliehen ihm größere Kräfte, als er ohne diesen Antrieb wohl gehabt hätte. Er sog vorsichtig so viel Luft ein, wie er kriegen konnte. Dann begann er, sein nicht unbeträchtliches Gewicht in Schwingung zu versetzen und sich – wenn auch nur im begrenzten Maßstab – im Fasse hin und her zu wenden.
Wiewohl er eigentlich erwartet hatte, dass sich das Trumm nicht eine Linie vom Fleck bewegen würde, so war es doch wohl schon ein Zoll, den es auf beiden Seiten anwankte. Er arbeitete verbissen. Sein Schweiß würde bald genügen, den ganzen Fassinhalt von Salz zur Auflösung zu bringen! Zehn Zoll hob sich der Fassboden links und rechts bereits im Wechsel, ein Fuß, doch bis zur Elle brauchte er es gar nicht zu bringen. Es reichte bereits – das Fass kippte! Das war ein wuchtiges und gewaltiges Abrollen! Ja, beim heiligen Nepomuk, der die Reisenden und Rollenden beschirmte – das Fass mit Langustier rollte munter auf den Abgrund zu, der sich vor dem

untersten Salzboden auftat, direkt über dem Ort des Schippens und Verladens und des gerade statthabenden Verhöres.
Augenblicklich wurden alle, einschließlich des stocksteifen Revisors, von etwas gänzlich Unvermutetem in Bann gezogen: Auf einem der Speicher, genauer gesagt dem untersten, der noch halb in Blickhöhe lag, begann eines der größeren Fässer – ein zwischen Viertel- und Halbstück-, Stückfässern im vorderen und Fudern und Doppelstückfässern weiter hinten aufgestelltes, 500 Liter fassendes Halbfuder – wie von Geisterhand zu schaukeln. Immer heftiger tänzelte es hin und her, bis es gefährlich an die Nähe des Umkippens kam. Erst glaubte Conrad an ein neuerliches Erdbeben in Lisboa, doch es wäre schon seltsam, wenn nur ein einziges preußisches Fass davon umfiele!
Die Arbeiter hatten das Gerumpel auch bemerkt und zeigten erschrocken nach oben, wo das Halbfuder nun mit einem Donnern auf die Dielen fiel, von einigen umstehenden Behältnissen abprallte, ins Rollen geriet und genügend Schwung bekam, jene schmale Latte zu durchbrechen, die zum Schutze vor menschlichen Abstürzen als schwacher Handlauf provisorisch vorgelegt war. Drei Meter freier Fall – dann krachte die gigantische Tonne auf den Verladeplatz! Holz barst, Metallreifen sprangen mit heftigem Aplomb, Salz spritzte nach allen Seiten – doch das Unfassbarste waren die Laute, die das Gemenge aus Holz und Salz von sich gab: Das Fass schrie!
Legrange nutzte die entstandene Verwirrung, um mit großen Schritten der Tür zuzustreben. Als Conrad seine Bewegung bemerkte, gab er den erschrockenen Arbeitern, die nur Augen für die völlig salzverkrustete zweibeinige Kreatur hatten, die aus der Ruine des Fasses kroch, ein Zeichen, dass sie den Flüchtigen aufhielten. Legrange schlug Haken wie ein waidwunder Hase, doch er entging seinen Verfolgern nicht.
Das Wesen aus dem Fass indessen war keiner vernünftigen Lautäußerung fähig. Es war Langustier, und er lebte!

Ein Eimer Wasser, über seinem Kopf ausgegossen, hatte dem Befreiten genügend Ausdruckskraft zurückgebracht, dass er Philippi raten konnte, alle Fässer zu öffnen und auf Schmuggelgut hin zu durchsuchen. Sicher, so raunte er salzig, werde man eine halbe Schiffsladung Bier oder Wein darin finden, welche die Brauer und Weinhändler mit Legranges Hilfe unter Umgehung des Zolls in die Provinzen zu transferieren gedachten.
Nach einer Stunde der Rekreation im warmen Vollbad begann sich der Phönix aus dem Salz langsam menschenähnlich zu fühlen. Conrad und die überglückliche Tochter hatten ihn mühsam wieder in einen vorzeigbaren Herrn verwandelt, nachdem vom Generalchirurgus seine zahlreichen Blessuren verarztet und notdürftig zusammengeflickt worden waren.
Zum Glück hatte er nichts Ernstes abbekommen, was schon ein echtes Wunder genannt zu werden verdiente. Die bereits festgesetzten Attentäter – der Bötzow und der Britzer vom Packhof – hatten seinen Schädel bei weitem unterschätzt. Beim Aufprall hatten die Fassdauben einiges abgefangen und der Salzmantel ein weiteres zur Milderung der Sturzfolgen getan. Blaue Flecken allerdings würde er bekommen und aussehen wie ein gequetschter Maronenröhrling.
Bald darauf rollte eine Express-Kutsche gen Potsdam, in der ein wiederbelebter und verpflasterter Langustier in den Polstern hing. Man hatte ihn mit etlichen Textorschen Kräutertränken versehen, die er wie junge Hunde in den Armen hielt und von denen er abwechselnd nippte, vom Sellerie-Aquavit etwa, vom Weißen Hallischen Magenwasser sowie von einem Trank, der gewöhnlich dazu gebraucht wurde, ein todkrankes, darniederliegendes Ackerross wieder auf die Beine zu bringen. Und die Mittelchen wirkten!
Langustier beriet mit Conrad die veränderte Lage. Auch ließ er, nur vom Wimmern unterbrochen, zu dem ihm jede Bodenwelle schmerzhaften Anlass gab, die Geschehnisse gegenläufig zur vorbeihuschenden Feldflur hinter Zehlendorf Revue passieren.

»Somit wäre der Casus Siedemann rascher ans Ende gelangt, als zu erwarten stand – de Chambois sah sich heute früh in die Enge getrieben und alarmierte vor seiner Abfahrt nach Potsdam den Revisor Legrange, der ohne Verzug seine Leute nach mir ausschickte. Britzer sah mich bei Bötzow, brauchte aber eine Weile, bis er darauf kam, wen oder was er gesehen und was daraus allenfalls zu folgen hatte. Er war selbst zu besoffen, um mich ordentlich ins Jenseits zu befördern, wie ihm Legrange befohlen hatte. Immerhin genügte die Betäubung, die er mir mit einem Holzscheit verpasst, dass er mich für tot hielt und so, wie ich war, ins Salzfass steckte. Als Legrange selbst bei Bötzow eintraf, um den Transport dieses brisanten, würzigen Fasses zu begleiten – es hätte wohl nach Hinterpommern expediert werden und sein Inhalt dort in irgendeine entlegende Erdspalte sich ergießen sollen – fiel ihm nichts Lebhaftes an mir Salzhering auf. Im Nachhinein wäre es mir allerdings fast lieber gewesen, sie hätten mich sauber abgemurkst, statt mich diese Salzhölle erleben zu lassen …«

Er drohte ins Sinnieren zu verfallen, doch Conrad half ihm wieder auf mit der Frage:

»Wie ging das nun genau zu mit dem Siedemann? Ich blicke noch immer nicht durch diese trübe Kanalbrühe.«

Langustier holte tief Luft für das unerquickliche Resümée:

»Siedemann war nach dem Gespräch mit Textor erbost, vor allem über die mangelnde Beherrschung seiner selbst, aber sein scherzhaftes Geschwätz über Schmuggelei konnte nicht der Grund sein, dass ihm Sprengel folgte.«

»Allerdings nicht!«, bekräftigte Conrad.

»Seine Kollegen, die mit Legrange im ›Zepter‹ friedlich zechten, hatten ihn schon seit Tagen auf dem Kieker. Sie wussten, dass er an den König schreiben wollte und dass dann ihr ungemein einträgliches Spinnennetz zerrissen wäre. Mehr noch: Sie wären alle nach Spandau gewandert. Es steht für mich außer Zweifel, dass de Chambois die größte Spinne in diesem Netze war.

Legrange war seine Unterspinne, so wie Ihr mein Unterkoch seid!«
Conrad lachte.
»Legrange bediente sich für die Beseitigung des ungeliebten aufrechten Preußen Siedemann der Kunden, die ihm doppelt hörig waren, der Brauer und Grossisten. Ein Wort von ihm und ihre Geschäfte wären geschlossen worden wegen irgendwelcher Kleinigkeiten. Niemand hätte ihnen ein Wort geglaubt, wenn sie begonnen hätten, die Behörde zu beschuldigen.«
»Und das reichte, um sie zu einer solch folgenschweren Tat zu drängen?«, fragte Conrad.
»Sie werden weitere Vergünstigungen in Aussicht gestellt und auch bekommen haben. Sprengel hat die anderen gerufen, nachdem er kurz nach draußen gegangen war. Keineswegs hat er Krebel und Siedemann im Streit gesehen, denn Krebel war im ›Zepter‹ beim Zapfen für Legrange und die Zöllner, die damit gerade dem Mann ein Alibi verschafften, den sie doch verdächtig machen wollten, auch mit dem benutzten Boot, das der Schleusenmeister am nächsten Morgen fand – mit dem Hut darin!«
»Genau – der Hut. Was hat es mit ihm auf sich? Und vor allem, wem gehört er?«
Conrad brauchte etwas Zeit, um alle Brocken gleich zu verdauen, die Langustier ihm vorwarf.
»Ich habe bei unserem Besuch den mutmaßlichen Hut Bötzows gesehen und heute früh in der Brauerei wiedererkannt. Sprengel und Bötzow werden den toten Siedemann in Krebels Boot zum Donnerschen Haus geschafft haben, um die Leiche dort an die Balustrade und die ganze Geschichte Krebel anzuhängen! Die anderen haben sich die Wohnung Siedemanns vorgenommen – Hertzberg oder Schulthess, es wird noch herauskommen.«
Conrad blieb skeptisch:
»Krebel deckte die Bande trotz dieser Versuche? Sie benutzten Schnur, die von ihm stammte, nahmen sein Boot, und das alles vor

dem Hintergrund seiner einstigen Fehde mit Siedemann? Die Erkältung nicht zu vergessen – sie kann so harmlos entstanden sein, wie er angab. Doch wie musste er vor uns dastehen!«

»Legrange hatte mit den neuen Regelungen, das Bier betreffend, die allergrößten Druckmittel. Er konnte Krebel zu allem bewegen. Er wird ihm ausgemalt haben, wie das wäre, sein Bier künftig vom Konkurrenten Bötzow beziehen zu müssen. Krebel hatte schließlich ein unumstößliches Alibi«

Conrad nickte und wendete sich wieder dem Problem des Transportes zu:

»Wie kamen jedoch die Brauer mit der Leiche zum Donnerschen Haus, wo die Schleuse doch bereits dicht und kein Schleusenmeister da war, der ihnen hätte öffnen können oder wollen? Haben sie das Boot mit Siedemann getragen? Angesichts der Nachtwächter und patrouillierenden Wachen? Vergesst auch nicht die Wache an der Schlossbrücke. Wie dort mitten in der Nacht mit einer verdächtigen Last vorbei?«

»Sie brauchten die Friedrichsgracht gar nicht! Denkt an die Gestalt des Friedrichswerder«, entgegnete Langustier.

»Der Festungsgraben!«, fiel Conrad ein.

»Genau – sie umschifften das ganze Problem inklusive Wachen und landeten direkt neben dem Donnerschen Palais. Sie brauchten nur noch den Schlüssel, aber den wird einer von ihnen bei de Chambois geholt haben.«

»Krebel ist also aus dem Schneider. Er hat seinem einstigen Peiniger Siedemann nichts nachgetragen und zu Leide getan. Indessen hat er sich nach Kräften bemüht, Legrange und die andere Bande vom Packhof nicht zu brüskieren, obwohl sie ihn ans Messer liefern wollten. Dessen nicht genug, er gab Legrange und seinen Packhofleuten ein felsenfestes Alibi. Sicher werden sie ihn tüchtig eingeschüchtert und ihm, wenn er sich weigern sollte, sie zu decken, mit verschärften Kontrollen bei völligem Wegfall aller Vergünstigungen gedroht haben. Es sei denn ...«

Langustier dachte scharf nach und kramte aus seinen Beobachtungen ein Detail heraus, das Krebels Rolle in verändertem Lichte erscheinen ließ:
»Die Schnur! Das englische Braunbier! Verdammt – Krebel steckte bei ihrem Schmuggel dick mit drin! Es wäre ja auch noch schöner gewesen. Hätten sich die Herren mal nur etwas weniger knauserig beim Wiederverwenden ihrer Verpackungsutensilien gezeigt.«
»Warum haben wir übrigens den Brauer Hertzberg noch nicht vernommen?«
»Keine Zeit! Schlicht und einfach keine Zeit! Aber ich denke, man wird auch die Jacke mit dem fehlenden Hirschhornknopf bei ihm oder einem der anderen Herren noch finden, vielleicht sogar den Schlüssel, mit dem einer von ihnen – war es Sprengel? –, nachdem er die Salzaktion abgeschlossen hatte, Siedemanns Haus aufschloss, um erfolgreich nach der dort vermuteten Eingabe respektive Enthüllungsschrift zu suchen.«
»Ich denke eher«, vervollständigte Conrad, »Sprengel, Bötzow und der unbekannte Dritte werden dies gemeinsam erledigt haben, nachdem Siedemann bereits versorgt war. Sie fuhren mit dem Kahn wieder in die Friedrichsgracht, erst zum Brauer-Ufer, wo Bötzow beim Anlanden seinen Hut vergaß. Der unbekannte Dritte wird dort wohl mit ausgestiegen sein und bei ihm übernachtet haben. Sprengel fuhr dann allein nach Haus, und zwar – um auf der Straße keiner Patrouille zu begegnen – ziemlich nahe an sein Weinkontor heran, wo er das Boot verdächtig weitab vom normalen Liegeplatz zurückließ. Krebel entfernte es am nächsten Morgen.«
Langustier nickte und bemerkte:
»Auf Philippi ist Verlass. Er wird herausfinden, wer Siedemann den entscheidenden Anstoß gegeben hat und an wem er sich versuchte festzuhalten, bevor er ins Wasser fiel. Ich kann sie mir nur zu schauderhaft vorstellen, wie sie am Ufer standen, der Sprengel, der Bötzow, der Hertzberg vielleicht noch, und Siedemann beim Ertrinken zusahen! Legrange ist jedenfalls schon einmal dran – sein

Wissen um die vermeintliche Leiche im Salz dürfte hinreichen, ihm den Kopf abzusäbeln.«

Langustier lief ein kalter Strom über den Rücken: Die lebende Leiche im Salz – das war er!

XXIV

Im Haus der Bellini ging es drunter und drüber. Kurzfristig hatte man vernehmen dürfen, dass Se. Königliche Majestät selbst geruhten, mit einigen Gästen zu erscheinen, so dass sich die kleine Abendgesellschaft zu einem waschechten Bankett auswuchs. Auch hatte es sich der König nicht nehmen lassen, Langustiers Küchenzettel komplett umzustoßen, was zu ganz anderer Einkaufspolitik genötigt hatte.

Und nun wartete man seit Stunden auf den Regenten der Küche, während sich das Eintreffen des Königs aus Richtung Oper schon beinahe fühlbar abzeichnete. Die Vorführung war längst aus und die ersten Gäste strömten herein. Doch liefen sie nicht Gefahr zu darben!

Wohlweislich hatte Carlottas Zofe in der Schlossküche Alarm geschlagen und Joyard sowie einige andere Köche dazu bewogen, freiwillig in die Bresche zu springen, da man fest mit dem Ausbleiben Langustiers rechnete. Immerhin hätte er schon vor Stunden aufkreuzen müssen, wenn er selbst noch willens gewesen wäre, etwas in der Küche auszurichten.

Als er schließlich doch ankam, erregte seine Erscheinung aufrichtiges, alles entschuldigendes Entsetzen: die Augen rot, das Gesicht aufgedunsen, die Lippen entzündet, eingerissen, blutige Schrammen überall, die nur zum Teil mit hässlichen Pflastern verklebt waren. Der rechte Arm steckte in einer Binde, um den Kopf fand sich ein Tuch gewickelt, dessen rückwärtige Röte mitnichten der Farbe des Stoffes entsprach. Er war einem Schwächeanfall nahe. Jeder sah sofort, dass an regelrechte Arbeit für ihn nicht zu denken war.

Er beschränkte sich daher auf das Koordinieren und schritt die Front der Stationen ab. Nur mühsam indes konnte er davon abgehalten werden, mit vollen Händen Salz in bereits reichlich gewürzte Speisen zu werfen.
Langustier besah sich den königlichen Speisezettel:

»Sander mit dicke Butter
Pastete von kleinen Schnepfen
Rinder Meerbraten mit Oliven
Hüner en Champenoise
Filèe von Hecht
Minionette von Kalbfleisch mit Kopfsalat von Acia
Ente à l'Espanniol
Blumen Kohl mit Lamms Carbonade
Blanquet von Kälberbraten
Gebratene Haasen und filéetes von Rehe
Gebratene Tauben
Wilde Enten ecraßée
Schwingbohnen mit verlohrene Eyer
Gebackene Artüschocken
Frische Schampinjongs mit Eyer à la Sol
Krebse mit grüne Erbsen
Kleine Crocants mit Confect
Petit Choux.«

Die Gerichte wurden in je zehn Schüsseln auf den Tischen ausgebracht. Der König hatte sich zur Feier des Wiegenfestes seiner geliebten Soubrette nicht eben lumpen lassen. Die freiwillige Einsatztruppe schuftete in der Küche, den ungewohnten Räumlichkeiten und dem mangelnden Geschirr zum Trotz.
Der König erschien mit kleinem Gefolge, worunter sich immerhin der Marquis d'Argens und der Lord-Marschall Keith befanden. Keith wurde im Rollstuhl herumgeschoben und musste sich – wie

der kriegsinvalide Baron von Stille – des Hörrohres zur Schallaufnahme bedienen.
Der König sprach klar, kurz und bestimmt und stellte seiner vielköpfigen Umgebung unentwegt Fragen, darin dem Chevalier de Seingalt Recht gebend, der ihn trefflich als einen »unerschrockenen Fragesteller« charakterisiert hatte. Er wechselte jedes Thema, das ihm zu brenzlig wurde oder zu dem er keine informierten Worte mehr fand, indem er eine Frage stellte, die – meistens überraschend für den Gesprächspartner – auf ein ganz anderes Feld führte. An den Major von Rahn herangetreten, fragte er allerdings mit aufrichtigem Interesse:
»Monsieur, haben Sie die Depesche-Nachrichten aus Berlin studiert?«
»Jawohl, Sire! Man hat dort inzwischen ein wahres Rabennest ausgehoben. Ich denke, eine gewisse Person sollte noch herzitiert werden, um hier im Raume verhaftet zu werden!«
Der König sah giftig drein.
»Die Hunds-Schurken! Erzählt mich das später. Stehen alle diese Personen im Connex? Na, wir wollen sehen, wie sich's hier ergibt. Der Maitre seconde d'Hotel ist reichlich blessiret. Ich sah ihm gerade im Vorbeigehen und er machte mir einen geradezu extraordinaire demolierten Effekt! Aber er wird uns schon noch etwas zu berichten und fragliche hiesige Person – die anhiermit subito herbeizubefehlen ist – aus der Reserve zu locken wissen! Nun seindt wohl zu erwarten, dass der Küchenmeister sich vorab nicht an der Tafel demonstrieren will, da er mit Recht argwöhnt, wir könnten bei seiner gefärbten Bandage den Appetit verlieren, oder um sein später eintreffendes Opfer nicht vorzeitig zu verscheuchen und den Applomb zu verpatzen.«
Zu seinem Adjutanten von Krockow gewandt, ergänzte er:
»Nachher, wenn abgespeist ist, wünsche ich mir den Langustier an die Tafel gezerret, weil mich deucht, es wäre an der Zeit, ihme eine Vorlesung halten zu lassend!«

Nun wurde tapfer weiter parliert und um den Monarchen herumscharwenzelt, weil sich niemand vor ihm erlauben durfte, Platz zu nehmen, so schwer es auch fiel. Manche Dame und mancher Kavalier wünschte sich, wenn auch nur für Momente, mit dem Lord-Marschall Keith in seinem Rollstuhl tauschen zu dürfen.

Ein Lohnbedienter meldete Carlotta Bellini den Generalregisseur de Chambois, der seit einem Tag in Potsdam weilte und auf Befehl des Königs erschienen sei. Sie machte gute Miene zum bösen Spiel, denn sie hätte ihn selbst niemals eingeladen und wusste auch nicht, warum der König an solch einem Mann einen Narren gefressen haben mochte. Doch der Wunsch des Herrn war ihr selbstredend Befehl.

De Chambois erschien in roter Samtrobe, mit schwarzem Kragen und goldenen Tressen, reiche Brüsseler Spitze spross unter weißseidener Halsbinde auf der Hemdbrust. Seine bemehlte Perücke puderte der Gastgeberin den zarten Handrücken, als der Ankömmling sich vornehm forsch zum angedeuteten Handkuss darüberbeugte. Widerwillig schüttelte sie das garstige Pulver ab, wandte sich ab und klatschte in die Hände, mit den schönen Augen das Einverständnis des Monarchen einholend, um der Gesellschaft den heiß ersehnten, erlösenden Beginn der Tafel anzudeuten.

Munter wurde nun den aufgebahrten Schüsseln zugesprochen, wobei zwischen der schönen Carlotta und dem König, die sich an der Tafel gegenübersaßen, wiederholt feurige Blicke und Reden hin und her gingen, worüber sich die versammelten Gäste kaum beruhigen konnten – die von den reservierten Diners zwischen König und Königin wussten, bei denen kein Wort fiel und nicht ein scheuer Blick gewechselt wurde. Vergessen schien des Königs Zurückhaltung beim abendlichen Essen, denn er langte so tapfer zu wie in alten Tagen. Angeblich verdaute doch sein Magen seit Beendigung des Krieges abends gar nicht mehr, weshalb er auf die Soupers Verzicht tat oder sich nur in einiger Entfernung vom Tische setzte, ohne zu essen.

Heute aber schienen die alten Zeiten zurückgekehrt: Se. Königliche Majestät bedienten sich statt der Gabel oft der Finger und gingen auch die Saucen und stückigen Speisen des öfteren in Richtung Kleidung ab, was diese schon bald fleckig machte, ihn aber nicht weiter störte. Selbstverständlich waren seine Favoritehunde mit im Saal, denen er nun mit den Fingern wie üblich Fleischtrümmer auf das Tischtuch legte, damit sie schön kalt würden, »damit die geliebten Freunde sich nicht die Schnauzen verbrennten!« Tischtuch und Serviette waren stark beschmutzt und da Wein und Wasser zuweilen überflossen und er den Schnupftabak stark verschüttelte, so war bereits abzusehen, dass nach aufgehobener Tafel der Platz, wo der König gesessen hatte, gut auszumachen wäre.

Doch Carlotta Bellini und die anderen Gäste nahmen hiervon keine Notiz, denn es war Usus, dem König nicht durch übermäßige Neugier auf seine Lebensweise nahezutreten. Hätte er es sich beifallen lassen, wie es zuweilen geschah, und dem einen oder anderen, der in einer Reichweite saß, ein besonders gutes Stück von seinem Teller vorzulegen, so wäre es anstandslos verzehrt worden, wenn auch seine Finger, vom Tabak und den Hunden strapaziert, nicht immer die reinsten waren.

Als das Konfekt gereicht war und die ersten Ermüdungs- und Sättigungserscheinungen Raum griffen, erschien Langustier an der Tafel, um, wie es sein Kollege Joyard es bereits seit Beginn des Essens tat, die Honneurs zu machen. Kaum wurde der – zu Carlottas ausdrücklichem Missfallen anwesende – Generalregisseur für Berlin des Zweiten Hofküchenmeisters ansichtig, der mit blutiger Binde um den Kopf, aber wie gewohnt konziliant lächelnd die Reihen abschritt, hie und da einem Gaste servil und ehrlich erfreut zunickend, der sich zu einem Lobe dieser oder jener Speise herabließ, da erbleichte de Chambois bis zu den Haarwurzeln, betupfte zitternd die weißen Lippen und suchte so unauffällig wie möglich, sich aus dem Raum zu schlagen. Doch waren, er registrierte es mit aufblühendem Entsetzen, die Augen des Kochs und des Königs erbarmungslos auf ihn gerichtet.

De Chambois suchte durch die Salontür zu entkommen. Kaum hatte er jedoch den Salon verlassen, wurde er durch Major von Rahn und zwei längst in Bereitschaft stehende Polizeioffiziere in Gewahrsam genommen.

XXV

Langustier bat den Monarchen für einige Mitteilungen in ein angrenzendes Kabinett – es war passenderweise das Königszimmer –, um die Anwesenden, insbesondere die werte Gastgeberin, zu schonen. Die Carlotta beharrte jedoch auf dem Recht zu wissen, was in ihrem Hause vorgehe, und gesellte sich zu der kleinen Runde, ebenso wie Major von Rahn und Conrad. Die Anwesenheit von de Chambois, der zwischenzeitlich etwas zusammengeklappt war – dem man aber nun mit einem Cognac wieder zu hinreichender Aufmerksamkeit verholfen hatte, verstand sich von allein. Langustier begann:

»Madame, Messieurs – Sie sehen mich in einer Verfassung, die eigentlich keine langen Reden erlaubt, denn die Berliner Marionetten dieses mächtigen Puppenspielers haben mich weidlich zugerichtet. Es würde wohl eigentlich bereits genügen, ihn an den Galgen zu bringen.«

De Chambois' massige Gestalt stöhnte und bäumte sich auf.

»Aber um seine Verurteilung sicherzustellen, muss ich Ihnen noch einige Dinge mitteilen, die es mir unmöglich machen, anders von diesem Herrn zu denken als von einem kaltblütigen Strategen des Mordes.«

Nun war es an Carlotta, einen unwilligen, empörten Laut von sich zu geben. Langustier setzte seine Eröffnung fort:

»Ich werfe ihm nicht nur die Ermordung van der Heydens, sondern auch diejenige Michèle Pernaulds vor!«

Carlotta Bellini sank zu Boden. Sie wurde ohnmächtig aus dem Zimmer getragen. De Chambois zerfloss förmlich auf dem Sessel, in dem ihn von Rahns Polizisten bislang nur mit Mühe hatten ruhig halten können – jeder Versuch des Aufbegehrens erstarb vollständig angesichts der ausgesprochenen schwersten Beschuldigung. Langustier pausierte kurz und trank einen Schluck Wasser aus dem Glas, das ihm Conrad gebracht hatte.

»Was höre ich von Ihm hierzu?«, fragte der König mit dem Ausdruck majestätischer Entrüstung.

De Chambois jedoch hielt nur stumm seinen runden Kopf zwischen den flach auf die Ohren gelegten Händen. Langustier fuhr ungerührt fort:

»Die Ermordung Pernaulds hingegen hatte plumpest-pekuniäre Gründe und diente nicht zuletzt dazu, für Monsieur de Chambois' Amtseinsetzung Platz zu schaffen! Pernauld war den Kollegen bereits ein Dorn im Auge oder Stachel im Fleisch gewesen. Er hatte eine Eingabe an Eure Königliche Majestät vorbereitet, die eine deutliche Verschlechterung ihrer Ausgangsgehälter bedeutet hätte. Lully, Rivière und Saint-Claude wollten diese Beschneidung ihres sicher gewähnten künftigen Wohllebens nicht hinnehmen und heuerten de Chambois für das schmutzige Geschäft an, Pernauld zu beseitigen, der das einträgliche Gewebe der Korruption und des amtlich tolerierten und sogar von Beamten selbst praktizierten Schmuggels, das sie gesponnen haben, nie und nimmer geduldet hätte. Man musste Pernauld aus dem Weg räumen, um besser schalten und walten zu können. Es ist dies im Übrigen die gleiche Geschichte wie mit dem Berliner Packhofbeamten, den man erst ertränkt und dann, zur Ablenkung des Verdachts, aufgeknüpft hat. Siedemann hatte eine Eingabe verfertigt, deren Tragweite zu seinem Unglück etwas überschätzt wurde. Hätte er gewusst, was sich uns nun durch die Tat seiner Mörder offenbart hat – einer schlimmen Bande von Bierbrauern, die nicht nur mit eigenem Bier die Steuer betrogen, sondern auch, von einem Günstling des Generalregisseurs unterstützt, via Salzfaktorei Contrebande in alle Provinzen verschifften –, er wäre umsichtiger vorgegangen und vielleicht noch hoch dekoriert am Leben.«

Der König war zuinnerst getroffen von diesen Enthüllungen. Das Wort *Contrebande* hatte sein Gesicht zu einer Grimasse gerinnen lassen. Seine fähigen Franzosen sollten eine einzige Gaunerbande sein? Er fasste es noch nicht, sondern fragte, unerschrockener Frager, der er war:

»Wie seindt das abgegangen mit dem Pernauld und dem van der Heyden?«

»Pernauld bekam es, zittrig nach durchwachter Nacht, mit den Stufen der Treppe vor seinem Büro zu tun. De Chambois selbst hat hier den Anstoß gegeben und anschließend akribisch, wenn auch vergeblich nach der bereits abgesandten Eingabe gesucht. Es ging darin – ich erlaube mir dies in allgemeine Erinnerung zu rufen – um die Frage, welches Steuerjahr der Provisionsberechnung für die Regiebeamten zugrunde gelegt werden sollte. Was Monsieur de Chambois noch nicht wusste, aber bald zu spüren bekam, war die Tatsache, dass ihn jemand beobachtet hatte, wie er Pernauld den tödlichen Schub verlieh.«

»Lasst mir raten!«, ließ sich der König zwischendrein vernehmen: »Van der Heyden!«

»In der Tat«, beschloss Langustier seine Erläuterungen. »Er suchte sich durch das Wissen um die bestürzenden Ursachen von de Chambois Amtseintritt eine kleine Entlastung von drückenden Spielschulden zu verschaffen. Eine Weile ging das gut, doch mit seinen Spielverlusten wuchsen seine Forderungen, was de Chambois veranlasste, ihn verschwinden zu lassen – ein Verschwinden, das Euch in vielerlei Hinsicht seltsam erschienen ist. Er konnte mit ziemlicher Gewissheit darauf rechnen, dass Euer nachrückender Baumeister in den Augen der Polizei sofort verdächtig wäre – zum einen, weil er direkt vom Tod des Vorgängers profitierte, zum anderen, weil es diese Schrift van der Heydens gegen ihn gab – das Pasquill –, das Gontard genügend Wut und Hass und böses Blut verliehen haben könnte, seinen Ehrangreifer totzuschießen.«

»Wer hat es bewerkstelligt, dass er abtrat, und wie?«

Langustier kratzte sich an der blutigen Kopfbinde und fühlte neben einer Übelkeit auch einen allmählich alles überdeckenden Schmerz in sich aufsteigen.
»Wie der Major mir vorhin erst berichtete, versuchte der Täter, sich ums Leben zu bringen, da er offenbar bereits Lunte gerochen hatte im Gegensatz zu seinem Mordanstifter hier, was meine Vermutungen glücklich erhärtet: Es war einer Eurer Invaliden, der ehemalige Lieutenant der Kavallerie von Strousberg, Sire, ein ausgezeichneter Schütze, welchen de Chambois bezahlt hat, das Mordwerk zu verrichten. Von Strousberg hat wohl auch, so ist anzunehmen, zuvor das Geld an van der Heyden ausgezahlt, das diesen davon abhalten sollte, de Chambois als Mörder preiszugeben.«
De Chambois zuckte bei diesen Worten zusammen, als träfen ihn Stockhiebe.
»Strousberg sollte von Eurer Majestät Baustelle abgezogen werden und als Diener bei Monsieur de Chambois seinen Lebensabend verbringen.«
Der König zischte erbost. Langustier fuhr fort:
»Von Strousberg hatte Waffe, Auftrag und, aufgrund seiner Kriegsverletzung, die ihm die Manneskraft raubte, überdies einen animalischen Hass auf Carlotta Bellini und ihre Liebhaber, einen tödlichen Furor, den nur die wahrhaft gequälte Kreatur zu entfesseln vermag. Strousberg kannte, wie ich seit einer Stunde weiß, da Major von Rahn für mich einige Klafter Militärakten durchsehen ließ, den gefallenen Bräutigam der Bellini, denn er hatte mit ihm vor Burkersdorf in Stellung gelegen. Beleg hierfür liefert uns die schöne Uhr mit Carlotta Bellinis Konterfei im Deckel, welche der Täter seinem Opfer van der Heyden zusteckte, wohl kaum aus Sentimentalität, sondern um die Untreue an ihren falschen Liebesschwur zu erinnern. Es ist dies zugleich der Beleg dafür, dass van der Heydens Leiche noch eine Aufgabe erfüllen sollte und daher frisch gehalten werden musste.«
Langustier trank jetzt einen Schluck Wein.

»Justus von Forst – Strousbergs im Feld gebliebener Kamerad – hatte sie von seiner geliebten Carlotta erhalten: Für J – Ewig, Deine C. Von Forst gab die Uhr vor dem Gefecht bei Burkersdorf seinem Kriegskameraden mit der Bitte, sie seiner Braut zuzustellen. Von Strousberg wird, in erwähnter Weise schon vom Kriege gezeichnet: unfähig zur körperlichen Liebe, die schöne Carlotta bereits mit ihrem nächsten Liebhaber angetroffen und die Uhr hasserfüllt, zunächst aus unklaren Beweggründen, behalten haben. Er arbeitete auf der Baustelle des Neuen Palais, wo ihn, wahrscheinlich durch einen glücklichen oder verhängnisvollen Blick in die Steuerkartei auf die Idee gebracht, sich diesen Herrn zum Diener auszuwählen, de Chambois aufgesucht hat. Von Strousberg, erst nur als Geldbote für den Erpresser van der Heyden vorgesehen, sträubte sich nicht, als de Chambois ihm die Beseitigung des lästigen Baumeisters anbefahl. Im Gegenteil, denn nun konnte er auf teuflische Weise zwei höchst unterschiedliche Aufträge miteinander verknüpfen und zudem seinem aufgestauten Hass gegen die Bellini ein Ventil verschaffen. Er plante nämlich, der Dame die Uhr des gefallenen Bräutigams auf eine recht unappetitliche Weise zurückzugeben. Der Tote sollte ursprünglich, wäre er nicht entdeckt worden, als ungebetener Geburtstagsgast mit der Uhr als Präsent, heute gut gekühlt und frisch gehalten hier auftauchen! Von Strousberg mag in Stunden der Seelenqual mörderische Befriedigung aus der Vorstellung dieser Szene gezogen haben. Doch ersparen Sie mir die Qual, Einzelheiten zu ersinnen: Ob er den Leichnam van der Heydens in feuchte Tücher gehüllt wie ein Stück Wildbret oder in einer Zinkwanne wie einen Zierkarpfen hat abgeben lassen wollen, wage ich mir nicht auszumalen.«

Der König zog eine Grimasse, erhob sich und erklärte brüsk:

»Es seindt mich dies übergenug!«

Er wandte sich an den am Boden zerstörten de Chambois, den jedes der zuvor gesprochenen Worte mehr ausgehöhlt hatte, bis er jetzt nur noch eine Schale ohne Inhalt zu sein schien.

»Von Ihme und Ihmesgleichen hatte ich mir eine Rettung erhofft, doch nun seindt das Elend nur potenzieret. Schämt Euch, wäre ein vergeblicher Rat, denn es bedürfte eines guten Kernes, den auch der fähigste Nussknacker bei Euch nicht finden würde.«
Beim resoluten Abgang gewahrte der Monarch verdutzt den Inhalt der Schrankvitrinen und schnaubte wütend. Mit der Hausherrin würde er bei nächster Gelegenheit ein ernstes Wörtchen zu reden haben. Er verließ das Fest, dessen übrige Gäste sich auch bald verliefen, da die Bellini nicht wieder erscheinen wollte und man beobachten konnte, wie der Generalregisseur für Berlin von einigen Polizeioffizieren unter der Regie von Rahns abgeführt wurde.

XXVI

Der König entschloss sich nach der schlimmen Erfahrung mit seinen Steuerregisseuren zu einer kompletten Auswechslung des Führungsstabes sowie der Berliner Packhofinspektoren. Den in die einfache Korruption involvierten Brauern wurden herbe Ausfallzahlungen auferlegt, die am Schmuggelring beteiligten Herren Bötzow, Sprengel, Hertzberg, Krebel, Legrange, Britzer, Strousberg und de Chambois ereilte als ruchlose Contrebanditen und Mörder das Ende auf dem Richtplatz.

Der Polier Meister bekannte sich übrigens zur Sabotage am Neuen Palais. Er habe, so gab er als Grund für seine Verfehlungen an, des Königs Lob durch die umsichtige Verfolgung eines vermeintlichen Saboteurs erlangen wollen. Er wurde zum Sandschippen an die Wanderdünen vor der Berliner Akzisemauer verbannt, da aus seinen Aktionen kein ernsthafter Schaden hervorgegangen war. Der König tröstete sich an den fortsprudelnden Fontänen, heilfroh, dass ihm wenigstens diese geblieben waren.

Es dauerte eine ganze Weile, bis sich alle Beteiligten wieder hinreichend über das Geschehene beruhigt hatten und dem König an seiner Tafel wieder Genuss möglich wurde. Ende August, als die Hitze des Sommers endgültig gebrochen und die letzte sichtbare Blessur des Zweiten Hofküchenmeisters gänzlich verschwunden war, gab der König ein großes Festessen, zu dem er, was nie zuvor geschehen, zwei Frauen – die schöne Carlotta und Julia van der Heyden – in Sans Soucis Marmorsaal einlud.

Als das innere Wohlgefühl aller auf dem Höhepunkt war, ließ er ein Gedicht verlesen, das Langustier die Schamesröte ins Gesicht trieb, wiewohl es trotz seiner unsäglichen Metaphorik lebhaftesten

Beifall bei allen Gästen fand. Vor allem die Augen der klugen Julia van der Heyden leuchteten, sah sie doch den Mann vom König verdient erhoben, zu dem sie begonnen, eine wachsende Zuneigung zu entwickeln:

Ganz ernst sei, Langustier, dir prophezeit:
Die Kochkunst bringt dir noch Unsterblichkeit!
Der Mittel manche gibt's, das zu erlangen.
Wer wirkend seinesgleichen überfliegt,
Zeigt, wo ein neuer Weg noch gangbar liegt,
Darf seinen Meistertitel drob empfangen:
Du hast als aller Köche Held gesiegt.

Du kannst mit allen Kenntnissen aufwarten.
Du mischst das Pflanzenreich wie ein Spiel Karten.
Du weißt genau, welch Kraut zum andern passt.
Du komponierst stets neue Wundersaucen,
Geheimnis duftend wie Jasmin und Rosen.
Du füllst mit Lust der Könige Palast.

Liegt dir die Phantasie mal in den Ohren:
Aus Mumien könne ein Ragout man schmoren,
Dein sicherer Geschmack selbst das vollbringt,
Hat Leckerbissen aus dem Einfachsten geboren,
Von guter Laune, Speck und Mut umringt.

Autor, du Quell von Werken gleichwie Wonnen!
Der Feste hundert brachten Müdigkeit
Dir nicht. Erfindungskunst war stets bereit
In dir, die deinesgleichen längst entronnen
Und sie betrog um die Unsterblichkeit.

Ein Koch, so Lob wünscht, darf niemals vergessen,
Stets zu verbergen, dass wir Leichen essen.
Wer wie du auf Leichen auch versessen,
Hat doch auch Charme und Anstand unermessen,
Sie uns nicht aufzutischen wie erstochen
Oder dem Moderloch entkrochen.

Ein Newton ist er, wenn's im Fleischtopf hutzelt,
Ein Cäsar, wenn die Bratpfanne aufprutzelt.
Langustier – nun flieg fein in die Küche!
Schon schnuppre ich so wonnesame Rüche,
Dass ich mich kaum noch lang beherrschen mag!
Gönn' mir erneut von deinen Wunderdingen!
Mach', dass ich ausruh von der Plag'
Und tu auch heut' mir nur das Schärfste bringen!

Einige Tage nach diesem denkwürdigen Essen, Langustier las wieder entspannt die Zeitung, erstaunte ihn folgender Steckbrief: »Johann Consag, so sich bisweilen auch des Namens Johann Conrad bedienet, ist vor einiger Zeit dem Herrn von Borsdorff in Cottbus in completter neuer Mondierung entlaufen, und da ihm Hemden und mehrere Kleinigkeiten gefehlt, so ist zu vermuthen, dass er sie entwendet. Er ist klein von Statur, siehet gut aus, trägt einen schlechten, grünen Rock und eine rothe Weste mit silbernen Tressen eingefasst, auch zuweilen eine grüne Weste mit einem grauen Überrock, schwarze Hosen, einen tressenen Hut, auch schwarze Pudelmütze. Da nun seinem rechtmäßigen Herrn daran gelegen, dass er diesen treulosen, liederlichen und boshafterweise entlaufenen Burschen, den er erstlich frisiren und rasiren hat erlernen lassen, wieder erhalte, so wird derjenige, so von dessen Aufenthalt Nachricht geben kann, ersucht, es gegen einen Recompens dem Herrn Obristen von Steinkeller, von dessen Regimente er ein Enrollirter ist, gütigst zu melden, der ihn abholen lassen und alle Unkosten erstatten wird.«

Honoré Langustier musterte seinen treuen Gehilfen und Unterkoch mit einem erstaunten Blick. Sollte ihn seine Menschenkenntnis derart im Stich gelassen haben?
Conrads Reaktion auf diesen Steckbrief, der in allen Berliner Zeitungen stand, war blankes Entsetzen! Mit einem resignierenden Laut sank er auf die Holzbank vor dem Arbeitstisch in der Küche von Sans Souci. Ein Ausdruck echten Elends stand in seinen Augen, als er sich Langustier anvertraute.
»Das einzig Wahre hieran ist, dass ich mich des Namens Conrad bediene – doch ist der Grund hierfür schlicht der, dass ohnehin jeder, dem ich meinen echten Namen sage, sofort und auf der Stelle Conrad daraus macht! Dass ich dem Herrn von Borsdorff in Cottbus davongelaufen wäre, ist eine plumpe Unterstellung, denn selbiger Herr hat mich unmanierlich aus seinem Dienst gestoßen, der hauptsächlich darin hätte bestehen sollen, für ihn zu kochen, was ja meine Profession ist. Dass ich bei meinem Abgange die besagte neue Mondierung trug, geschah mit seiner höhnischen Erlaubnis. Ich hätte auch kein anderes Kleidungsstück mehr gehabt, als jene mir generös überlassenen Jacken, Hosen und Hemden, die er mir förmlich hinterhergeschmissen, froh, mich los zu sein. Dass er jetzt nach diesen Lappalien schreit, kann nur bedeuten, dass er restlos pleite ist und sich einen billigen Diener zurückholen will, den er zu unentgeltlichem Dienst drücken und ihm überdies noch alle überschüssige Kleidung vom Leib weg verpfänden kann.«
Conrads Stimme war flehentlich geworden.
»Monsieur Langustier – legt ein gutes Wort für mich ein; was ich Euch erzählt habe, ist die reine Wahrheit, die Euch der Cottbusser Schwanenwirt bestätigen wird, dem ich als Erstes mein Leid mit dem liederlichen Borsdorff eröffnet habe. Ein Jahr lang hab ich mich von ihm knechten lassen und ihm eine Küche serviert, wie sie kein Sachsenprinz je vorgesetzt bekommen. Von wegen ›erst frisiren und rasieren gelehrt‹ – der edle Herr sah stets aus wie ein

Wildschwein, dass sich bekanntlich eher den Bart mit Schlamm vollkrustet, als dass es nach dem Barbier verlangt.«
Langustier wusste sofort, was hier zu tun war, und sollte es das Letzte sein, was er unternahm.
Drei Tage später ging eine mit königlichem Siegel versehene Depesche nach Cottbus ab, in der Se. Königliche Majestät den »Chevalier von Borsdorff« huldreich um Verzeihung bat, dass er den Königlich-Preußischen Hof-Koch Johann Heinrich Arnfried Consag, welcher vormals bei seiner Durchlaucht, dem Kronprinzen Leopold von Bayern Dienst getan und zwischenzeitlich die Ungnade erfahren, mehrere Jahre in seinem, des Chevaliers von Borsdorffs schmutzigen Diensten ausharren zu müssen, lieber mit lebenslangem Dienst in den Schlossküchen von Sans Souci bestrafen wolle, als ihn entschädigungslos an einen Ort zu senden, an dem zwischen Gänseleberparfait und eingelegten Gurken kein Unterscheid erfahren werde. Der in schönstem Kanzleideutsch abgefasste und einem honetten Schreiber in die saubere Feder mundierte Brief war mit einer eigenhändigen Adnote des Königs versehen, die da lautete:
»Wenn mich der Chevalier indes das Gewicht besagten Herrns, welches sich beiläufig auf 3840 Loth belaufet, in Nürnberger ganzen Batzen erstatten wölle, seindt das obige Null und nichtig, und er kann den Conrad anstandslos sambt Hemden und Pudelmütze zurücke habend. Fch.«

Historische Stichworte

Bäcker und Wunderheiler

Einen heilkundigen Berliner Bäcker gab es tatsächlich: Es war der Bäckermeister Johann Friedrich Heyde aus der Mittelstraße 27, der nebst eines sozialgeschichtlich aufschlussreichen chronikalischen Werkes über die Zeit Friedrichs II. auch eine Sammlung von kulturhistorisch bedeutsamen Likör- und Heilmittelrezepten hinterließ.

Baumeister

Johann Gottfried Bühring, das reale Vorbild des Julian van der Heyden, wurde von Friedrich II. angeblich aufgrund mangelnden Elans beim Bau des Neuen Palais entlassen. Hinzu kamen Widersetzlichkeiten gegen die Anweisungen des Bauherrn und der Fehler, ungefragt eigene Gedanken umsetzen zu wollen. 1766 wurde er steckbrieflich als flüchtiger Bankrotteur gesucht (Originaltext im Buch) und später in den Strafturm gesperrt. Er musste – wie auch die Baumeister Manger, Gontard und Hildebrandt – unangenehme Tage in der Spandauer Zitadelle verbringen.

Knobelsdorff hatte wegen starken Bluthustens im April 1746 die Leitung des Schlossbaues Sans Souci niedergelegt. Der König ließ voller Misstrauen seinen Gesundheitszustand überprüfen. Trotz Bestätigung des Lungenleidens fasste Friedrich II. den Abschied als persönlichen Affront auf und verzieh ihn Knobelsdorff bis zu dessen krankheitsbedingtem Tod 1753 nicht.

Jean-Laurent Legeay, der u.a. die vornehme Halbkreis-Säulenhalle mit dem Siegestor zwischen den Communs hinter dem Hauptbau des Neuen Palais entwarf, musste fliehen, um seiner Inhaftierung zu entgehen. Er hatte verbotswidrige Entwürfe für ein Prachtportal und ein Großtreppenhaus im süddeutschen Sinne in die Tat umzusetzen versucht und sich standhaft geweigert, das Vestibül als antike Grotte zu bauen.

Berliner Brauer
Die genannten Namen sind aus späterer Zeit übernommen, teils leicht verfälscht. Der Brauer Bötzow etwa, dessen Lebensdaten man nicht genau kennt, lebte und braute erst im 19. Jahrhundert. Aber seit zwei Jahrhunderten besaß die Familie Bötzow das Gelände nördlich des heutigen Volksparks Friedrichshain. Julius Bötzow gründete 1843 die Bötzow-Brauerei in der Schönhauser Allee und braute Bier nach bayerischer Art. Der Gärprozess verlief untergärig bei niedrigen Temperaturen (ca. 5 Grad Celsius), während im preußischen Norden vorher fast ausschließlich obergärig (bei ca. 10 Grad) gearbeitet worden war. 1884 wurde die Bötzow-Brauerei zum Windmühlenberg verlegt (in die heutige Saarbrücker Straße). Zwei Jahre später stieg Julius Bötzow zum Kaiserlichen Hoflieferanten auf. Nach dem Zweiten Weltkrieg wurde Bötzow enteignet und die Brauerei demontiert.

Dampfmaschine
1765 erzielte James Watt mit seiner ersten Niederdruckmaschine eine bedeutende Verbesserung gegenüber den brennstoffintensiven Aggregaten von Thomas Newcomen. Friedrich II. zeigte Interesse für die neuen Maschinen und entsandte Techniker zur Werkspionage nach England. Noch zu seinen Lebzeiten und unter seiner »Regie« wurden ab 1784 mehrere Wattsche Dampfmaschinen in staatlichen Betrieben aufgestellt und in Funktion genommen.

Donnersches Haus
Der hinterm Zeughaus am Festungsgraben gelegene Palast des Kammerdieners der Königin Elisabeth Christine (erbaut 1753)

wurde 1766 Sitz der Generalakziseadministration, später des Preußischen Finanzministeriums. Die vier Hermen nach Reichhardt, die seine Fassade zierten, zogen 1863 in den Park von Klein-Glienicke um, wo sie noch immer als Männer ohne Unterleib in einer hügelgrabartigen Anordnung hinter der Remise im Gras liegen. Das Donnersche Haus heißt heute Palais am Festungsgraben und beinhaltet u. a. das Museum Mitte von Berlin.

Fontänen
Anders als in der romanhaften Verklärung hat der König die Fontänen nur am besagten Karfreitag 1754 in Aktion gesehen und zwar so lange, bis das 4000 Liter Wasser fassende Speicherbecken auf dem Höneberg leergelaufen war. Man hatte für diese kurze Belustigung den ganzen Winter über Schnee herangekarrt und ins Becken geschaufelt. Der Vorschlag des Wasserbaumeisters Boumann, schon kurz nach Bau des Bassins 1748 eine »Feuermaschine« des englischen Schmiedemeisters Thomas Newcomen anzuschaffen, wurde aus unbekannten Gründen verworfen. Wahrscheinlich lautete die Kostenrechnung sehr ungünstig. Man hätte angesichts des hohen Brennstoffverbrauchs ganze Wälder verloren, nur um die Wasserspiele von Sans Souci zu betreiben. Stattdessen verfolgte man den technisch unausgegorenen Plan, vier von Windmühlen angetriebene Schneckenpumpen in Reihe zu schalten, die Wasser aus dem Jungfernsee ins Ruinenbergbassin fördern sollten. Nur eine Windmühle wurde gebaut (später noch eine weitere mit einer Zuleitung vom Bornstedter See), aber die Schwierigkeiten der Koordination waren zu groß. Es gelang nicht, die vom unsteten Wind abhängigen Pumpmühlen zum gleichmäßigen Lauf zu bewegen und eine konstante Pumpleistung aufrechtzuerhalten. Zudem hielten die zunächst verwendeten Holzrohre dem Druck der Wassersäule nicht stand und platzten.
Dampfmaschinen zum Betrieb der Pumpen kamen erst unter Friedrich Wilhelm IV. in Gebrauch. In der Moschee, einem orientalisch

verkleideten Pumpenhaus an der Havel, kann man die ausrangierten Aggregate noch besichtigen. Heute wird das 4000 Kubikmeter Wasser fassende Becken auf dem Höne- (=Hünen-), Hühner- oder Ruinenberg elektrisch vollgepumpt. Das Wasser gelangt vornehmlich zur Gartenbewässerung, aber auch für die Wasserspiele an die verschiedenen Parkabschnitte zur Verteilung. Die Hauptfontäne am Fuß des Weinbergs von Sans Souci schießt – allein vom Druck der Höhendifferenz zum Ruinenberg getrieben – bis zu vierzig Meter hoch und damit noch über das Schlossniveau auf.

Generalregisseure
Die echten »Großen Vier« hießen de Launay, de Lattre, de Pernetty und Brière. Ein ungeliebter Vorläufer de Lattres war de Crecy. Er starb eines unbekannten Todes. Ein gewisser Candy dagegen verlor sein Leben angeblich bei einem Duell mit de Lattre. Das Gehalt Candys wurde unter den verbliebenen vieren aufgeteilt, die fortan 15 000 statt 12 000 Taler im Jahr verdienten. Der ihnen offiziell vorgesetzte Generaldirektor der Regie, Baron von Horst, verdiente 4000 Taler und hatte absolut nichts zu melden. De la Haye de Launay war für den König das Oberhaupt der Regie und stand im Ansehen eines Ministers. Er bewog Friedrich II., uneigennützig und allein auf Effizienz für den Staat bedacht, ein gutes Jahr als Bemessungsgrundlage für die Provision der Regiebeamten zu nehmen, da der König sonst schwerlich einen Gewinn aus der Regie gezogen hätte. Was über den festgesetzten Betrag hinausging, wurde anteilig unter allen Angehörigen der Behörde aufgeteilt. Ein Jahr mit geringen Einnahmen (= die Gesamtsumme) zur Grundlage für diese Überschussbeteiligung zu machen, hieß für alle folgenden Jahre mit hohen Einnahmen, über Gebühr viel Geld an die Beamten zu verlieren, da die Gesamtsumme des schlechten Grundjahres ja leicht um ein Vielfaches überschritten werden konnte.

Hotelkategorien
Berlin hatte 1766 neunzehn Gasthöfe erster Klasse. Ein Zimmer zur Chaussee – sehr vornehm, heute ein Graus – kostete einen Taler, zum Hof hinaus zwölf Groschen. Ein Mittagessen mit fünf Gängen war für sechzehn Groschen zu haben (teuer!). In der billigsten Klasse dagegen wurden Schlafstellen für sechs Groschen und Mittagessen für drei Groschen angeboten.

Königliche Küchenlyrik
Die reale »Kulinarische Epistel« Friedrichs II. war an seinen Ersten Hofküchenmeister Noël aus Périgieux gerichtet. Sie entstand 1772, umfasste 147 Verszeilen und wurde hier deutlich gekürzt, leicht abgewandelt, metrisch verbessert, doch stilistisch nur wenig verballhornt. Der König hob darin vor allem eine Neuerfindung seines Küchenmeisters hervor: »Die Bombe des Sardanapal« – ein ausgehöhlter Rotkrautstrunk, gefüllt mit Fleischfarce. (Vgl.: Œuvres de Frédéric le Grand. Tome XIX, bzw. Friedrich der Große: Kulinarische Epistel, Berlin 1921.)

Königskult
Sammlungen in der Art, wie Carlotta Bellini sie betrieb, haben vielleicht nicht existiert – aber es gab die erwähnten sowie unzählige weitere »Souvenirs« vom großen König, auch die blaue Stofftasche mit Königsaufdruck. Friedrich II. allerdings liebte (außer auf Münzen, wo das Vervielfältigen des Herrscherkonterfeis seit der Antike üblich ist) die eigene Darstellung in Bild und Büste nicht, weil er Personenkult verabscheute und nicht gern seine Zeit mit Modellsitzen verschwendete. So sind die meisten existierenden Gemälde nach dem Gedächtnis, die meisten Büsten erst nach seinem Tod in Anlehnung an die Totenmaske geschaffen worden. Interessante Ausnahme ist die unähnliche und wohl einzig authentische Büste von Bartolomeo Cavaceppi in Sans Souci.

Küchentunnel
gab es erst zu Kaisers Zeiten. Die Speisen mussten folglich ein Jahrhundert lang zwischen dem Küchentrakt im südlichen Communs-Gebäude und dem Schloss hin und her getragen werden. Mit Wärmeglocken und möglichst fix.

Langustiers Erbe
Die Familie Langustier nannte sich später in »Langoustier« um und ist leider ausgestorben. Doch die Tradition wird von einem gebürtigen Elsässer am Leben gehalten: Jean-Louis Vosgien betreibt mit dem »Mas du Langoustier« ein zauberhaftes Restaurant und Hotel auf Porquerolles, einer der autofreien Hyèrischen Inseln vor der Südküste der Provence. Ein Besuch lohnt sich sicher, der Name bürgt für Qualität!

Maße und Gewichte
1 Große Deutsche Meile – 7420,44 Meter / 1 Wegstrecke – 3710,22 Meter / 1 Leipziger Elle 57,26 Meter / 1 Rheinländische Rute – 3,76 Meter / 1 Lachter – 2,09 Meter / 1 Schritt – 1,48 Meter / 1 Berlinische Rute – 1,25 Meter / 1 Elle – 0,67 Meter / 1 Fuß – 0,31 Meter / 1 Zoll – 0,0262 Meter (2,62 Zentimeter) / 1 Linie – 0,00218 Meter (2,18 Millimeter) / 1 Märkischer Morgen – ca. 0,25 Hektar / 1 Hufe – ca. 15 Hektar
1 Preußische Last Getreide – 3297,60 Liter / 1 Wispel – 1319,07 Liter / 1 Fuder – 728,40 Liter / 1 Malter – 659,53 Liter / 1 Piepe – 309,42 Liter / 1 Oxhoft – 182,10 Liter / 1 Tonne – 137,40 Liter / 1 Eimer – 68,70 Liter / 1 Scheffel – 54,96 Liter / 1 Anker – 34,35 Liter / 1 Achtel – 17,18 Liter / 1 Viertel – 6,87 Liter / 1 Metze – 3,43 Liter / 1 Maß – 1,56 Liter / 1 Preußische Quart – 1,15 Liter / 1 Mäßchen – 0,85 Liter / 1 Kubikzoll – 0,0179 Liter (17,90 Milliliter)
1 Preußischer Stein – 16,5 Kilogramm / 1 Großer Stein – 11 Kilogramm / 1 Kleiner Stein – 5,5 Kilogramm
1 Ballen Papier – 4800 Bogen / 1 Ries Papier – 480 Bogen / 1 Buch –

24 Bogen / 1 Stroh – 480 Stück / 1 Schock – 60 Stück / 1 Mandel – 15 Stück / 1 Dutzend – 12 Stück / 1 Decher – 10 Stück (nur Felle).

Packhof

An den Stadttoren wurden nur kleine Zoll- oder Akzisebeträge kassiert. Alles, was sich auf zehn Groschen oder mehr belief, musste am Packhof hinterm Lustgarten (auf der heutigen Museumsinsel) abgeladen und genauestens ausgebreitet und besichtigt werden. Für größere Lasten war ein leistungsfähiger Kran vorhanden. Auswärtige Kaufleute, die durch Berlin kamen, waren verpflichtet, ihre Waren »niederzulegen«, damit einheimische Händler kaufen konnten. Die fremden Handelsleute waren somit zugleich gezwungen, ihre Ware korrekt zu versteuern, was dem Staat Einnahmen brachte. Auch ankommende Reisende, sofern sie nicht bloß durchfuhren und ihre Koffer vorher hatten versiegeln lassen, mussten am Packhof auspacken und etwaige Akzise, Steuern, Zölle etc. entrichten.

Regieverwaltung

Friedrich II. misstraute seiner preußischen Verwaltung zusehends und setzte zu Beginn des Verwaltungsjahres 1766 (im Juni) dem Generaldirektorium eine Generaladministration zur Seite, die ausschließlich das Akzise-, Zoll-, Steuer- und Transitoimpost-Wesen lenken sollte. Durch professionelle »Fermiers« (Steuerbeamte) aus Frankreich erhoffte er sich erkleckliche Mehreinnahmen. Die beschriebene Steuerreform des Jahres 1766, die sich auf Preußen, Litauen, Pommern, Kurmark, Neumark, Magdeburg, Halberstadt beschränkte (also keine Anwendung auf Schlesien und Westfalen fand), galt in der Preußen-Geschichtsschreibung salopp auch als Einführung einer »Luxussteuer«. Der König wollte eine generelle, aber gleichmäßig erhöhte Steuer. Die armen Haushalte sollten nicht mehr belastet, die reichen indes kräftig zur Kasse gebeten werden. Eine grundsätzliche Befreiung des Adels und des Beamtentums von allen Abgaben stand dieser Absicht allerdings im

Wege. Durch hohe Grundgehälter sowie eine viel zu großzügig bemessene »Provision« bei Überschreitung der Einnahmen des zugrunde gelegten Verwaltungsjahres 1765/66 reduzierte sich der tatsächliche steuerliche Zugewinn in den Jahren 1766–1786 auf ein Minimum. Besonders hinderlich erwies sich ein zu Anfang extrem aufgeblähter Beamtenapparat: So fanden sich in Berlin z. B. ein Schlachtsteuereinnehmer (receveur des abattis), ein Schlachtsteuerkontrolleur (controleur des abattis), drei Schlachtsteuerkassierer (cassiers des abattis), ein Getränkesteuerkontrolleur (controleur de la caisse des boissons), ein Verkehrskontrolleur (controleur de commerce) – Ämter, von denen der König in seiner bald erfolgenden Kritik bemerkte, »dass er weder die Nothwendigkeit derselben einsehe, noch wisse, was ihr Dienst sei«.

Die im Roman erwähnten Ämter sind verbürgt, doch die genaue Hierarchie war ungleich komplizierter. Es wurde unterschieden zwischen Provinzial- und Lokalverwaltung, es gab einen Provinzialdirektor, mehrere Provinzialkontrolleure, Generalaufseher, Generaleinnehmer, Stadtaufseher und Stadtkontrolleure. In der Lokalverwaltung waren vor allem Invaliden tätig. Unterschieden wurden: Bezirkskontrolleure, Visitatoren, Revisoren, Stadteinnehmer, Torschreiber und Brigaden (die Stadt und Land nach Konterbande durchkämmten). Bei Strafe war den Beamten untersagt, im Dienst zu trinken.

Auch mehrere Reformen des Regiesystems, das bis zum Tode Friedrichs II. in Anwendung blieb, änderten nichts daran, dass das Modell im Ansatz gescheitert war. Statt den Schmuggel konsequent zu unterbinden, bewirkten die rigiden Methoden der Kontrolle seine eklatante Vermehrung. Mangelnde Dienstaufsicht hatte eine Reihe schwer wiegender Machtmissbräuche seitens der Unterbeamten zur Folge. Bauern und Händler machten vielerorts gemeinsame Sache mit den Steuereintreibern. Spektakulär und skandalös waren die Vorfälle im pommerschen Pyritz.

Währung

1 Mark Feinsilber = 21 Gulden (Florin/Fl.) = 14 Reichstaler (Rtlr.) – ab 1750/64 der preußische Kurantfuß. 1 Taler hat in Preußen – 90 Groschen, ein Groschen dort 18 Pfennige. 1 Taler hat in der Kurmark, Neumark, Pommern, Magdeburg, Halberstadt und Schlesien – 24 Groschen, ein Groschen dort 12 Pfennig.

Ein herzliches Dankeschön gilt der Verwaltung der Preußischen Schlösser und Gärten in Potsdam, insbesondere Frau Zumpe, die vorzeitig für mich die Dampfmaschine der Sanssouci-Bewässerung (elektrisch, versteht sich) in Gang setzte, Frau Röhm, in deren Bibliothek ich Fontänenliteratur einsehen durfte, sowie Frau Liebig-Winter, die mich zwei informative Stunden lang durch die Friedrich-Wohnung im Neuen Palais führte und mir alles Wissenswerte über den König als Hobbybaumeister, Kunstsammler und Hundenarr erzählte.
Herrn Schmidt (Oranienburg) danke ich verbindlichst für gerichtsmedizinische Aufklärung über die schlechten Angewohnheiten der Wasserleichen, Herrn Bernhard (Berlin) für eine äußerst lehrreiche Stadtrundfahrt durchs fridericianische Berlin; ohne ihn hätte ich schwerlich den Weg zum Haus der Generalregie gefunden. Herr Roth (Frankfurt/Main) schließlich rettete mich – überaus dankenswerterweise – vor der Peinlichkeit, das Flaschenbier bereits im achtzehnten Jahrhundert einzuführen.